图书在版编目（ＣＩＰ）数据

偶然草/石评梅著. —长春：吉林出版集团股份
有限公司, 2017.9（2021.5 重印）
（昨日芳菲：近现代名家经典作品丛刊）
ISBN 978-7-5581-2919-3

Ⅰ.①偶… Ⅱ.①石… Ⅲ.①小说集－中国－现代②
散文集－中国－现代Ⅳ.① I216.2

中国版本图书馆 CIP 数据核字（2017）第 194936 号

偶然草

著　　者	石评梅
策划编辑	杜贞霞
责任编辑	齐　琳　史俊南
封面设计	老　刀
开　　本	650mm×960mm　1/16
字　　数	224 千字
印　　张	15.5
版　　次	2017 年 10 月第 1 版
印　　次	2021 年 5 月第 2 次印刷

出　　版	吉林出版集团股份有限公司
电　　话	总编办：010-63109269
	发行部：010-69584388
印　　刷	三河市京兰印务有限公司

ISBN 978-7-5581-2919-3　　　　定价：42.80 元

目 录

小说卷

红鬃马 ……………………………………… 3

余 辉 ……………………………………… 14

一 夜 ……………………………………… 17

林楠的日记 ………………………………… 22

忏 悔 ……………………………………… 33

归 来 ……………………………………… 43

匹马嘶风录 ………………………………… 47

病 ………………………………………… 63

只有梅花知此恨 …………………………… 68

弃 妇 ……………………………………… 72

祷 告 ……………………………………… 78

被践踏的嫩芽 ……………………………… 87

白云庵 ……………………………………… 93

流浪的歌者 ………………………………… 103

散文卷

寄山中的玉薇 …………………………… 117

恐　怖 …………………………………… 121

寄到狱里去 ……………………………… 124

深夜絮语 ………………………………… 129

梦　呓 …………………………………… 133

墓畔哀歌 ………………………………… 136

偶然草 …………………………………… 141

冰场上 …………………………………… 143

噩梦中的扮演 …………………………… 146

毒　蛇 …………………………………… 148

偶然来临的贵妇人 ……………………… 152

心之波 …………………………………… 155

红粉骷髅 ………………………………… 160

同是上帝的儿女 ………………………… 162

梅花小鹿 ………………………………… 164

总　账 …………………………………… 167

绿　屋 …………………………………… 169

沄　沁 …………………………………… 172

《妇女周刊》发刊词 …………………… 176

致全国姊妹们的第二封信 ……………… 178

为发表《骸骨的凄声》附志 …………… 181

报告停办后的女师大 …………………… 187

女师大惨剧的经过 ……………………… 193

目 录

母 亲 …………………………………………… 198

玉 薇 …………………………………………… 208

露 沙 …………………………………………… 212

小 苹 …………………………………………… 216

梅 隐 …………………………………………… 220

漱 玉 …………………………………………… 224

小 玲 …………………………………………… 229

素 心 …………………………………………… 234

给庐隐 …………………………………………… 238

小说卷

红鬃马

那是一个春天的早晨，一轮赤日拖着万道金霞由东山姗姗地出来，照着摩天攀云的韩信岭。韩信岭下的居民，睡眼朦胧中，忽然看见韩侯庙里的塔尖上，插着一杆雪白的旗帜，在日光中闪耀着，在云霄中飘展着。这时岭下山坡上，陆陆续续可以看见许多负枪实弹的兵士，臂上都缠着一块白布，表示革命军特别的标志。

他们是推倒满清，建设民国的健儿。一列一列整齐的队伍过去，高唱着激昂悲壮的军歌，一直惊醒了岭下山城中尚自酣睡的居民。

韩信岭四周的山城。为了这耀目的白采，勇武的健儿们，曾起了极大的纷扰，但不久这纷扰便归于寂静；居民依然很安闲愉快地耕种着田地，妇人也支起机轮纺织布匹。小孩们还是在河沟里掏螃蟹，沙滩上捡石子地玩耍着。

在当时纷扰中，隐约的枪声里，我和芬嫂、母亲扮着乡下人，从衙署逃出来，那时只有老仆赵忠跟着我们。枪林弹雨中，我们和一群难民跑到城外，那时天已黄昏；晚霞正照着一片柳林。万条金线慵懒地垂到地上。树荫下纵横倒卧着的都是疲惫的兵士。我们经过他们的面前连看都不敢看，只祷告不要因为这杂乱的足声惊醒他们的归梦。离城有五里地了，赵忠从东关雇来一

3

辆驴车。母亲告诉车夫去南王村，拿着父亲的一封信去投奔一个朋友。我那时才十岁，虽然不知为什么忽然这样纷扰，不过和父亲分离时，看见父亲那惊吓焦忧的面貌，和母亲临行前收拾东西的匆促慌急，已知道这不幸的来临，是值得我们恐怖的！

逃难时我不害怕也不涕哭，只默默地看着面前一切的惊慌和扰乱，直到坐在车上，才想起父亲还陷在恐怖危险中，为什么他不和我们一块儿出来呢！问芬嫂，她掩面无语；问母亲时，她把我揽在怀中低低地哭了！夜幕渐渐低垂，树林模糊成一片漆黑，驴车上只认出互相倚靠蜷伏的三个人影。赵忠和车夫随着车走。除了车轮的转动，和黑驴努力前进的呼吸外，莫有一点响声。广漠的黑暗包围着，有时一两声的犬吠和树叶的飘落，都令人心胆俱碎！到了南王村已是深夜，村门上有乡勇把守，因为我们是异乡人不许走进村。后来还是请来了父亲的朋友王仁甫，问明白后才让我们进去。过了木栅门，王宅已派人拿了灯笼来接，这时我心中才觉舒畅，深深地向黑暗的天宇吐了一口气。坐上王宅车到他家时，我已在路上睡着了。

这一夜，母亲和芬嫂都未安眠，我们焦虑着父亲的吉凶。芬嫂和母亲说："早知道这样两地悬念，还不如在一块儿放心。"母亲愈想愈觉着难过，但是在人家这里也不愿现出十分悲痛的样子。第二天。母亲唤醒我，才知道父亲已派人送信来了。说城中一切都平靖，革命军首领是我们同乡郝梦雄，他是父亲的学生，所以不仅父亲很平安，连这全县一百余村也一样平安。这消息马上便传布了全村，许多妇人领着自己的小孩来到王宅慰问我们！母亲很客气地接见了他们。那天午餐是全村的乡董公请，母亲在席上饮上三杯酒，庆祝这意外的平安！

午餐完毕，王宅用轿车送我们进城，这次不是那样狼狈了。一进城门，便看见军队排立着向我们举枪致敬。车进了大门，远远已看见父亲和一位雄壮英武、全身军装的少年站在屏风门前迎接我们。下了车，我先跑过去抱住父亲。父亲笑着说："过去给你梦雄哥行礼，不是他，我也许见不着你们了。"这时真说不出是悲是喜，母亲和芬嫂都在旁边擦着眼泪，父亲笑声中也带了几分酸意。我走到梦雄面前很规矩的向他行了礼，他笑着握了我的手说："几年不见，妹妹已长大了，你还认识我吗？"他蹲下来捧着我的下颚这样问，我笑了，跑到母亲眼前去，父亲笑了，梦雄和赵忠他们都笑了！

过了几天，父亲和梦雄决定了一同进省，因为军旅中不便带女眷，所以把我们留在这里。在梦雄走的前一天，我们收拾好行装搬到南王村王仁甫家中暂住，等父亲派人来接我们。临行时父亲和梦雄骑着马送我们到城外，我也要骑马，父亲便把我抱在他的鞍上。时已暮春，草青花红，父亲和梦雄并骑缓缓地走过那日令我惊心的柳林，我忽然感到一种光荣，这光荣是在梦雄骑着的那匹红鬃马的铁蹄上！

到了东关外，父亲把我抱下马来，让我和母亲坐在车上去。我知道和父亲将要分离，心中禁止不住的凄哀，拉着父亲的衣角哭了！梦雄跳下马来。抚着我的额前短发，他说："妹妹，你不要哭，过几天便派人来接你去省城。你想骑马，我那里有许多小马，我送你一匹，你不要哭，好妹妹。"母亲、芬嫂下了车和父亲、梦雄告别后——赵忠又抱我上了车。车轮动了，回头我见父亲和梦雄并骑站在山坡上，渐渐远了。我还见梦雄举扬着他的马鞭。

梦雄因为这次征服了岭南各县的逆军，很得当道的赞喜：回到省城后，全城的民众开大会欢迎他的凯旋。不久他便升了旅长，驻扎在缉虎营，保卫全城。在这声威煊赫后的梦雄，当时很引起我们故乡长老的评论。他家境原本贫寒，父亲是给人看守祠堂，母亲是个瞎子。他十岁时便离开家乡去漂泊，从戎数载，转战南北。谁都以为他早已战死沙场，那料到革命军纷起后，他遂首先回来响应。不仅他少年得志令人敬佩，最使人艳羡的他还有一位美丽英武的夫人，听说是江苏人。她的来历谁都不知道，但是她的芳名冯小珊是这城里谁都晓得的。

我们到了省城后，便和梦雄住在一条胡同内，小珊比我大十岁，我叫她珊姐。她又活泼又勇武，憨缦天真中流露出一种庄严的神采，教人又敬又爱。梦雄和她感情很好，英雄多情，谁也看不出英武的梦雄在珊姐面前缠绵柔顺却像一只小羊。

过了中秋节后四天，是我的生日。父亲特别喜欢，张罗着给我过一个愉快幸福的生辰。那天早晨，母亲给我换上玫瑰色缎子的长袍，上边加了一件十三太保的金绒坎肩，一排黄澄澄的扣子上镌着我的小名；芬嫂与我梳了两条松长的辫子垂在两肩，她又从小银匣内拿出一条珠链给我拴在颈上。收拾好，母亲派人来叫我，芬嫂拉着我走到客厅。在廊下便听见梦雄和珊姐的笑声！我揭帘进去。珊姐一见我便跑过来握着我的手说："啊呀！好漂亮的小姑娘，你过来看看我送的礼。""她一定喜欢我的，你信不信？"梦雄笑着向珊姐说。我走到母亲面前。母亲指着桌上一个杏黄色的包袱说："你还不谢谢珊姐给你的礼。"我过去打开一看，是一套黑线镶有金边的紧身戎装，还有一顶绒帽，梦雄不等我看完，便领我走到前院，出了屏门那棵槐树下拴着两匹马；一匹是梦雄的红鬃马；还有一匹小马，周身纯白，鞍辔俱全。我想起来了，这是梦雄三月前允许了我的礼物。我真喜欢，转过身来深深地向他们致谢！那天收了不少的礼物，但是最爱的还是这两样。

不久我便进了学校，散课后，珊姐便和我骑着马去郊外，缘着树林和河堤，缓辔并骑；在夕阳如染，柳丝拂鬓的古道上，曾留了不少的笑语和蹄痕。有时玩得倦了，便把马挂在树上，我们睡在碧茵的草地上，绿荫下，珊姐讲给我许多江南的风景；谈到她的故乡时，她总黯然不欢，我那时也不注意她的心深处，不过她不高兴时，我随着也就缄默了。

中学将毕业的前一年，梦雄和珊姐离开了我们去驻守雁门关。那时我已十六岁了，童年的许多兴趣多半改变。梦雄送给我的小白马，已长得高大雄壮。我想留着它不如送给珊姐自用，所以我决定送给她。在他们临行时，我骑着它到了城外关帝庙，父亲在那里设下了别宴。我下了马，和梦雄、珊姐握别时，一手抚着它，禁不住的热泪滴在它蒸汗的身上。珊姐骑着它走了三次，才追着梦雄的红鬃马去了。归途上，我感到万分的凄楚，父亲和母亲也一样的默然无语。斜阳照着疏黄的柳丝，我忽然想起六年前往事，觉童年好梦已碎，这一阵阵清峭的秋风，吹落我一切欢乐、像漂泊的落叶陨坠在深渊之中。

八年以后，暑假里，我由燕北繁华的古都，回到娘子关畔的山城。假如我尚有记忆时，真不信我欢乐的童年过后，便疾风暴雨般横袭来这许多人间的忧愁，侵蚀我，摧残我，使我终身墓葬于这荒冢寒林之中。此后只有在一缕未断的情丝上，回旋着这颗迂回而悲凄的心，在一星未熄的生命余焰里，挥泪瞻望着陨落的希望之星，和不知止于何处的遥远途程。这自然不是我负笈千里外所追求的，又何尝是我白发双亲倚间所希望的。然而命运是这样安排好了，我虽欲挣脱终不能挣脱。

这八年中，我在异乡沉醉过，欢笑过，悲愁过，痛哭过，遍尝了人间的甜酸辛辣；才知道世界原来是这个罪恶之薮，而我们偶然无意中留下的鸿爪，也许便成了一种忏悔罪恶的遗迹。恍惚迷离中，一切虽然过去了，消逝了，但记忆磨灭不了的如影前尘，在回忆时似乎尚可得一种空幻的慰藉。

黄昏的灯光虽然还燃着，但是酒杯里的酒空了，梦中的人去了，战云依然深锁着，灰尘依然飞扬着，奔忙的依然奔忙，徘徊的依然徘徊。我忽然蹰躇于崎岖荆棘的天地中，感到了倦旅。我不再追求那些可怜的梦影了，我要归去，我要回到母亲的怀里，暂时求个休息去。我倦了，我想我就是这样倒下去，我也愿在未倒时再看看我童年的摇篮，和爱我的双亲。

扎挣着由黑暗的旅舍中出来，我拂了拂衣襟上的尘土，抚了抚心上的创口，向皎洁碧清的天空深深地吐了一口气后，踏着月色独自走向车站。什么都未带，我不愿把那些值得诅咒，值得痛恨的什物，留在身畔再系绊我。就这样上了车，就这样刹那间的决定中抛弃了一切。车开行了，深夜里像一条蜿蜒在黑云中的飞龙，我依窗向着那夜幕、庄严神秘的古都惨笑！惨笑我百战的勇士逃了！

谁都不晓得，这一辆车中载着我归来，当晨曦照着我时，我已离开古都有八百里，渐渐望见了崇岭高山，如笏的山峰上，都戴着翠冠，两峰之间的瀑布，响声像春雷一般。醒了，我一十余载的生之梦，这时被涧中水声惊醒了！禁不住眼泪流到我久经风尘的征衫！为了天堑削壁的群山，令我回想到幼年时经过的韩信岭，和久无音信的珊姐和梦雄。

下了火车，我雇了一只小驴骑到家；这比什么都惊奇，我已站在我家的门口了。湖畔一带小柳树是新栽的，晚风吹拂到水面，像初浣的头发，那边上马石前，卧着一白花狗，张口伸出血红的舌头，和着肚皮一呼一吸的，正看着这陌生的旅客呢！我把小驴系在柳树上，走向前去叩门，我心颤动着，我想这门开了后，不知将来的梦又是些什么？

到家后三天，家中人知我心境忧郁，精神疲倦。父亲爱怜我，让我去冠山住几天，他和小侄女蔚林陪着我，一个漂泊归来的旅客，乍承受了这甜蜜的温存和体贴，不觉感激涕下！原来人间尚有这块园地是会使我幸福的，骄傲的。上帝！愿永远这样吧！愿永远以这伟大的慈爱抚慰世上一切痛苦失望中归来的人吧！

山道中林木深秀，涧水清幽，一望弥绿，把我雪白的衣裳也映成碧色。父亲坐着轿子，我和蔚林骑着驴，缓缓地迂回在万山之间。只听见水声潺潺，但不知水在何处！草花粉蝶，黄牛白羊，这村色是我所梦想不到的。一切诅恨宇宙的心，这时都变成了欣羡留恋，一草一木，一山一水之微，都给与我很深很大的安慰。我们随着父亲的轿子上了几层山坡，到了我家的祖茔；父亲下了轿，领着我和蔚林去扫墓，我心中自然觉到悲酸，在父亲面前只好倒流到心里。烧完纸钱，父亲颤巍巍地立在荒墓前，风吹起他颚下的银须和飞起的纸灰。这一路我在驴上无心再瞻望山中的风景，恨记忆又令我想到古都埋情的往事。我前后十余年中已觉世事变幻，沧桑屡易，不知父亲七十年来其辛苦备尝，艰险历经的人事，也许是恶苦多于欢乐？然而他还扎挣着风烛残年，来安慰我，愉悦我。父亲！懦弱的女儿，应在你面前忏悔了！

远远望见半山腰有一个石坊，峰头树林蔚然深苍中掩映着庙宇的红墙，山势蜿蜒，怪石狰狞，水乳由山岩下滴沥着，其声如夜半磬音，令人心脾凛然清冷。蔚林怕摔，下了驴走着，我也下来伴着她，走过了石坊不远便到了庙前，匾额写着"资福寺"。旁边有一池清泉，碧澄见底，岩上有傅青主题的"丰周瓢饮"四字。池旁有散发古松一株，盘根错节，水乳下滴，松上缠绕着许多女萝。转过了庙后，渡一小桥是槐音书院，因久无人修理已成废墟，荆棘丛生中有石碑倒卧，父亲叹了一口气，对我说，这是他小时读书之处。再上一层山峰至绝顶便到冠山书院，我们便住在这里。晚间，芬嫂又派人送来许多零用东西，和外祖母特别给我做的点心。

夜里服侍父亲睡了后，我和蔚林悄悄走出了山门，立在门口的岩石上，上弦月弯弯像一只银梳挂在天边，疏星点点像撒开的火花。那一片黑漆的树林中时时听见一种鸟的哀鸣。我忽然感到这也许便是我的生命之林！万山间飘来的天风，如浪一样汹涌，松涛和着，真有翻山倒海之势。蔚林吓得拉紧了我的手。我也觉得心惊，便回来入寝。父亲和蔚林都睡熟了，只有我是醒着的，我想到母亲，假如母亲在我身畔，这时我也好睡在她温暖的怀中痛哭！如今我仿佛一个人被遗弃在深夜的荒山之中，虎豹豺狼围着我，我不能抑制我的情感，眼泪如泉涌出！

鸡鸣了，我披衣起来，草草梳洗后便走出了山门，想看看太阳出山时的景致。一阵晨风吹乱了我的散发，这时在烟雾迷漫中，又是一番山景。我站在山峰上向四面眺望，觉天风飘飘，云霞烟雾生于足下，万山罗列，如翠笏环拱，片片白云冉冉飘过，如雪雁飞翔；恍惚如梦，我为了这非人间的仙境痴迷似醉。天边有点淡红的彩色。渐渐扩大了，又现出一道深紫的虹圈，这时已望见东山后放出万道金光，这灿烂的金光中捧出一轮血红似玛瑙珠的朝阳！

我下了石阶走去，那边林中有个亭子，已废圮倾倒，蛛丝尘网中抬头看见一块横额，写着"养志亭"三字。四周都是古柏苍松，陵石峻秀，花草缤纷，静极了，静得只听见自己呼吸的声音。我沉思许久，觉万象具空，坐念一清，心中恍惚儿不知此身为谁？走下了养志亭，现出一条石道，自己忘其所以地披荆棘，践野草走向前去，望见一带树林中，隐约现出房屋，炊烟飘散，在云端缭绕。

下了山，看见一畦一畦的菜园，红绿相间。粉墙一带，似乎是个富人的别墅。旁边有许多茅屋草舍，鸡叫犬吠俨然似个小村落。看看表已七点钟了，我想该回去了，不然父亲和蔚林醒来一定要焦急我的失踪呢！我正要回头缘旧径上山去，忽然听见马嘶的声音，而且这声音很熟，似乎在哪里听见过一样！我奇怪极了，重登上了山峰，向那村落望去，我看不见马在哪里！又越过一个山峰时，我可以看见那一带粉墙中的人家了，一排杨柳下，拴着两匹马，我失惊的叫起来，原来一匹是梦雄的红鬃马，一匹是他赠我，我又赠珊姐的小白马。我仔细的望了又望，看了又看，一点都没有错，确是它们。

　　我像骤然得到一种光荣似的，心中说不出的喜欢，哪想到我会在这里无意中逢见它们。我又沉默了一会，觉着这不是梦。重新下了山，来到那个村落，我缘着粉墙走，看见一个黑漆大门，旁边钉着个铜牌写着"郝宅"，门口站着一个小姑娘，抱着一个小孩。我问她，这里是谁住着？她说是郝太太。我又问她："你是谁呢？"她指着怀中小孩说："这是郝少爷，我是她的丫头叫小蟾。"

　　我说明来历，她领我走到客厅，厅里满挂着写了梦雄上款的对联和他的像，收拾得很整洁。院子很大，似乎人很少，静寂的只听见蝉声和鸟唱。碧纱窗下种着许多芭蕉，映得房中也成了绿色。院中满载着花木，花前放着乘凉的藤椅。我正看得入神时，帘子响了，回头见一个穿着缟素衣裳的妇人走过来。我和她一步一步走近了，握住手，但是一句话也说不出，四只眼睛瞪望着。我真想哭，站在我面前这憔悴苍老的妇人，便是当年艳绝一时天真活泼的珊姐。我呢？在珊姐眼中也一样觉得惊讶吧！别时，我是梳着双髻的少女。如今满面风尘，又何尝是当年的我。她问我为何一个人这样早来？我告诉了她。父亲和蔚林在山上时，她即叫人去告诉我在这里，并请他们来她家午餐。后来我禁不住了，问到梦雄，她颜色渐渐苍白，眼泪在眶中转动着，她说："已在一年前死了！"我的头渐渐低下，珊姐紧紧握住我的手，我和她都在静默中哭了！

珊姐含泪领我到她的寝室，一进门便看见梦雄的放大像，像前供着几瓶鲜花。我站在他遗像前静默了一会，我心中万分凄酸，那知关帝庙一别便成永诀的梦雄，如今归来只余了一帧纸上遗影。我原想来此山中扫除我心中的烦忧，谁料到宇宙是如斯之小，我仍然又走到这不可逃逸的悲境中来呢！

"珊姐！难得我们在此地相见，今日虽非往日，但我们能在这刹那间团聚，又何尝不是一种幸福。你拿酒来，我们痛饮个沉醉后，再并骑出游，你也可以告我别后的情况，而且我也愿意再骑骑小白马，假如不是它的声音，我又哪能来到这里？"我似乎解劝自己又系解劝珊姐似的这样说。

珊姐叫人预备早餐，而且斟上了家中存着的陈酒。痛饮了十几杯后，我什么东西都没有吃，遂偕同珊姐走到后院。转过了角门，我看见那两匹马很疲懒的立在垂杨下。我望着它们时心中如绞，往日光荣的铁蹄，驰骋于万军百战的沙场，是何等雄壮英武！如今英雄已死，名马无主，我觉红鬃马的命运和珊姐也一样呢！我的白马也不如八年前了，但它似乎还认识故主，我走近了它时，它很驯顺地望着我。珊姐骑上梦雄的红鬃马，我骑上白马，由后门出来。一片绿原，弥望都是黄色的麦穗，碧绿的禾苗。珊姐在前领着道，我后随着，俨然往日童年的情景，只是岁月和经历的负荷，使我们振作不起那已经逝去的豪兴了。

远远望见一片蔚浓的松林，前面是碧澄的清溪，后面屏倚着崇伟的高山，我在马上禁不住的赞美这个地方。停骑徘徊了一会，抬头忽然不见了珊姐，我加鞭追上她时，她已转入松林去了。我进了松林，迎面便矗立着一块大理石碑，碑顶塑着个雕刻的石像，揽辔骑马，全身军装；碑上刊着："革命烈士郝梦雄之墓。"珊姐已下了马，俯首站在墓前，墓头种满了鲜花和青草，四周用石柱和铁环围绕着。

我把马拴在松树上，走近了石碑，合掌低首立在梦雄墓前，致这最后的敬意和悲悼！梦雄有灵也该笑了，他一生中所钟爱的珊姐和红鬃马，都在此伴着他这静默的英魂！偶然相识的我，也能今朝归来，祭献这颗敬慕之心。梦雄！你安息吧，殡葬你一切光荣愿望、热烈情绪在这山水清幽的深谷中吧！

珊姐望着石像哭了！我不知怎样劝慰她，只有伴她同挥酸泪！她两手怀抱着梦雄的像，她一段一段告诉我，他被害的情状，和死时的慷慨从容。我才知道梦雄第二次革命，是不满意破坏人民幸福、利益的现代军阀。他虽然壮志未酬身先死，但有一日后继者完成他的工作时，他仍不是失败的英雄。他的遗嘱便是让珊姐好好地教养他的儿子，将来承继他的未完之志去发扬光大，以填补他自己此生的遗憾！

自从听见了珊姐的叙述后，不知怎样，我阴霾包围的心情中忽然发现了一道白采，我依稀看见梦雄骑马举鞭指着一条路径，这路径中我又仿佛望见我已陨落的希望之星的旧址上，重新发射出一种光芒！这光芒复燃起我烬余的火花，刹那间我由这个世界踏入另一世界，一种如焚的热情在我胸头缭绕着——燃烧着！

余 辉

　　日落了，金黄的残辉映照着碧绿的柳丝，像恋人初别时眼中的泪光一样，含蓄着不尽的余恋。垂杨荫深处，现露出一层红楼，铁栏杆内是一个平坦的球场，这时候有十几个活泼可爱的女郎，在那里打球。白的球飞跃传送于红的网上，她们灵活的黑眼睛随着球上下转动，轻捷的身体不时地蹲屈跑跳，苹果小脸上浮泛着心灵热烈的火焰，和生命舒畅健康的微笑！

　　苏斐这时正在楼上伏案写信，忽然听见一阵笑语声，她停笔从窗口下望，看见这一群忘忧的天使时，她清癯的脸上现露出一丝寂寞的笑纹。她的信不能往下写了，她呆呆的站在窗口沉思。天边晚霞，像绯红的绮罗笼罩着这诗情画意的黄昏，一缕余辉正射到苏斐的脸上，她望着天空惨笑了。惨笑那灿烂的阳光，已剩了最后一瞬，陨落埋葬一切光荣和青春的时候到了！

　　一个球高跃到天空中，她们都抬起头来，看见了楼窗上沉思的苏斐，她们一齐欢跃着笑道："苏先生，来，下来和我们玩，和我们玩！我们欢迎了！！"说着都鼓起掌来，最小的一个伸起两只白藕似的玉臂说："先生！就这样跳下来罢，我们接着，摔不了先生的。"接着又是一阵笑声！苏斐摇了摇头，她这时被她们那天真活泼的精神所迷眩，反而不知说什么好，一个个小头仰着，嘴张着，不时用手绢擦额上的汗珠，这怎忍拒绝呢！她们还是顽皮涎脸笑容可掬地要求苏斐下楼来玩。

苏斐走进了铁栏时，她们都跑来牵住她的衣袂，连推带拥地走到球场中心。她们要求苏斐念她自己的诗给她们听。苏斐拣了一首她最得意的诗念给她们，抑扬幽咽，婉转悲怨，她忘其所以的形容发泄尽心中的琴弦。念完时，她的头低在地下不能起来，把眼泪偷偷咽下后，才携着她们的手回到校舍。这时暮蔼苍茫，黑翼已渐渐张开，一切都被其包没于昏暗中去了。

那夜深时，苏斐又倚在窗口望着森森黑影的球场，她想到黄昏时那一幅晚景和那些可爱的女郎们，也许是上帝特赐给她的恩惠，在她百战归来，创痛满身的时候，给她这样一个快乐的环境安慰她养息她惨伤的心灵。她向着那黑暗中的孤星祷告，愿这群忘忧的天使，永远不要知道人间的愁苦和罪恶。

这时她忽然心海澄静，万念俱灰，一切宇宙中的事物都在她心头冷寂了，不能再令她沉醉和兴奋。一阵峭寒的夜风，吹熄她胸中的火焰，觉仆仆风尘中二十余年，醒来只是一番空漠无痕的噩梦。她闭上窗，回到案旁，写那封未完的信。她说：

钟明：

　　自从我在前线随着红十字会做看护以来，才知道我所梦想的那个园地，实际并不能令我满意如愿。三年来诸友相继战死，我眼中看见的尽是横尸残骸，血泊刀光。原只想在他们牺牲的鲜血白骨中，完成建设了我们理想的事业，谁料到在尚未成功时，便私见纷争，自图自利。到如今依然是陷溺同胞于水火之中，不能拯救。其他令我灰心的事很多，我又何忍再言呢！因之，钟明，我失望了，失望后我就回来看我病危的老母。幸上帝福佑，母亲病已好了。不过，我再无兄弟姊妹可依托，我不忍弃暮年老亲而他去。我真倦了，我再不愿在荒草沙场上去救护那些自残自害、替人做工具的伤兵和腐尸了。请你转告云玲等不必在那边等我。允许我暂时休息，愿我们后会有期。

苏斐写完后，又觉自己太懦弱了，这样岂是当年慷慨激昂投笔从戎的初志。但她为这般忘忧的天使系恋住她英雄的前程，她想人间的光明和热爱，就在她们天真的童心里，宇宙呢？只是无穷罪恶无穷黑暗的渊薮。

十六年五月二十六日

一　夜

　　我吃了晚饭独自一个正在楼上望西沉的落日，侄女昆林跑上来说："梅姑！祖父让我来请你，不知为了什么事，祖母在哭呢！"我怀着惊诧的心情来到母亲房里，芬嫂也在这里。他们都正在沉默着，母亲坐在椅上擦眼泪，屋里光线也很黯淡，所以更显得冷森严肃。父亲见我进来，他望着我说："刚才珑珑来，他说你七祖母病的厉害，你回来还未看过她，这时候我领你去看看罢，人许还来的及。那面的事情我已都让你瑾哥去理了。"

　　骤然听得这消息，我心里觉着万分凄楚！母亲也要过去，我们因为天太晚了，劝阻她明天再去。我换了件衣服，随着父亲出来。昆林也伴着我，提了芬嫂燃着的玻璃灯。这正是黄昏时候，落日照在树林菜圃，发出灿烂的金光。我们缘着菜圃的坺走去。

　　走过了菜圃，下了斜坡，便是一道新修的马路，两旁的杨柳，懒懒地一直拖到地上。夜幕渐渐垂下。昆林手中提着的玻璃灯，发出极光亮的火焰，黑暗的阴森的道上，映着我们不齐的身影。父亲拄着龙头拐杖，银须飘拂，默无一语的慢慢踱着，我和昆林也静悄悄的随在他身畔。我们都被沉重的严肃的悲哀包围着。

　　马路的南边现出一带青石的堤，进了石堤门口有两棵老槐树的便是七祖母家了。

我们在这黑漆的大门口，我的心博跳的很厉害，我等候一个悲剧来临在这叩门声中。门开了，是瑾哥。后面还跟着一个十三四岁的小童，提着一把药壶，他就是珑珑。

"病人怎么样?"父亲问:"医生刚走，他说老病没有希望了。现在还清楚，正在念着梅妹呢! 快进去看看去吧! 一直是喊着你的名字。"瑾哥又转头向我说。

瑾哥先把父亲让到东厢房，留着昆林伴着他，小童沏上茶，我随了瑾哥来到上房上了台阶揭帘进去，是三间大的一个外间，中间长桌上供着一座白瓷观音，两旁挂着杏黄绸神幔，香炉里还有余烟未尽，佛龛前燃着两支蜡烛。两间垂着一个软竹帘，映着灯光，看见里面雪帐低垂的病榻。我轻轻地走进去，一个女仆向我招呼了一下，我就来到病床前。她的面色十分的枯干苍白，双眼深陷下去，灰白的头发披散在枕畔，身体瘦小的盖着绒毡和床一样平。我哽咽着喊了一声"七祖母"，她微睁开那慈祥温和的眼望着我，她似乎不敢相认。"谁?"一个细小的声音由帐中传出:"是梅玲妹妹来看你的，你不是正在念她吗?"瑾哥伏在床前向她说:"啊，原来就是玲玲。"她惊喜的把头微微抬起，伸出一只枯瘦不能盈握的手，握住我;她瞪眼望着我流下泪来，她道:"玲玲，我恐怕不能再见你呢! 前些天你父亲来，说你怕暂时不能回来，火车又快不通了，我很念你呢! 可怜我病了许久了，今年春天就不能起床了。我天天祷告着，让我快快死了罢，我在这世上早就是废物了。我在你小时就抚抱着你，从摇篮里一直看你长了这么大，我真欢喜呵! 我时时都想着你，玲玲! 我莫有白疼你，你能在这时候回来给我送终。"她说着老泪流到颊上，手在抖擞着。

屋里点着两盏煤油灯，但我只觉昏暗的可恐怖。女佣人给我搬一个椅子在床边，我坐下后详细的和七祖母谈她的病况，她有时清楚，有时糊涂，病象是很危险了，又心里凄酸的说不出什么，可怜她孤苦无儿女的老人。她从小那样珍爱我抚育我，今天既然来了，当然愿意伴着她令她瞑目死去的。乘她昏睡时出来到东厢去看父亲，我道："父亲，七祖母病危，怕今夜就过不去的，我想今夜留在这里陪着她，父亲，我求你的允许。"我说时哽咽的泣了，父亲也很难过，他吩咐瑾哥去买办衣服棺材，并请几个人来帮忙。瑾哥走后他和昆林到上房来看病人，已不如见我时清楚了，似乎在呓语着。父亲唤她几声"七婶"，她只睁开眼看看，也不说话，面部的表情非常苦痛悲惨！

父亲出来到外间向我说："梅玲，你就在这里伴着她好了，回头我让你乳娘也来，如果无事明晨我再来；假如情形不好你就让珑珑去报个信。瑾哥今天晚上也在这里，也许还有别的人，你不要怕。七祖母抚养你的小，你送终她的老，是应当的。梅玲！你好好安慰她令她含笑而终……"父亲说话的声音有点颤抖了。

我燃亮了玻璃灯，仍让昆林提着，送他们到大门口。我又嘱咐昆林好好招呼着祖父。一直望着他们的灯光给树林遮住不见了，才掩门回来。

女佣人和我伴着七祖母，珑珑在厨房煎药。瑾哥回来已十点多钟了。衣服已买来，我都交给女佣人去看一遍，还少什么不少。我们匆忙中现出无限的凄凉和惨淡，我时时望着她的脸，抚着她的手，我希望她再和我说几句话，这真是痛心的事情，顷刻中她的灵魂便去了永不回来。

一会工夫乳娘也提了灯笼挟着一个衣包来了，是母亲给我带来的衣服。

这一夜我便在病床边伴着她，她已失了知觉，只余了一点未断的气息慢慢喘着，在她那枯干苍白的脸上，看出她在人间历经苦痛的残痕。我祷告，最好就这样昏迷的死去，不然她在这时候一定会感到人间的恨悔呢！她是个孤独者；她是扎挣奋斗了七十多年，一员独守残垒的健将。

她二十岁嫁给了七祖父；结婚不到二年，七祖父便客死异乡。余下一点薄薄的财产，也都被强暴的族人占了去。她困苦无所归，便只身来到我家，给我们帮忙做点粗活计；祖母很同情她可怜，常嘱咐父亲要照顾着她。我生后一月，不幸爱我的祖母便死了，那时母亲也病着。一切料理丧事，看护母亲，都是七祖母。后来我的乳娘走了几天，也是她代理着母亲的职务来抚养我。那时她真把一切的爱都集注在我身上。我的摇篮中埋殡着她不可言说的悲痛和泪痕。那时我的浅笑，我的娇态，也许都是她惟一的安慰呢！

十数年来，凭着她的十指所得，也略有点积蓄。父亲劝她承继一个儿子，将来也有个依靠。她只含泪摇头的拒绝。后来她也老了，我们又都是漂泊在外边不常回去，父亲就借她这所房子让她住着，雇一个小孩服侍她。她虽然境遇孤苦，但还不至于令她作街头饿殍的，自然是我父亲的力量。

为人是非常的和蔼，不论心里有什么悲哀的事情，表面上都是那一副微笑的面靥，她是忍受着默咽着一切的欺凌和痛苦。她是无抵抗主义者的信徒。她似乎认定人间不会给与她什么幸福快乐的，所以她宁愿依人篱下求暂时温饱，不希望承继儿女来欢娱她荒凉的暮景。她甘于寂寞的生活，不躲避自己孤苦的命运，不怨天，不尤人，很平淡的任其自然的来临；这种漠然的精神也许是旁人做不到的。我虔诚的替七祖母祈祷，愿她将这永久的平淡和漠然，留给世间苦痛的朋友们自己慰藉着！

阴森的夜里，我在她床前来回的走着，一盏暗淡的灯，在黑暗中摇晃着现出无限的恐怖，我勉强抑压着搏跳的心等待着死神黑翼的来临！一会工夫我又去看看她的面色和呼吸，乳娘整理着她的殓衣，女佣人在分散族人的孝帽；瑾哥常常探首来问消息；他的面色已现得十分憔悴！

　　天黎明时，病人渐渐垂危，呻吟苦闷，气息也喘的很紧；瞳孔也缩小了，而且昏暗无光。我注视着她，抚着她的手，轻轻呼着"七祖母"。她似乎还想说什么，嘴唇微微动着但一点声音也没有发出，面色渐渐红了。身体转动了几下，微睁开眼望了望我，她就闭上眼，喉间痰涌上来，喘息着；一阵一阵气息低微，我这时低低喊着她，泪已落满了床褥。

林楠的日记

七月三十日

今天小蓉又咳嗽了，母亲说这是夜里受了凉，意思怪我太疏忽了。小蓉近来也是可恶，总是不停的哭。父母这些时正想念着琳，听见她哭自然心中更觉不痛快。我向母亲寻药，她面色沉的很厉害，伸手接那黄色小瓶时明明觉得我手是抖索着。吃完药，张妈抱着她睡了，我去伺候父母用晚餐。

琳他像浮萍一样漂泊着，家呢，又似乎被种种阻力隔绝了。我们都希望能看见他，自从国民党的帜标飘扬在古城雉堞时，盼望着他的归来，现在更迫切了。

一天一天过去了，信息消沉。琳是误认他乡作故乡呢？还是别种原因系绊着他——这只有天知道。

每日聚餐时，都是默然寡欢，举箸不能下咽，喉头似乎有东西梗塞。母亲有时滔滔不绝的数说着，父亲不语，我停了箸听。一种死寂的空虚，忽然填满了不宁的颤动。似乎风起了，海面怎样也不能平静。

晚餐后，我在房里给小莲洗耳朵，听见母亲叫我的声音，来到上屋，父亲拿着一封信。母亲笑着说："琳快回来了！"

十五日写的信，说在上海耽搁几天，计算起来一两天内就到家了。这真是惊喜的消息，仿佛黑云四布的阴天，忽然云霁雾散，现出碧清如洗的天空。心里眼前都觉得光明雨澄，从前是漆黑的夜，如今是朝旭如烘的晨光，琳无疑是一颗亮晶晶的星。

阴霾和忧愁都在这刹那中消失了。谁的精神都觉振作了许多，连佣人们做事都似乎勤快了，霎时间，打扫房屋，预备床褥，忙乱个不了。张妈说："蓉小姐第一次见爸爸，换一件漂亮衣服罢！"我笑了！在她玫瑰般腮上轻轻吻了一下，她也拍着小手笑了。

我心总是跳动着，三年来腐蚀苦痛的心，今天更感到凄酸！我真有点怕见他。从箱中拿出那件浅碧色的云罗衫，在镜中望见自己时，觉得胖多了。不知在琳眼中是不是旧时容颜？禁不住泣然流涕！后来想忍下去吧，今天的眼泪该在琳的怀内流了，让他热烈的吻来烘我的悲痕罢！

抬头见瓶花含笑，灿烂的灯光也分外明亮，好像有意逗我一样，我走到那里它跟到那里。去罢，灯光！琳回来后你再照我们俩影双双。

十一点钟了。母亲还不睡，我劝她先睡下，大概今夜不会回来了。小兰也不睡，我骗她："爸爸在你做梦的时候才回来呢！"她果真赶快睡了，但不过一会，她又伸着小头问："爸爸回来了吗？"

在院中葡萄架下，预备冰激凌、汽水和水果。厨房还未封火。满院都是白昼般的灯光。等的不耐烦了，我悄悄踱到大门外。夜静了，院中冷清死寂；四无人声，银河畔双星正在好梦初浓。月如钩，淡淡的光辉照着这静悄悄的大地，这好像一个梦境。远远有汽车警笛声，我屏息静听，是否来了呢！但渐渐远了。只有冷静的夜幕包围着，衣单霜露重。

两点钟了，大概是不回来了。让佣人都去睡觉，母亲隔着窗子说："他一定不回来了，你睡吧！"我心想母亲也是一样和我醒着，就是睡了，心也永久醒着。

八月二日

琳昨夜归来了。提笔写这几个字时，我心如绞。

和他同来的是璟弟和他的爱人岫琴。岫琴是黛的同乡，又是同学，她们很熟；所以他们未回来前，我早由黛那里听到关于岫琴和她的事。这一双爱侣在这家庭中像一对刚飞来的新燕子；谁都是充满了新奇和欣慰来欢迎他们！他们无异是爱神羽翼下藏着的幸福儿女。

岫琴是个刚健英武的女子，处处都现露出她反抗的精神。她在俄国住了一年多，还略带点新俄罗斯的气魄，在我们这种家庭中，她真是一手执着警钟，一手执着火把的改造者。我那能比她，多少镣铐加在身上，多少创疤结在心头；然而我只是早生了六年，时代就将我遗弃了。母亲对她默然摇着头。我呢！很愿知道她那个世界中的光明，透射出我这暗惨的环境。

琳！我还是喊他琳，不过他的灵魂已和我分裂了。

命运告诉我，那前面是个深黑的洞，我应该忍痛含泪一步一步走过去。前途太渺茫了，不知那里是终程。荫森的林中我只听见琳的声音，渐渐远了。我只听见幽谷中的怪鸥悲鸣。梦醒了，我是一个人在道旁涕哭！

自从昨夜到如今，琳不曾和我谈过十句话。我走到那里，他躲到那里。冰霜一般的脸，难以亲近。目光充满了凶狠的无情。昨夜回来后一定催促着佣人给他外间支张床，我给他拿出从前的紫绸被，一回手扔在地下，连张妈都莫明其妙：他和谁生气。

我一夜都不曾安眠，悄悄站在他床头，听见他鼾声如雷。等我进来了，静听仿佛有转侧的声音，并夹着低微的叹息。他心底一定有深长的隐痛。但是这隐痛是为了什么呢？无论如何想不出他讨厌我躲避我的原因。我第三次走到他床前时，低低喊着"琳"！他像在天涯地角那样远，空气激荡着我抖颤的声音，无人答应。

我颓然倒在床侧。琳归来的一夜是这样过去。

八月三日

晨曦照着窗纱时，我心里正布满了阴霾，梳洗后，走到他床前。他闭着眼；但是已经醒了。我想悄悄过去唤醒他说几句话；无奈，怕那冷冰如铁的面孔。我已听见自己热情的呼吸了，忍不住眼中满了泪水；又怕招他生气，我急忙走开。

轻轻推开了母亲的门，母亲隔着帐问：谁？我答应了。那时我喉头凄酸如梗。母亲又问："为什么这样早就起来，让他多睡一下，你起来一定要吵醒他。"我不知道该说什么，默然站在帐门前。母亲也觉异样。她穿好了衣裳揭起帐，望了我一眼，说："林楠，为什么这样？"我给他折着绒毯，张妈进来打洗脸水。

今天来了不少客。大姐和黛都来了，琳对她们也很冷淡。大姐客气坐了一会就走了，黛简直莫名其妙，呆呆地望望我又望望他。

吃完饭，琳就去睡觉，连父亲都没有机会和他谈话。母亲显然有点生气了，抱怨不该请他回来。璟和岫琴似乎更为难的样子：一方面对我，一方面对琳。大有难于应付的情况。

母亲偶然揭开璟的皮箱，看见许多像夹，那里面都是他们的像。除了璟和她的外，就是琳和钱颐青小姐共摄的，多半是西湖的风景。我向琳笑了笑！母亲简直说："啊！原来是她！"璟和岫琴都彼此望着，现出很惊惶的样子。

钱颐青小姐是我们的同乡。她在北大读书，去年为了奉系逮捕学生，她也有点嫌疑，遂逃到南京去。那时琳正在某军的军需处当处长，就让她在那里帮点忙，琳住处很宽广，岫琴、小萍、钱小姐都在那里。机会造成了璟和岫，自然也造成了琳和钱，那种浪漫的环境中自然容易发生这浪漫的爱情。去年琳在杭州养病，给我的信上曾提到钱小组病中看护他的好意。我也觉异乡作客，尤其是病中，难得钱小组这样热心，我也深深地感激她。但是我相信钱小姐是知道我的，琳呢！更不会以对我的情谊去对别人。那时，我并不会疑惑他们有超乎友谊的恋爱。

但是如今事实告诉我是这样呢！

上帝呵！我没有伟大的力量，灭熄我心底的悲愤之火。但是琳有个力量逼迫他，离开我，遗弃我，令我的生命沉落。这种局面一布置，我自然是一个最痛苦最可怜的妇人，不过他们果真能毫不顾忌的去爱吗？我怕一样是人间被命运拨弄的可怜者呢！

八月五日

昨夜我问琳："你有什么困难问题，不妨和我谈谈，我给你想法子去解决，整天这样愁闷，也不是一回事呵！你是多么有决断的人，为什么不拿出点勇气来呢！"

问了几次，他只冷冷道："我并没有怎样，你不要多心。"再问他时，已面壁装睡，似乎是恨多生了两只耳朵。

这时我真气愤，恨不得捶他几拳，咬他几口才痛快。

夜半他起来在暖壶里倒水喝，我拖了鞋在冰箱里拿出汽水给他，开了两瓶都喝完了，似乎是灭熄他心头燃烧着的情焰。

我扶着桌子问他：

"琳！我到底什么事情得罪了你，还是哪样事情做得对不住你？都请你明白的说出来。我在家里的生活你是该知道，一切都是为了你，侍候着爹妈，抚养着小孩，我不敢有一点怨言。你为什么反和我生这样大的气呢！无论如何，想不出令你对我恩断义绝的原因。什么难解决的事呢！告诉我，我替你想方法，只要你感到愉快幸福，我宁愿帮忙你成功。整天唉声叹气能济事吗？

父母盼望你回来，真是食不甘味，寝不安枕；而你对家庭是这样冷淡，厌绝。你看母亲这几天的面色多么难看，今天在父亲屋里哭呢！走了三年，好容易回来，你是这样态度对我，真不曾想到。"

他站起来打了个哈欠道："我自然对不起你，不过父母也对不起我呢！不必谈这些了，你去睡吧！"一直走到他床前，一翻身用绒毯盖上头又睡去了。

我呆呆地站在桌子旁。望着绿绸罩下凄凉的灯光哭了！他明明听见也不来理我。琳，我情似水，怎奈君心如铁，从前那样温柔深爱的琳，近在咫尺，远若天涯。

八月七日

今晨我刚睡着，他就来外间翻箱倒柜的闹了一阵。

黛来了，她手里拿着一大包东西，坐在床上，给我搬摆了一床：什么小洋狗、日记本、照相机、皮鞋、手绢、丝袜、衣料等等。她像小孩一样问我："嫂嫂！三哥给了你什么？这是他刚才送我的。凡我喜欢的东西都在里头，三哥真会给女人置东西，又别致，又合意。"

我勉强笑了笑！接着她就说："嫂嫂，我和你好，我偷偷告诉你，但是你可千万不要向三哥提起，不然他要恨我呢！"

"什么话，值得这样秘密。"

"岫琴昨天去我那里，我说你病了，她就叹起气来！我问她到底三哥为什么和嫂嫂闹别扭呢？她笑说我那里知道。我仔细打听才知道三哥的行踪。他和钱颐青要好已经有一年多了，程度很深，到底他为什么爱她，那是神秘的爱，谁也不解。也是机会造成的，他病的时候都是钱来服侍，煎汤熬药。你想一个孤男，伴着个多情有意的怨女，那能够不爱呢！在南边那种浪漫的环境中。因为她离开了南京，三哥也不办公事请上假去杭州看她去。杭州的西湖上，特别租了一座楼房，他说在杭州养病，什么有病？她的病！三哥对她的事，向璟他们也不常提到，想法子解决罢，他也无从下手。正式和她结婚，怕钱小姐还不愿意呢！也许有目的，醉翁之意不在酒。三哥是老实人，假如要是不老实，他也不会如此傻，回了家对嫂嫂这样，你也不要难受，将来他和钱怕不能长久聚着，据闻钱想回广西去；隔离后，爱情慢慢就淡了，楠嫂！那时三哥还是你的。这次你不要留在家里了，你还是跟着三哥去，外国人的夫妇，从来不能离开的，一离开就保不了险。只有中国，男人在外面做买卖混事十多年不回家，女人在家里睁眼泪合眼泪的熬着。所以文学的表现，总是什么闺怨、寄外、寒砧明月、阳关归梦，说不尽那些春愁秋恨，悲欢离合。"

她说的我笑了，黛的小嘴真能说，无怪乎琳昨天对母亲说，黛妹有点像王熙凤呢！

吃了点百合粉，我想挣扎起来。明天是父亲的生日，一切事都要我去张罗，要不然母亲又该抱怨了，琳虽然可以不理我不爱我，但是我对他的家庭却不离开，一天总要负相当责任。岫琴笑我旧道德观念深，我也无法，我完全在这环境中势有所不能反抗。因为我已是时代的牺牲者了。岫琴有一天正式和璟结了婚，她的地位和我就不一样。谁都觉她是可以当客人一样坐着瞧，坐着吃，坐着说笑是应该，我的环境地位就不能了，我是娶来的媳妇，不是请来的爱人。

八月九日

什么事有了隔膜，就有了痛苦。谁都不肯披肝沥胆的说出来，本来想哭，还要咽下泪去换上笑容；本是讨厌你这个人，而表面还要做作多少亲热的样子，这虚伪敷衍简直是中国人的美德，充满了社会，充满了家庭，充满了个人。我真恨，然而我不能不这样做，那个环境允许你把赤条条的本性供献出来呢？

我的家庭：老的有心事有痛苦，小的有心事有痛苦，除了那三个天真未凿的小孩外，连来的客人都有心事有痛苦。

昨天父亲过生日，表面上多么热闹，来了不少的客。黛更是高兴了，跑出跑进，那里也有她的声音，那里也有她的影子。琳说她是赶戏台的，那一个舞台下也有她的角色点缀着。我真爱她，大概谁也爱，人又能干，长的又清秀，性情更是温柔和蔼，看什么地方她应付的恰如其分，一点也不讨厌。她在学校教书赚来的钱，一个人用不清，无拘无束，更无牵挂，不受任何人的欺凌，也不看任何人的脸色；她真幸福！假使我有她那点程度，也不拿琳当生命：似乎成了他的玩具，爱时就可享福，恨时就要受罪，弃了你只可在道旁哭泣！也不敢像娜拉一样发脾气关上门就走了。

午餐时，岫琴和黛都喝醉了，琳也有几分。

岫琴大概心中有事，喝了几杯，没有浇愁反而引起愁来了，睡在璟的床上，打着滚痛哭！她真是解放的女子，一切都不在乎，不介意。母亲在背后骂她野姑娘，一点礼貌都不懂，不怕人笑话。父亲过生日她哭，也该有个忌讳。其实他们那管这些，在外面惯了，想喝酒就吃个烂醉如泥，不论笑震天哭翻地也是自由，谁敢管？我看璟和岫将来最好组织小家庭，如果在这大家庭中，那能生活呢！处处都是新旧不相融的冲突。母亲总是说："你们真是幸运，像我们从前做媳妇，什么都是自己做，白天站一天给公婆装烟倒茶，晚上还要给小叔小姑们做鞋袜。谁像你们，整天玩，公园电影场跑个不嫌烦呢。"她老人家不说相差了多少岁数，只说她少年时的受苦受罪。她羡慕我们，而我们还觉得不满意这种生活呢！

昨夜三点钟才睡，我本来精神就不好，又累了一天，洗完脸我就晕在椅子上起不来；琳看着我他都不过来问问我怎样了。

我勉强扶着墙走进里间，倒在床上悄悄地流泪！不禁想到我自己的身世，想想这世界上除了琳谁是我的亲人。父母早死了，兄弟姊妹没有一个。孤零零来到他魏家，受了无数的虐苦；但是觉世界上只要琳爱我，我在他家里忍受点痛苦也不算什么。十五年这样过去，我没有埋怨过自己的命运。如今，维系我幸福的链子断了，我将向黑暗的深涧沉落下去。

哭的疲倦了，我回头看看小蓉可爱的睡靥；我的泪都流在她脸上，她脸上有过母亲伤心的泪痕，除了她，只有天知道我的悲痛。夜半，我起来去看琳，他头向里睡着；我无意中去摸了一下他的头，忽然觉着手上沾了水，呵！我知道了，琳也在偷偷哭呢！心中更觉难过，我伏在他身上问他："琳！你为什么？"他默然。连着问了他三次，他一揭被单，翻起身来气冲冲的说："我明天搬到旅馆去，晚上都扰我睡不着，我还不知你为什么呢？"

我不是怕他，但是我为了息事宁人，我忍下去了。

八月十一日

黛今天来了。刚从瑾弟房里走到我屋，她看见我这愁眉苦脸的样子，不禁叹了口气说："你们的家庭怎么好，喜欢的太喜欢，忧愁的太忧愁。我也真不知该怎么处？走到东屋你们演悲剧，一走到西屋，他们演喜剧。你还是和琳哥说清楚点，他到底怎样态度呢！仅这样也不是一回事啊！时代已经变了，而且你也是师范毕业的学生，受过相当的中等教育，犯不上真个屈伏在如此家庭中过这样的痛苦的日子。楠嫂，我完全同情你，怜恤你，并且可以援助你。老是哭，气的病，也不能解决这问题呵！

"我和他说什么呢！他只是一个不理你，我也知道我们中间是完全分割了，什么维系，在爱情方面是勉强不来的。他自然也是很痛苦，爱的人不能结合，不爱的人偏常在眼前，而且是挥之不去，驱之又来的讨厌他。在如今，他正式和我离婚未尝不可。不过伯父母不愿意，我一半固然是他的妻子，而我一半还是父亲母亲的媳妇，他们是正在需要着我，如果我去了，后来的人谁能这样长年在家里陪伴着他们。母亲先前不满意我，觉得我没有她们当媳妇时的勤苦，但是要拿我比上岫琴，那就我完全是个旧家庭中的妇人。而她呢，正是改革这类家庭的反抗者。她只能作璟的爱人，她不能当媳妇。我走罢，未必离开魏家真就讨饭吃。就是出去当佣工，也可以维持我自己的衣食，不过我有点留恋，莲、兰、蓉三个孩子，我怎忍心让她们尝受失掉母亲的痛苦。小莲已经懂事了。不要看她是聋子，她看见我哭时，她也哭！有时夜间她听见我哭，自己跳下床，跑到我身畔来抱着我："妈妈不要哭，妈妈不要哭！"小兰昨天告妈说："奶奶！爸爸和妈妈淘气，气得妈妈哭！你为什么不说爸爸呢？"她们小灵魂内已经知

31

道我是可怜的妈妈了，假使我真走了。那她们的命运更是不堪设想了；因之，我宁愿为了她们，使我置身在这苦痛中生活。

我正和黛谈着，琳让云香来请她。

一会汽车喇叭响了，是他们去看电影。

黛来到这里也是左右作人难。然而她真能干，那一面都处的非常圆满，毫无破绽。

我想黛劝我解决的话，也许是琳故意托她来探我的口气，预备由我和他提出离婚，假使果然如斯，那琳的心也太狠毒了。他既和我决绝，然而表面并不现出什么来，对着人有时还要有意和你开玩笑。妈已经有点不满意了，说琳不回来是份他回来；回来了又故意找闲气令他不喜欢，她不怪儿子，反而怪我。

我连哭都不能哭，哭了他们骂我"逼他走"。琳自己也再三说家庭苦痛，一刻都不能忍，谁曾替我设身处地想一下。

昨天岫琴说："这家庭真教人气闷，爽性公开出来也痛快。谁都不肯揭掉假面具，不彻底的敷衍。过几天我想回家看母亲去了，我住在我嫂嫂那里也是气闷，整天拿着我的婚姻问题寻开心，来到这里又是这样别扭。真是你，楠嫂沉得住气，要是我早跑了，璟常向我夸他的家庭好，和气，爹妈的脾气都不怪，来到这里一瞧，满不是那么回事呵。老实说，楠嫂，我真有点悔了。琳哥和你也是相爱的夫妻，如今为了个钱颐青弄得这样结果。璟将来还不是这一套，哼！男人的心靠不住。"

她不知为什么反向我发牢骚。我没有说什么，只笑了笑！

八月十五日

这几日我心情异常恶劣，日记也不愿写了。

我想到走，想到死，想到就这样活下去。

忏 悔

　　许久了，我湮没了本性，抑压着悲哀，混在这虚伪敷衍，处处都是这箭簇，都是荆棘的人间，深深地又默窥见这许多惊心动魄，耳聋目眩的奇迹和那些笑意含刀，巧语杀人的伎俩。我战栗地看着貌似君子的人类走过去，在高巍的大礼帽和安详的步履间，我由背后看见他服装内部，隐藏着的那颗阴险奸诈的心灵。有时无意听得许多教育家的伟论，真觉和蔼动人，冠冕堂皇；但一转身间在另一个环境里，也能聆得不少倾陷、陷害，残鄙过人的计策，是我们所钦佩仰慕的人们的内幕。我不知污浊的政界，也不知奸诈的商界，和许多罪恶所萃集的根深处，内容到底是些什么？只是这一小点地方，几个教室，几个学生，聚天下英才而教育之的学校里，也有令我无意间造成罪恶的机会。我深夜警觉后，每每栗然寒战，使我对于这遥远的黑暗的无限旅程更怀着不安和恐怖，不知该如何举措，如何忏悔啦！

　　我不愿诅咒到冷酷无情的人类，也不愿诽议到险诈万恶的社会，我只埋怨自己，自己是一个懦弱无能的庸才，不能随波逐流去适应这如花似锦的环境，建设那值得人们颂扬的事业和功绩。我愿悄悄地在这春雨之夜里，揩去我的眼泪，揩去我忍受了一切人世艰险的眼泪。

　　离母亲怀抱后，我在学校的荫育下优游度日。迨毕业后，第一次推开社会的铁门，便被许多不可形容描画的恶魔系缚住，从此我便隐没了。在广庭群众，裙屐宴席之间周旋笑语，高谈阔论的那不是我；在灰尘弥漫，车轨马迹之间仆仆之风霜，来往奔波的那不是我；振作起疲惫百战的残躯，复活了业经葬埋的心灵，委曲宛转，咽泪忍痛在这铁蹄绳索之下求生存的，又何尝是我呢？五年之后，创痕巨痛中，才融化了我"强"的天性，把填满胸臆的愤怒换上了轻浅的微笑，将危机四伏，网罟张布的人间看作了空虚的梦幻。

有时深夜梦醒，残月照临，凄凉（静）寂中也许能看见我自己的影子在那里闪映着。有时秋雨淅沥，一灯如豆，惨淡悲怆中也许能看见我自己的影子在那里欹歔着。孤雁横过星月交辉的天空，它哀哀的几声别语，或可惊醒我沉睡在尘世中的心魂；角鸥悲啼，风雨如晦的时候，这恐怖战栗的颤动，或可能唤回我湮没已久的真神。总之，我已在十字街头，扰攘人群中失丢了自己是很久了。

其初，我不愿离开我自己，曾为了社会多少的不如意事哀哭过嗟叹过，灰心懒意的萎靡过，激昂慷慨的愤怒过；似乎演一幕自己以为真诚而别人视为滑稽的悲剧。但如今我不仅没有真挚的笑容，连心灵感激惭愧的泪泉都枯干了。我把自己封锁在几重山峰的云雾烟霞里，另在这荆棘（的）人间留一个负伤深重的残躯，载着那生活的机轴向无限的旅程走去，——不敢停息，不敢抵抗的走去。

写到这里我不愿再说什么了。

近来为了一件事情，令我不能安于那种遗失自己——似乎自骗的行为；才又重新将自己由尘土中发现出，结果又是一次败绩，狼狈归来，箭锋刺心，至今中夜难寐，隐隐作痛；怕这是最后的创痛了！不过，我愿带着这箭痕去见上帝，当我解开胸襟把这鲜血淋漓的创洞揭示给他看的时候，我很傲然地自认我是人间一员光荣归来的英雄。

自从我看了亚米契斯的《爱的教育》之后，常常想到自己目下的环境，不知不觉之中我有许多地方都是在试验她们，试验自己。情育到底能不能开辟一个不是充满空虚的荷花池，而里面有清莹的小石，碧澈的水波，活泼美丽的游鱼？

第一次我看见她们——这幻想在我脑中成了一个亟待解决的问题，许多活泼纯洁、天真烂漫的苹果小脸，我在她们默默望着我行礼时，便悄悄把那副另制的面具褪去了。此后我处处都用真情去感动她们。

有一次，许多人背书都不能熟读，我默然望着窗外的铁栏沉思，情态中表示我是感到失望了。这时忽然一个颤抖的声音由墙陬发出：

"先生！你生气了吗？我父亲的病还没有好，这几天更厉害了，母亲服侍着也快病了。昨夜我同哥哥替着母亲值夜；我没有把书念熟。先生！你原谅我这次，下次一定要熟读的。先生！你原谅我！"一个十二岁的小女孩，她的头只比桌子高五寸。这时她满含着眼泪望着我，似乎要向我要怒宥她的答复："先生，芬莱的父亲因为被衙门裁员失业了，他着急一家的衣食，因此病了。芬莱的话，请先生相信她，我可以作证。"中间第三排一个短发拂额的学生，站起来说。

"先生！素兰举手呢！"另一个学生告诉我。

"你说什么？"我问。

"先生！前天大舅母死了，表姊伤心哭晕过去几次，后来家人让我伴她到我家，她时时哭！我心里也想着我死去五年的母亲，不由得也陪她哭！因此书没有念熟，先生……"素兰说着哽咽的又哭了！

我不能再说什么，我有什么理由责备她们？我只低了头静听她们清脆如水流似的背书声，这一天课堂空气不如往常那样活泼欣喜，似乎有一种愁云笼罩着她们，小心里不知想什么。我的心确是非常的感动，喉头一股一股酸气往上冲，我都忍耐的咽下去。

上帝！你为什么让她们也知道人间有这些不幸的事迹呢!？

春雨后的清晨，我由别校下课赶回去上第二课时，已迟到了十分钟。每次她们都在铁栏外的草地上打球跳绳，远远见我来了，便站一直线，很滑稽的也很恭敬的行一个童子军的举手立正（礼），然后一大群人拥着我走进教室，给我把讲桌收拾清楚，然后把书展开，抬起她们苹果的小脸，灵活的黑眼睛东望西瞧的不能定一刻。等我说："讲书了。"她们才专神注意的望着我看着书。不过这一天我进了铁栏，没有看见一个人在草地上。走进教室，见她们都默然的在课堂内，有的伏着，有的在揩眼泪，有的站了一个小圆圈。我进去行了礼，她们仍然无精打采的样子。这真是哑谜，我禁不住问道：

"怎么了？和同学打架吗？有人欺侮你们吗？为什么不高兴，为什么哭？因为我迟到吗？"我说到后来一句，禁不住就笑了："不是，先生，都不是。因为波娜的父亲在广东被人暗杀了！她今天下午驱车南下。现在她转来给先生和同学们辞行。你瞧！先生，她眼睛哭得像红桃一样了。"自治会的主席，一个很温雅的女孩子站起来说："什么时候知道的！唉！又是一件罪恶，一支利箭穿射到你们的小心来了！险恶的人间，你们也感到可怕吗？"我很惊惶的向她们说。

"怕！怕！怕！"许多失色苍白的小脸，呈现着无限恐怖的表情，都一齐望着我说。

我下了讲堂，走到波娜面前，轻轻扶起她的头来，她用双手握住我，用含着泪的眼睛望着我说："先生！你指示我该怎样好，母亲伤心的已快病倒了。我今天下午就走。先生，我不敢再想到以后的一切，我的命运已走到险劣的道上了，我的希望和幸福都粉碎成……"她的泪珠如雨一般落下来："波娜！你不要哭了，这是该你自己承受上苦痛扎挣的时候到了。我常说你们现在是生活在幸福里，因为一切的人间苦恼纠葛，都由父母替你堵挡着，像一个盾牌，你们伏在下面过不知愁不认忧的快乐日子。如今父亲去了，这盾牌需要你自己执着了。不要灰心，也不要过分悲痛，你好好地侍奉招呼着母亲回去。有机会还是要继续求学，你不要忘记你曾经告诉过我的志愿。常常写信来，好好地用功，也许我们还有再见的机会……"

我说不下去了，转身上了讲台，展开书勉强镇静着抑压着心头的悲哀。

"我们不说这回事了，都抬起头来。波娜！你也不要哭了，展开书上这最后一课吧！你瞧，我们现在还是团聚一堂，刹那后就风吹云散。你忍住点悲哀罢，能快活还是向这学校同学、先生同乐一下好了。等你上了船，张起帆向海天无际的途程上进行时，你再哭吧！听我的话，波娜！我们今天讲《瘗旅文》。"

我想调剂一下她们恋别的空气，自己先装作个毫不动情漠然无感的样子。

无论怎样，她们心头是打了个不解的结，神情异常黯淡。

下课铃摇了！这声音里似乎听见许多倾轧陷害，杀伤哭泣的调子。我抬起头望了望波娜，灰白的脸，马上联想到（她那）僵毙在地上，鲜血溅衣惨遭暗害的父亲。人间这幕悲剧又演到我的眼前；如此我只有走了。匆匆下了课，连头都不曾抬就走出了教室。隐约听见波娜和她们说话的声音，和许多猛受了打击的惊颤小心的泣声。

我望望天上无心的流云，和晴朗的日光；证明这不是梦，也不是夜呢！

第二天上课时，她们依然神情颓丧，我的目光避躲着波娜的空位子，傍近她的同学都侧着身体坐着，大概也是不愿意看见那个不幸的地盘。那日下午那个空位子我就叫素兰填补了。

自从那天起我们都不愿意谈到波娜，她们活泼的笑容也减少了，神态中略带几分恐怖顾虑的样子，沉默深思，她们渐渐地领略了。我怨恨这残毒万恶的人间呢！污染了这许多洁白的心灵！求上帝，允许谅恕我的忏悔吧！我愿给我以纯真如昔的她们，不再拿多少未曾经见的罪恶刺激残伤她们。

平常一件不经常的小事，有时会弄到不可收拾、救药的地位。罪恶都是在这样隐约微细中潜伏着，跃动着。

学校里发生了一宗纠葛不清的公案，这里边牵涉到素兰。我一直看着她宛转在几层罗网几堵石壁中扎挣，又看见她在冷笑热讽威赫勒逼中容忍；最后她绞思焦虑出许多近乎人情的罪恶来报恩，她毅然肩负了一切，将自己作了一个箭垛，承受着人们进攻射击而坦然无愧于心。多少委曲求全，牺牲自己来护别人的精神，这是最令我惭愧的，汗颜的。

我曾用卑鄙的态度欺凌她，我曾用失望的眼光轻视她；我曾用坚决的态度拒绝她，我曾用巧语诱惑她。如今我忏悔了，我不应随着多数残刻浅薄的人类，陷她在极苦痛中呻吟着；将她的义气侠性认为罪恶，反以为这是自己的聪明。

当她听了我责备她的话时，她只笑了笑说："先生！我希望你相信我，我负了这件罪恶时，却能减少消失一个人的罪恶，我宁愿这样做，我愿先生了解我，我并不痛苦！"她面色变为灰白了。

"我爱我死（去）的母亲之魂，如我的生命；先生！我请母亲来鉴谅我，这不是罪恶，这是光荣。"她声音颤抖的说。

当我低头默想这件事的原因时，她已扶着桌子晕过去了！

四周都起了纷扰，吓的许多女孩望着她惨白的面靥哭了！我一只手替她揩着眼泪，一只手按着她搏跃的心默默祷告着，愿她死去的母亲之灵能原谅我的罪过，我悄悄说："让她醒来吧！让她醒来吧！"

从三点钟直到五点钟，她在晕迷中落泪，我也颤抖着心，想到人间的险艰，假如她真个是牺牲上自己代别人受过时，那么我们这些智慧充分，理智坚强的人，不是太对不住她了吗？可怜她幼无母亲的抚爱，并遭继母的仇视，因此她才得了神经衰弱之疾，有一点刺激便会昏厥不醒的。她在无可奈何中，寄居在舅母家，这种甘苦我想绝不是聪明的人所能逆料到的吧！每次读到有关慈母或孝养的书时，她总泪光模糊的望着我。我同情她，我也可怜她，因此我特别关心挂想这无人抚管的小孤女。但是这一次我是不原谅她，因为我自认她曾骗过我。

她晕厥去的那一夜，我曾整夜转侧不能入寐，想到她灰白的面庞和黑紫的嘴唇，我就觉得似乎黑暗中有种细小的声音在责备我。我一直在悬着心怕她有意外，假如她常此失去健康，那我将怎样忏悔这巨大的罪戾呢？我想到母亲，她在炮火横飞的娘子关内，这时正在枕畔向我祝福吧！母亲！我真辜负了你濒行的教诲和嘱咐。

翌晨我去学校，打听了她的住处，我拟去看素兰，后来莲芬说我不去好，怕她见了我又伤心。打电话去问时，说她病已有转机了。

为了这件事，我痛心到万分，自己旧有的创痕也因此崩溃。

几周后，素兰来校上课了，她依然是那样沉默着，憔悴的脸上，还隐约显着两道泪痕，我不忍仔细注视她，只微微笑了笑，这也许表示忏悔，也许是表示欣慰！

事情就这样糊涂了结。作文时，我出了"别后"的题目，素兰写了一封信给她死去的母亲，是这样说：

亲爱的母亲：

我已经觉着模糊中能看见你慈祥的面容儿，但如今又渐渐在清醒中消灭了！我是如何的怅惘呵！这件事我想你的阴灵该早知道了，不过母亲，我不能得任何人了解同情的苦衷，我该诉向母亲的，母亲！你知道吗？

在一月前你的侄儿翔持着一封信，托我顺便带给莲芬，不解事的我，便不加思索的带给她。母亲呵，我那知道这是封冒名的情书。学校先生叫了我去盘诘，但我因顾及翔的前途，不敢直说，终于说了个'不知道'蒙哄过去。

奇怪呵！每天在我书桌上笑盈盈督促我用功勤读的你的遗照，竟板起面孔来向着我。这时我的良心也似乎看见你的怒容叱责我："你为什么欺骗先生，小孩子不应该说谎话。"

我是小孩，我那知道人事情形是如此复杂，我鼓起了勇气，到先生处以实情相告，如释重负般跑到家里，预料到你一定是笑盈盈的迎我了。那知事实与理想是常常相悖的，你依然郁郁不乐的向着我。我现在说实话了，为什么你还不乐呢？隐约中良心又指示："你竟这样的糊涂，虽然说了实话，但翔将如何？翔的前途便因你这一句话完全布满了黑暗和惊涛。"他原罪有应得，不过舅父对你那样好，你忍心看他的爱子被学校惩罚革除吗？母亲，我那样真不知怎样才好，不实说，将蒙欺骗之罪对不起先生，实说了，翔将不利又对不起舅父。终于用我幼稚愚拙的脑筋，想了一个我认为最完善的办法。

第二天，我鼓起那剩余的勇气，毅然决然的再到先生处，去实行我昨夜的计划——代翔认过——然而不幸又被莲芬指破，她不忍看我受先生的埋怨，她不忍见先生失望我是如斯无聊的一个学生，她将我代翔受惩以报答我恩深义重的舅父一番心都告诉了先生，我真悔，无论如何不该告诉莲芬以致泄漏。母亲呀！请你特别原谅我，因为我意志不坚，想及代翔认过后的前途和名誉，不免有点畏缩；但你的影子，你的话，都深深缭绕于我的脑际，又使我不得不自认。终于想了这个拙法告诉莲芬，在我的愚笨心里以为有一个人知道我的曲衷，就是死也不冤枉了。

不幸翔家人都认为我诬赖翔，学校先生也疑惑我诬赖翔，都气势汹汹的向着我，我宛如被困于猛兽之林的一只小羊。而且翔的姐姐到先生处声辩质问，先生又叫我去审问。母亲呀！我为了你，为了翔，为了恩深情重的舅家，我最后，承认冒名情书是我写的，以前的话是虚伪的。我只能说这一句，别的曲衷我不愿让表姐知道的，那知先生说：

"这封信原来就是你写的，我万想不到你是这样一个学生，我白用苦心教你了。你一直在欺骗我，你说的话以后教我怎能相信？素兰，我白疼你了，你对不起我，也对不起亡去的母亲。"这话句句像针一样刺着我，我不能分辩，只默受隐忍着这不白之冤；不过先生又用慈悲的眼光望着我，她似乎在我坦然的态度上看出了我是代翔认过的情景真实了。但是，母亲，这几天的惊恐，颤栗，劳疲，绞思，到如今不能支持了，我的小心被这些片片粉碎了。我的神魂失主了，躯壳也倒地了……醒来，父亲抱着我，继母没有来，舅母和表姐和翔都含泪立在床畔，我欣慰中得到一种可骄傲的光荣。你的遗照上满布了笑容，而且你似乎抚慰我说："兰儿！努力你的功课吧！这点小事不必介介于怀呵！如今她们都了解你了，翔的前途也无危险了，不过你告翔以后务要改过谨慎，星星之火足以燎原，连你也要记着！"

正在热望你复活的爱女

素兰

我深夜在灯下读完这篇作文时，我难受的落下泪来！我在文后批了这几句话：

"我了解你，不过我怨恨人类，连自己。这次在我心版上深印了你的伟大精神，我算一件很悲哀、残忍、冷酷、庄厉的罪恶忏悔着。愿你努力读书，还要珍爱你的身体；母亲在天之灵是盼望你将来的成就，成就的基础是学问和身体。"

四月十号清华园归来后完稿。

归　来

　　马子凌的军队快到 Q 城的时候，市民便在公共体育场，筹备开欢迎战士凯旋的大会。那时晴空无云，温阳正照着这绿色的原野，轻浮着一种草花的香气，袭人欲醉！场中央已搭起一座彩台，台上满摆着鲜花，花中放着一张新月式的白漆桌，两旁列着十几把椅子，全场中连系着十字交叉的万国旗，台顶上那杆令万人崇敬钦仰的旗子，这时临风飘展，使一切野花小草都含笑膜拜！

　　烟尘起处，军乐悠扬，旗帜飘摇中先是负枪实弹的步兵，一列一列过去之后，便是马队。在这种雄壮静肃的空气中，只听见悠扬的军乐和着整齐的步履，沙沙沙沙，这是光荣的胜利的语声吗？两旁的观众，扶老携幼，有认子的老母，有寻夫的娇妻，也有是含着悲酸哀痛，来迎接那些归来的沙场英魂；这时也许哀悼之感甚于欢欣之情罢！最后一队中有个清癯的戎装英雄，在马上他忍泪含笑向两旁狂呼投花的群众点头。这就是十年前投笔从戎，誓扫阴霾的马子凌。

　　子凌到了场中，军队和民众环绕着那一座高台。万头攒动中，子凌在台上演说他十年中百战成功的经过，他结论说这并不是他的光荣胜利，这是民众的光荣，民众的胜利。今日侥幸功成归来，宇宙重现了清明之象，他自然一样为祖国庆贺欢祝，不过为了证明他这次归来是把这光荣胜利送还给故乡父老，所以他才解甲弃枪，不愿拥兵高位自求荣利。

他演说完后，在民众热烈的掌声中，脱下他那件染满了血斑的战袍，一抬手扔挂在那杆大旗上，露出他背部和右臂的创痕。不知怎样他忽然流下泪来，他想到他的老父和他的爱人的惨死！

第二日，他把一切军务都交给他的秘书王静泉代理后，提了一个小箱，就悄悄地离开Q城。一路上他心情很烦乱悲怆，往日他只希望着战争胜利和成功。几年中他摒弃了自己一切的情怀而努力迷恋着这愿望的实现。如今果能如愿归来，但是他在群众热烈的掌声中，惊醒了他的幻梦。他失望了！他抱着这虚空的怅惘，回到他的故乡。这时他知道自己的幸福欢乐已埋葬了，他所能偿愿无愧的，就是他能手刃了敌人的头颅，给他的老父和爱人报仇；除此以外，他不能再在这光荣胜利的欢笑中求幸福、求爱情、求名利了。

十年前，子凌的故乡木杨镇，正是E军和G军开火接触的战线，炮火声中，将这村庄里多少年的安宁幸福给破碎了！那时幸好母亲和妹妹已逃到外祖母家，他呢，在城里念书车路不通，不能回来。在军队开到的前几天，子凌的父亲是这一乡最有名望的老者，所以许多乡人都信仰尊敬他，自从风声紧急后，便在他家里开了几次会议，但这是绝对无办法可想的，后来只议决把妇女先让躲到别的乡村去，余下男人们在家里守着，静等着战神的黑翼飞来。

一天黄昏时候，晚饭后许多农民都聚集在小酒店的门口，期待着那不堪设想的惊惶惨淡之来临。这时正好村西瓦匠的儿子张福和已从前线上逃回来，他传来的消息是G军失利，E军追击着离这里已有三百里。夜来了，一切的黑暗把这几千户的乡镇包围后，忽然由西南角传来一阵枪炮声，一缕缕的白烟在荫深的树林中飘浮着，惊的树上的宿鸟都振翼向四下里乱飞。一村中隐隐听见惶恐喧嚷之声，他们抖颤着，可怕的噩运已来了。

夜里十点钟时候，枪声愈来愈近，隐约中在大道上可以看见灰色蠕动的东西蜿蜒而来；这时子凌的父亲也来到酒店门口，虽然在这样急迫危险中，他仍然保持着那往日沉默庄严的态度；不时把头仰起望着黑漆无星光的天宇！枪声近了，人们马上现露出惊惶来，村门口的狗，都汪汪汪汪向着大道狂吠，这安逸幸福的乡镇，已在这一刹那中破碎了！

败兵进了木杨镇后，大本营便扎在子凌的家中，自然因为他是这里的首富，人格资产房屋都较为伟大！这是水杨镇的酷劫，一切呵！在顷刻之中便颓倒粉碎，妇女和小儿更践踏凌辱得可怜。

当翌晨太阳重照着水杨镇天宁寺的塔尖时，子凌的家中忽然起了极大的扰乱和惊惶，镇中的人们都十分悲痛哀悼地跑来看，原来子凌的父亲，在后院马槽中被人刺死了！死的自然惨凄，周身的衣服都被脱去，紫的血和土已凝结在一块，雪亮的刺刀还插在咽喉上！到底是为什么死的？至今都是疑案，但也无什可疑，总之在枪弹飞来飞去的战翼下，一切都是毁灭，一切都是牺牲。

一月之后，子凌从 Q 城奔丧归来，母亲和弱妹都在外祖母家中病着，他咽下悲痛愤慨的眼泪，料理完一切后，遂辞别了老母稚妹回到 Q 城。这时他热血沸腾，壮怀激荡，誓愿拼此头颅，拼此热血，为惨死的老父伸此一腔冤气，并为许多同胞建筑平和幸福之基。这时 Q 城已有一班青年男女，组织了一个铁血社，同心同志向这条路去进攻，不久子凌便推为这社里的首领，为若干热血健儿所尊崇所爱护。内中有一女同志胡君曼，和子凌肝胆相照，情意相投，协力互助着求铁血社的进行发展，数年之中，他们的社员已有十万余人。这时国内各派擅权，相继消长，战争不已，民苦日深，但是铁血社的雏形，已召了许多敌人的忌恨，每欲乘机扑灭此潜伏的势力而甘心。

有一年的暑假中，君曼负了使命南下，那晓得敌方的侦探已追踪了她，当她在 Y 埠下车时，便被那里的军队捕了去。捕去后在她身上搜出许多密件公文，都是对于敌军不利的计划。Y 埠的军长大为震怒，连审讯都没有，便把君曼赏给了捕她的那个营长去当姨太太。这消息子凌知道后万分的愤怒悲痛，更觉这世界是人间魔窟，险恶已极，虽然那时他们势力薄弱，不能相敌，但是这耻辱，已给铁血社不少的兴奋和努力。过了几天，子凌忽然接到君曼一封潦草简短的遗书，说她虽死请子凌不要太过伤心，只盼他积极去进行他们的社务，以事业便是爱情，爱情便是事业的话来勉励他。从此以后子凌专心一意的以改革社会环境为己任，一想到父亲和君曼的惨死，便令他热血沸腾，愤不欲生！

十年之后，子凌杀死一切的敌人，凯旋归来，这是一般人所最钦仰羡慕他的，然而当他脱去了赤血斑驳的战袍，露出他背上和右臂的创痕，同时也撩揭起他心底的悲痛。他觉得在枪林弹雨中十年奔走湖海飘零，如今虽然是获得一时的胜利成功，不过在人类永久的战斗里，他只是一个历史使命的走卒，对他自己只是增加生命的黯淡和凄悲！毫无一些的安慰，反因之引起了不堪回首的当年。

一个驰骋疆场，叱咤风云的英雄，如今夕阳鞭影，古道单骑，马儿驮也驮不动那人间的忧愁和怆痛！他抛弃了一切的虚荣名利，独自策马向故乡去了，去哭吊父母的坟墓，去招祭君曼的英魂去了。

十六年蒲节前一日

匹马嘶风录

一

一切都决定了之后，黄昏时我又到葡萄园中静坐了一会，把许多往事都回忆了一番，将目前的情况也计划了一下；胸头除了梗酸外，也不觉怎样悲切。天边冉冉飘过的白云，我抬头望着她惨笑。愿残梦就这样醒来吧。

这小园是朝朝暮暮常来的地方。在这里也曾沉思过，也曾落泪过，然而今夜对之略无留恋之情。我心中汹涌的热血，将这些悲秋伤逝之感都淹没了。青天的云幕慢慢移去，露出了皎洁晶莹的上弦月。三五小星散落在四周，夜景清寂中，我今晚最后在这古城望月。明天这时也许已在漂泊的途程上了。

出了葡萄园闭上那木棚门，我又回头望了望，月儿一丝丝的银辉，射放在一棵棵的树林里，仿佛很甜蜜的吻着。满园的花草也都沉睡在月光中，低垂着慵懒的腰肢。我不知为什么，忽然这样痴迷如醉，像饮了浓醴一般。

远远听见犬吠声时，才独自回来。屋内零乱极了，满地都是书籍和衣服；我望着它们真不知如何整理？呆呆地对灯光想了半天，才着手去收拾。先把信件旧稿整理了一下。这都是创痕，我也不忍揭视，把它们都收集在字纸篓中，拿到阶前点着火烧了。风吹着纸灰飘飞了满院，在烟气缭绕中映出件件分明的往事。把信烧完后，将这些书装在箱里，封上了号数，存在采之处。身边只剩下一个小箱，装着衣服和应用东西。一块毡子放在外边，其余零星什物都堆在墙角，赏给这里的佣人们。

收拾完，已是夜里三点钟。

这次离开 P 城是秘密的，我谁也不让他们知道，免却许多纠缠。云生他要送我到 C 岛，顺路我去 C 城看看我的姑母。我们都是把生命付与事业的，所以云生对于我这次走又鼓励又留恋，但是我怎能不走，为了我们的工作。他和我一块儿去又不能，因为他在这里有很重要的职务，不能脱身。今天他同我在路上逢见亚芬后，他就问我："雪妹，假如你走后，我不幸在这里遇了险，你怎样呢！"我笑着说："不管你怎样。我也和亚芬对死了的天华一样。"他很黯然！我还笑着说："云哥，英雄点吧！我们事业成功后，一切的悲愁烦恼便都解决了。"

我忽然又想到碧茜，这次走前途茫茫，吉凶未卜；我和她总是多年相知，虽然这回做的怎样斩钉截铁，也该告诉她一声。我坐在案旁，披笺濡毫，写这封信：

碧茜：

这时月儿也许正抚吻着你的睡屧，在你梦中我倚装写这个短笺向你告别。想多年相知的你，对我这次走自然也许是意中事而不觉惊奇。

五年来频遭不幸，巨创深痛中，含泪扎挣走上了这最后的途程，这是我的思想在残酷的磔刑下逬散出的火花，这火花呵！虽能焚毁那万恶社会的荆棘，但不能有所建白时也能用以自焚呢！但是朋友我只有不顾一切的去了。

此后我残余的生命便交给事业了，以我抛弃了这花园派小姐的生活，去向枪林弹雨中寻找一个流浪飘泊的人生。前途的黑暗惨淡我也早已料及，不过我是欢迎一切的毁灭去的，我并不畏惧那可怕的将来。当我欣然而去的时候，朋友，你也不必为我那不堪想到的命运悲哀罢！

碧茜：纸短情长，后会有期。再见呵，愿你文笔日健！

何雪樵

更桥声又响了，一声声在深夜里，令我这要远行的人听见更觉凄凉！拧熄了灯，月光照的屋里和白昼一样。我倚在行装上，静静地坐着。斑驳的树影在窗上摇曳，心潮的浪花打激在我的脑海里，不禁想到自己畸零的身世。三年前父母在 A 城，被土匪驱逐到山洞里，在里面燃着青椒，外面封住口，活活地熏死。去年哥哥又被流弹打死在铁道旁，现在还未找到尸身，只剩了一个叔父，三四年无音信，也不知流落何处。我自恨为什么生在这乱世，从小就受着残酷的蹂躏和践踏，直到现在弄的人亡家散，天涯孤身；每一念及，令我愤恨流涕，痛不欲生。如今，我更去那远道飘泊，肩负那毁灭一切的使命去了；但是我不能扎挣时，想到自己的前尘不更觉这样扎挣是罪恶吗？

毕业后到 F 城遇见云生，那时他正从海外回国，四处寻找同志，预备组织一个团体。我们经朋友的介绍便认识了。他沉静寡言秉性敏慧，文字交五载，他不仅是我的良友而且是我的严师。我道了几次的不幸，都是他竭尽心力的帮助我，安慰我。我何尝不知他迂回宛转的心曲；但是我千疮百洞的残躯，又怎忍令云生为我牺牲他前途的快乐和幸福呢?

云山迷漫中,我爱天边的虹桥,然而虹桥水不能建在地上。愿云生就是我心中的虹桥罢!我怎能说爱他。

二

昨夜倚着行装不如何时睡去。醒来窗前已露鱼白色。晨鸡喔喔地叫了,破晓的角声从远处悲沉的吹起。我翻身起来草草梳洗后,遂到前院去寻见赵竹君,我告诉她要去 C 城看姑母,也许要住几天须得请人代课的话。她一一都答应了,送我到门口上了车。太阳出来,红霞迷漫树梢时我已到了车站了。云生已和采之在等着我,此外还有许多同志来送行。七时车开,采之笑着说:"云生好好地护送雪樵一程,希望雪樵常常有信给我们。"我和云生立在车窗前边和送行的人们笑说"再见",一霎时便看不见这庄严苍老的古都,一片弥绿都是一望无际的春郊。云生坐在我的对面笑了!我问他笑什么,他说:"我笑你的行色呢。"我也笑了。然而这欢笑的幕后便是悲哀,想到眼前暂聚久别的情境,又不禁泫然!

一路上云生告诉我许多的风景和他往日的生活,沿途颇不寂寞,我一点没有想到这次旅行的苦楚,和将来置生命于危险的悲戚。

到了 C 城下了车,云生去看他的朋友,我去看姑母。惠和表妹见我来了,喜欢的她跳出跳进的给我预备午餐,收拾房屋。我不敢向姑母说别的话,我只说有点事去 C 岛。姑母要我多住几天,我因为云生不能久待,所以在第二天的早晨遂乘车向 C 岛去。

午后到了 C 岛,我们住在大东旅舍,云生心里似乎极不高兴，常独自长吁！我也明知道他心中的烦恼，但是我该怎样安慰他呢！我们终须要撒手分离的。在餐后这里的分部开会，在那里逢见从前的同学王学敬，她预备和我一块儿去 A 埠，这也好，省的路上寂寞。

开完会回到旅社已黄昏了。明晨云生就要回 P 城去，晚饭后他要我去海边玩。

C 岛的街市，清静的宛如一座公园，这时正是春天，路旁的松柏都发出青翠的苞芽，柳条嫩黄的鲜艳。风过处一阵阵芬芳的草香，沁人如醉。我和云生顺路进了外国坟茔的园门，那里边苍松翠柏，花红草碧。汉白玉的塑像，大理石的墓碑，十字架，都很幽静的峙立着，这都是些异国漂泊的孤魂，战士忠勇的英灵。我坐在石头上，云生伏在碑上，他的面色很苍白，背过脸去似乎在暗暗咽泪！我也默望松林中夕阳残照余辉沉思。这垒垒芳冢都是不相识者，我们哀悼谁呢。这只有上天知道。

出了坟茔的门向海边去，正是月圆时候。一轮皎洁的明月照的这宇宙像水晶世界，静悄悄地海边只听见低微的涛语，像夜莺哀啼，嫠妇呜咽一样的悲幽凄凉！我们缘着沙岸走，那黑影高耸，斜上去的土阜便是炮台旧址。这时海风滔滔，海雾濛濛，月光下冲激的浪花和烂银一般推涌着，一波过去，一波又来。真是苍天碧海，一望无际，我忽然觉着自己太渺小了，对着这苍茫的大海不禁微有所感。想我这孤苦伶仃，湖海漂零的弱女子，在这样地狱般的人间扎挣着，也许这里便是我二十年来最后奋斗的坟墓了，又何必到异乡建设什么事业去！云生见我这样驻了足呆想，他低声问我；"雪妹！你怎么了，冷吗？"说着便把我的大衣递过来，我穿上后他给我扣好了扣，扶着我的肩说："不许你现在想心思，有心思明天我走了你再想吧！我们聚时无多，后会难知，在这样伟大雄壮的大海边，冷静凄悲的月夜下，我就借天上的星月当蜡烛，地上的青草当桌子，我们把带来的这瓶酒喝完。我拣这个地方来给你饯别，虽然简陋，但也还别致吧！良会难再，明天此时怕我和你已撒手分道在天涯海角了！唉！碧海青天无限路，更知何日重逢君……"他说到这里已哽咽不能成声。风声涛语中夹着云生这悲壮的别辞，猛然抖起我心头的旧恨新愁，禁不住的倚着云生悄悄地咽泪！月儿照着这一对将离的人影，似不忍见这黯然错别的情况，她也姗姗地躲进了云幕，宇宙顿现了灰暗之象。

夜深了，他和我又向前走了几步，拣了一块干燥点的沙岸坐下。这时云散月霁，波平浪静，云生将酒瓶打开。我把姑母昨天给我的熏鸡撕着就这样邀明月对苍海的痛饮起来。

喝了几杯后；我似乎有点醉了，我对着这无际苍茫的大海一清如洗的明月，和云生说："云哥！我此去好像断线的风筝，也不知停栖何处？大概是风晨月夕，枪林弹雨，黄沙碧血中匹马嘶风的驰骋着！如今，我把生命完全付给事业，我现在除了自己外，举目无亲，别无系恋，像我这样的命运和遭际。我个人的幸福快乐此生是无望了。我也不再希冀什么，只求我们的事业成功罢。云哥，你也是热血的青年，忠诚的同志，我们此后便这样努力好了。目前呢，都是不如意的世界，我们不去牺牲谁去牺牲呢？你不要太儿女情长，英雄气短。我们多年好友，彼此相知，我这样畸零孤苦的境遇，蒙你鼓励劝勉才有今日，不然我早随着父母的幽灵在地下了。你看！前面是四无边际的大海，后面是崇峦如笏的高山，星光灿烂，明月皎洁。这时候这宇宙是我们统治着，这般良辰美景，我们在此叙别，又悲壮，又绚丽，你还不喜欢吗？我们的生命虽然常在风波之中，但也不见得真个后会无期。云哥！我们饮尽此杯！"我喝完时便把那个盛着半盏葡萄酒的杯子投入大海，月光下碧海中打了一个螺旋的波纹，那杯子已滴溜溜沉下去了。他勉强苦笑着道："何必呢！不过也好，就在今夜深埋在这海中罢，那杯子便算我们的坟墓。"

海风起了，海里鼓涌着的波浪渐渐冲到我们坐着的河岸上来，我和云生站起来，抬头望那一轮圆月又高又小，涛声正凄凄咽咽，似叙说我们心头的惆怅！我向云生说："回去吧！人间没有不散的筵席，只是今天的别宴太好了，这令我永不能忘。"他没有说什么话，走了几步忽然又回去，把那个酒瓶也投入大海，海面上依然起了一个水泡。

三

今天刚起来打开窗户，茶房便进来了，他手里拿着一封信道："吴先生已经走了，这封信他教我交给您。"我急忙打开来，上边写的是：

雪樵：

　　你也许要怪我不辞而别，不过请你原谅我！我不愿明天再看见你了，见了你时怕我更要比今夜还不英雄呢！我知道你现在已经睡了，但是这样明月，这样静夜，我无论如何这凄楚的心情不能宁帖，教我如何能睡。今夜海边的别宴，太悲壮了，也太哀艳了。可惜我不是诗人，不是画家，不能把那样美丽雄壮之景，缠绵婉转之情描写出。雪妹，我们离别这并不是初次。这漂浪无定的行踪，才是我们的本色，我何至于那样一说别离就怯懦呢！不过连我自己都莫明其妙，常怕你这次远道去后，我们就后会无期了。

　　学敬的哥哥敏文在C城，我已写信去了，你到了那里他自然能招呼你，这次走有学敬伴你到 A 埠，一路上我也可放心了。有机会我这里能脱身时，我就去找你，愿你忘掉一切的过去，努力开辟那光明灿烂的将来。谁都是现社会桎梏下的呻吟者，我们忍着耐着。叹气唉声的去了一生呢，还是积极起来粉碎这些桎梏呢！我和你都是由巨创深痛中扎挣起来的人，因悲愤而失望，便走了消极不抵抗的路，被悲愤而激怒，来担当破坏悲哀原因的事业，就成了奋斗的人了。雪妹！你此去万里途程，力量无限，我遥远地为我敬爱的人祷祝着！

至于我，我当效忠于我的事业。我生命中是有两个世界的；一个世界是属于你的，愿把我的灵魂做你座下永禁的俘虏。另一个世界我不属于你，也不属于我自己，我只是历史使命中的一个走卒。我侪生活在风波之中，不能安定，自然免不了两地悬念。因之我盼望你常有信来。我的行踪比你固定，你有了一定驻足处即寄信来告我。

雪妹！千言万语我不知从何处说起，也不知该如何结束。东方已现鱼肚色，晨曦也快照临了，我就此在你梦中告别吧！雪妹，"一点墨痕千点泪，看蛮笺都渍殷红色。数虬箭，四更彻。"这正是替我现时写照呢！再见吧，我们此后只有梦中相会！

吴云生

我看完后喉头如梗，眼泪扑簌簌的流下来，把信纸都湿透了，这时我才感到自己孤身在旅途中的悲哀！想这几年假使不是云生这样爱护我，安慰我，勉励我，怕我已不能挣扎到现在。如今我离开他了，此去前途茫茫，孤身长征，怎能咽下这一路深痛的别恨。但转念一想，我既走上了这条路，那能为了儿女私情阻碍我的前途；我提起了理智的慧剑斩断了这缠绵惜别的情丝。

吃完早点，我给云生写了封信。正预备出门时学敬来了，她说船票已都买好。明天上午八时开船，她的事情都办清楚了，让我今天就到她家去，明天一块儿上船。

翌晨八时，我已和学敬上了船。船开后她有点晕船，我还能扎挣着，睡在床上看小说。黄昏时我到船头上看海中的落日，和玛璃球一样，照的船栏和人间都一色绯红。我默倚着船栏看那船头涌起的浪花，落下使散作白沫，霎时白沫也归于无处寻觅。我旁边站着一个老人须发苍白，看去约有七十多了。我看他时他似乎觉着了，抬起头来和我笑了笑！问我去那里。我告诉他去 A 埠，后来我就和他攀谈起来，他姓王，和小孩一样处处喜欢发问，并且很高兴的告我他过去四十年经商的阅略。他的见解很年青，绝不像个老年人。而且他很爱国，他愿看到有一日中国的旗插在香港山巅上。这更是一般主张无抵抗主义——投降主义的学者们所望尘莫及了。

回到舱内，学敬睡着了，隔壁有人在唱，我心情也十分凄楚不能睡着，回想一切真如春梦，遗留在我心底的只是浅浅的痕迹，和水泡起灭一样的虚幻，什么人生的折磨，事业的浮沉，谁是成功，谁是失败，都如波浪、水泡一样，渺茫如梦。这时风起了，波浪涌击着舱窗，又扑的一声落下，飞溅起无数的银花，船更颠簸了，这宛如我的生命之海呢！

远远我似乎听见云哥唱歌的声音，声音近了，我看见云哥走近我的床来，我张手去迎他，忽然见他鲜血满身！我吓的叫了一声，惊醒后那里有云哥的影子，想想才知是梦。但是这梦太可怕了，我的心惊颤着！我跪在床上祷告！上帝！愿你保佑他，我惟一的生命之魂影！

我伏在床上哭了！这一只大船，黑夜里正在波涛中冲冲扎挣着前进！

四

到了 A 埠，见着敏文，是学敬的二哥，他领我到他家去住，许多旧友都来看我，他们见我能这样抛弃了旧日安乐的生活，投向这个环境中来，自然都异常欢迎！在他们这种热烈的空气中，我才懊悔来晚了。一切的烦恼桎梏都落在我的足下，我的勇气真能匹马单骑沙场杀敌！

在这里又逢见三年未见的琦如，他预备和我去 C 城。第三日我们送离 A 埠。海道走了三天，琦如和我谈这几年漂泊的生活，人生的变化，在路上还不寂寞。到了 C 城，这里正是战区，军队已开走了，三四天内还要出发大队。我和琦如见了学敬的大哥敏慧，他说云生来信他已收到了，问我愿意在那部做工作，我说要去前敌，他说去前敌就是宣传队和红十字会救护队，救护要有点医学研究的才能去呢！我道："做看护还可以，我们因为五卅事件发生后，学校里曾组织过救护班，而且我们还到过医院实习过。缚缚绷布总能会呢！"他们都笑了！

第二天敏慧同我到医院找王怀馨，她是日本毕业的，回国后便在 C 城服务，在东京时和云生他们都认识。她颀长的身腰，凤眼柳眉，穿着军装，站在我面前真是英气凛然，令人起敬！她告我说，救护队分两种，一种是留在 C 城医院救济运回的伤兵，一种是随军临时救护，问我愿意那一种。我说去从军。她道："那更好了，这次出发一共去一百人，你就准备吧！队长是黄梦兰，她从前在 P 城念书，也许你们认识的，我令人请她来介绍一下。"一会工夫梦兰来了，似曾相识，她握着我手说："欢迎我们的新同志。"我们都笑了!

在这里住了三天,一切都准备好了,我早已换上军装,她们都说是很漂亮呢!明天就出发,这时我们真热闹,领干粮,领雨衣,领手枪,领子弹,其余便是我们的药品袋和救护器具。

到夜里她们都睡了,我给云生写了封长信,告诉他昨天我就出发的消息,和我近来的生活,别的话都没敢写,我让他写信时寄 C 城王怀馨转我。到了这里不知为什么,心中一切的烦恼都消失了,只是热血沸腾着想到前线去,尝尝这沙场歼敌是什么滋味。

天还黑着我们就起来了,结束停当后我们先到集合场去,这时晨雾微起,四周的景物都有点模糊,房屋树林都隐约的藏在黎明的淡雾下。等到七点钟集合号响了,这时公共运动场上一排一排的集合了有三万多人,军乐悠扬中,我们出动了,街市上两旁都是欢迎我们的群众,当我们武装的救护队宣传队过去时,妇女们都高声的呐喊着,我们都挺着胸微笑了!火车开动时敏慧来看我。他又给了我一件工作,令我写点战场上的杂感给他编辑的《前锋周刊》。我和冯君毅坐在车窗边,他告我 P 城的消息很紧,云生久无信来,我真念他呢!

车道旁碧水长堤,稻田菜圃,一点都没有战云黯淡的情景,这样锦绣的山河,为什么一定要弄的乌烟瘴气,炮火迷漫呢!但是我们的军队是民众的慈航,为了歼灭和打倒民众之敌,我们不得不背起枪来。午餐便是随身带的干粮,不知为什么,我们大家吃起来,都觉着十分香甜。这一车的同志们,英武活泼,看起来最低限的程度也是高小毕业,又都是志愿从军,经过训练的,自然较比那些用一个招兵旗帜拉来的无知识的丘八,不啻天渊之别;这样的军队不打胜仗我真不信呢!

第二天傍晚到了 F 镇,景象非常之惨淡,据云匪军刚刚退去，我们的前线在这里的已有五千人。下了火车我们整齐队伍走到龙王庙，一路的男女老少都出来看我们，而且惊奇的都低低的互相传说："还有女兵呢！"在他们无恐怖的面色上，我知道我们军队是和人民一体的。

到了龙王庙我们可以休息了，其余的军队是驻扎在附近的兵营里。我把身上的累赘东西放下后，就拉了梦兰到后边去看，走到殿上忽然看见神座下放着三四副棺材。梦兰走进去，她忽然叫起来，她告我说："有一个棺材板正蠕动呢！"我走近了看时，原来棺板未钉，外面还露着有布的衣角。也许是听见我们说话的声音了，棺材内有微微喘息的声气。梦兰说："一定还没有死呢！我去叫人打开看看。"我在殿上等着，少时她带了二个粗使的人来，让他们揭起棺板，里面原来迭放着两个死兵。上边的这一个脸伏在底下那个的胁间。把他提出来翻了个身，果然是个活人，面色虽苍白如纸，但还有呼吸！底下那个已死了。梦兰教他们重新把棺板钉好，一齐连那几件箱都抬出去找个空地掩埋了。把那个未死的伤兵抬到前面去，给他灌了点药，检查后，他的伤在腰部。子弹还未拿出呢！于是我们设法取出加以医治。

在我军攻击 F 镇时，敌军伤兵太多，因无人救护就都活着掩埋了。这有棺材装着的大概还是官长吧！

翌晨黎明我们骑着马到离 F 镇三十里的 T 庄去，这一带便是前几天的战场，树木枝柯，被炮打击的七零八落。田中禾苗都践踏成平地，邻近乡村的房屋，十室九空，被流弹穿了许多焦洞。残垣断桥间，新添了许多凸起的新土，这都是无定河边骨，深闺梦里人。五年前我的故乡，我的家园，何尝不是这样的蹂躏，在炮火声中把我多年卧病在床的祖母惊吓死！谁能料到呢！当年那样娇柔孱弱的小姐，如今也居然负枪荷弹，匹马嘶风驰驱于战场之上，来凭吊这残余的劫后呢！

在马上我又想起云生，假使他这时和我鸾铃并骑，双枪杀敌，这是多么勇武而痛快的事。如分别来将及一月了，还未见他一字寄来，我心惊颤极了，他在 P 城好像在虎狼齿缝间求生活，危险时时就在眼前！

正午时前线有消息来，说敌军败溃 B 山，T 庄全在我军手里了。那时我正给一个伤兵敷药，听见后他抬起头来和我笑了笑，表示他牺牲的光荣。

五

今天下午我们便去 T 庄驻防，缘途情状惨极了。黄沙碧血，横尸遍野。田畔的道路上，满弃着灰色制服、破草鞋、水壶、饭盒。狼藉黯淡真不忍睹。到了那里他们已给我们找好地点。军队在野外扎着帐篷，宣传队男男女女正在街市上讲演呢。

黄昏时我约了文惠骑着马去街市上看看，走到一家门口，忽然看见一堆人正在院里围着哭呢，喜动的文惠下了马跑进去看，我也只好随她进去，他们见我们追来，都不哭了，但还在抽咽着！文惠问："你们哭什么？我们的军队来嘈扰你们吗？"一个老婆婆过来，擦眼抹泪的说："告诉你们也不要紧，唉！我们都是女人。我的两个女儿死了；不是好死的，是那可杀的土匪兵昨天弄死的。一个出嫁了，怀着七个月身孕，一个还未出嫁呢，才十二岁，刚才埋殡了，这时大女婿来了，我们说起来伤心的哭呢！"我们听了自然除了愤恨这残暴的兽行外，只好安慰这老婆婆几句。她见我们这情形慈悲，又抽咽着说："你们要早来一步，就救了她们了。这时已晚了。"这是什么世界，想当初我父母和哥哥的惨死，也都是这些土匪兵害的，恶魔们为了争地盘闹意见，雇上这般豺狼不如的动物四处去蹂躏残害老百姓，把个中国弄的阴森惨淡连地狱都不如。

辞别了那伤心流泪的老婆婆，我们到征收局去看冯君毅，到了办公处见他们几个人都垂头丧气默无一言的坐着，顽皮的文惠说："打了胜仗还不高兴，愁眉苦眼的干吗？"君毅叹了口气说："这比败十几个仗的损失都大呢，真是我们的厄运。"我莫明其妙的问："到底是什么事，这样吞吞吐吐？"君毅说："敏慧刚才由C城来一密电，说P城的同志都被捕去。三天之内将三十余人都绞死了！""云生和采之呢？"我很急的问。他不说话了，只是低着头垂泪！我已经知道这不幸的噩耗终于来了！云生大概已成了断头台畔的英雄，但是我还在日夜祷祝盼望他的信呢！我觉的眼前忽然有许多金星向四边迸散，顿时，全宇宙都黑了。我的血都奔涌向脑海，我已冥然地失了知觉！

睁开眼醒来时，文惠和君毅、梦兰都站在我面前，我的身子是躺在办公处的沙发上，我勉强坐起来，君毅说："雪樵！你自己要保重，又在军旅中一切都不方便，着急坏了怎么好，这样热的天气。这种事是不得已的牺牲，我们自然不愿他们死，他们的死，就是我们组织细胞的死。不过到不得不死时，我们也不能因为他们死就伤心颓毁起自己来。你不要大悲痛吧！雪樵，我们努力现在，总有一天大报了仇，这才是他们先亡烈士希望于我们未死者的事业呢！你千万听我的话。"梦兰和文惠也都含着泪劝我。我硬着心肠扎挣起来，一点都不露什么悲恸，我的脑筋也完全停滞了思想，只觉身子很轻，心很空洞。这时把我一腔热血，万里雄心马上都冰冷了！刚由巨创深痛中扎挣起来，我也想从此开辟一个境地，重新建筑起我的生命，那知我刚跨上马走了几步就又陷入这无底的深涧！云哥！我只有沉没了，我只有沉没下去。

君毅们见我默默的坐着，知我心中凄酸已极！文惠她们和我回到宿处后，又劝了我一顿，我只低着头静听，连我自己都不知为什么这样恍惚，想到云生的死只是将信将疑。

晚餐时她们都去了大厅，我推说头痛睡在床上。等她们走了，我悄悄起来，背上我的枪，拿上我的日记，由走廊转到后院，马槽中牵了我那小白马，从后门出来。这时将近黄昏，景物非常模糊，夕阳懒懒地放射着最小的余辉，十分黯淡。我跨上马顺着大道跑去，凉风吹面，柳丝拂鬓，迎面一颗赤日烘托着晚霞暮霭，由松林中慢慢地落下。我望着彩云四散，日落深山，更觉惆怅！这和我的希望一样，我如今孤身单骑，彷徨哀泣，荒林古道已是日暮穷途。

我也不知去那里，只任马跑去，一直跑到苍茫的云幕中，露出了一弯明月，马才停在一个村后的门口。看着小白马已跑得浑身是汗，张着嘴嘶喘！我也觉着口渴，下了马走进村店去，月光下见席篷下的板凳上坐着一个老者，正在打盹呢。我走近去唤醒他，他睁眼看见我这样子，吓的他站直了不敢动。我道："我是过路的，请你老给点水喝，并饮饮我的马。"他急忙说："那可以，那可以，请军爷坐下等一等。"回身到里面去了，不一会出来一个十二三岁的小孩提着水壶，拔着鞋揉着眼，似乎刚醒来的样子。我也不管干净与否，拿起那黄瓷大碗喝了一碗。那老者手里执着个油灯出来，把灯放在石桌上回头又叫："三儿，你把马饮水去！"三儿遂把马牵到水槽旁去。我由身上掏了一张票子给他，也不知是多少，我说："谢谢你老，这是茶钱。"翻身上马又顺着大道下去。

这时才如梦醒来，想到自己的疯狂和无聊。但这一气跑我心中似乎痛快，把我说不出来的苦痛烦恼都跑散了！这时我假如能有暴风在右手，洪水在左手，我一定一手用暴风吹破天上的暗云，一手将洪水冲去地上的恶魔！那时才解消我心头抑压的愤怒！

　　夜已深了，天空中星繁月冷，夜风凄寒，这仿佛一月前海边的情景又到眼底，怎忍想呢！云哥已是绞台上的英魂了，这时飘飘荡荡魂在何处呢！沉思着我的马又停住了，抬头看，原来一条大河横在眼前，在月下闪闪发着银光，静悄悄地只有深林幽啸，河水呜咽。我下了马，把它拴在一棵白杨上，我站在它旁边呆呆地望着河水出神。

　　后来我仰头向天惨笑了一声！把我的手枪握在右手，对着我的脑门扳着机。冷铁触着我时，擦身忽然打了一个寒噤。理智命令我的手软下来了："我不能这样死。至少我也要打死几个敌人我再死！这样消极者的自杀，是我的耻辱。假使我现在这样死了便该早死。何必又跑到这里来从军呢？我要扎挣起来干！给我惨死的云哥报仇！"我想如今最好乘这里深夜荒野，四无人烟，前是大河，后是森林，痛痛快快的哭哭云哥，此后我永不流泪了！我也再无泪可流："露寒今夜无人问"，我只有自己扎挣了。拾起地下的手枪，解开我的马，我想归去罢；它似乎知道我的心思，走到我身边抬起头来望着我。我一腔悲酸涌上心头，不由的抱住它痛哭起来！

病

　　窗外一片片飞着雪花，炉中的兽炭熊熊地燃着，我拥着浅紫的绸被，睁着半开的眼，向窗望着！这时恰是黄昏，屋里的东西，已渐渐模糊起来；病魔又乘着这黑暗的势力，侵入我这无抵抗的身体内。当时微觉有点头痛，但我的心仍觉清明的存在。迷离恍惚中，依稀听见枕畔有轻轻语声：

　　"母亲远在故乡，梅隐姐姐又在日本，云妹你那里能病？"这凄清的声音，传到我的耳鼓时，不觉一阵心酸，眼眶里的泪又湿透了枕衣！但当我睁开眼看时，床前只有何妈，背着黯淡的灯光，拿着一杯煎好的药静静地低头站着。伊脸上堆满了愁纹，也似乎同我一样诅咒这苍天是如何的不仁呵！

　　我起来喝了半杯这不治病痛的药，仍睡下；我忽然自己也莫名其妙的向何妈微微底一笑！但伊如何能知道我的笑是何种的笑呵？我把眼闭后，伊也蹑手蹑足，轻轻地出去了。我实在再无勇气看这惨淡的灯光；确是太凄凉而且恐怖了！一时间又将二十年来的波纹，都连续不断地浮上脑海，一幕一幕像电影一样，很迅速的转动。

　　一年一年的光阴催着我在痛苦的途程中工作，我未曾找到一株青翠的松枝！或是红艳的玫瑰！只在疲倦的床上，饮伤了未母辣的火酒，刺遍了荆棘的针芒！只见一滴一滴的血，由我心巢中落到土壤里；一点一点的泪，由眼中逆流到心房，一年的赠与，只有惆怅的悲哀；我更何忍，对着这疏峭的寒梅，重温那迷惘的旧梦呵！

这样群众欲狂的新年，我只张了病幕，隔阻了一切，在电话的铃声里，何妈已替我谢绝了一概虚伪的酬酢。不过当爆竹声连续不断的刺入耳鼓时，我又想到家乡的团圆宴上，或者母亲还虚着我的座位待我？伊们又焉能料到可怜的我，是病在天涯！

今天早晨雪已不下，地上满铺着银沙；让何妈把窗上的纱幔都揭起，顿觉心神舒爽！美丽的朝霞，正射在我的脸上；紫红的轻绡一层一层的退着，渐渐变成淡蓝的云座；那时由云幕中捧出了一轮金黄的太阳！再加蔚青的晴空，绚烂的云霞，白玉似的楼阁，雪线似的花球；这一幅冬景——也可说是春景，确是太理想的美丽了；窗前小鸟，也啭着圆润的珠喉啁啾着；案头两株红梅，也懒松松地半开着！当一阵阵馥郁的清香，送到枕畔的时候，不禁由心灵的深处，发出赞美：这是半载隐逸的（也可说是忧愁的）生活中最快乐的一时。"自然"确能有时与人以莫大的兴奋和安慰！

这刹那的安慰只有少时间的逗留，悲哀的纤维又轻轻地跳动着——直到将全身都浸在悲哀的海里：那神妙的搏动，才肯停止。

沙漠中开不了蔷薇似的红花！谁也不能在痛苦的机轮上安慰我！我明知道世间，和被捣碎或伤害的不仅是我！就是现在把理想的种子，植在我希望的田里，将镇痛剂放在我创伤的心上，也是被我拒绝的。我只觉我应当高声的呼喊，低声的啜泣；或者伏在神的宝座下忏悔我生的罪恶。从前热心要实现的希望，现在都一齐包好，让水晶的匣子盛着，埋葬在海底！

任那一切的余烬燃着，或有一天狂风把他们一齐吹化呵！

当灵肉分裂的时候，我把灵魂轻轻向云头浮起，用着灵的眼望着病榻上的我！不禁想人生诚然是可怜而悲痛，飘泊者的呼声，恰是隔了重重尘网的人所不能听到的。

我确是太痴了！在这样人间，想求到我所希望的星火！人生只应当无目的转着生之轮，服从着严酷的制度！虽然人是具有理智的判断，博感的系恋；但同时人类又组织了一切的制度和习惯；你绝无勇气，把许多堅壁都粉碎了，如你心一样的要求！这种压伏的宇宙下，遂迷漫了失望的呼声！

病的时期内，我就这样不断的运用我心的工作；我毫未觉着光明是怎样飞驶——像金箭一样的迅速！我只觉太阳射着我时，脸上现着金辉色！可怖的黑暗侵到我的病屋时，只有烈炽的火焰，似乎和这黑暗搏战！

静静的夜里，只听到心浪的起伏，钟声的摆动；有时远远的一阵爆竹声，但没有多时仍归寂然，那时我联想到一件往事：

"依稀是八岁的时候，我也是在新年中忽然病了；我由厢房的窗上，知道了新年中的点缀。雪花铺满了屋顶和院中的假山；一棵老槐树上，悬挂着许多晚上要放的鞭炮；远看去像挂着许多红绿的流苏。客厅的门上，挂着大红的彩绸，两旁吊着许多玻璃灯。

母亲嘱咐了监督我的王妈，没有出房门的权利，或许是怕我受风寒。那时心里很不快活；总想有机会出去玩玩。一到灯光辉煌的时候，母亲怕我孤寂，就坐到我的小竹床上，用伊软绵的爱手，抚着我的散发，谈许多故事给我听。当我每次由睡梦中哭着醒来的时候，母亲准在我旁边安慰我，虽然是病着，但药有母亲看着王妈用心的煎。并且有许多样的汤点给我吃。父亲有了工夫，也踱到我的房里来看我，有时还问问我已认过的字忘了没有。

当那时我毫未知道在母亲的帏下生病，是多么幸福的事！这种温柔的仁爱，我就那样使他不得意过去。现在我在天涯已飘泊四年了。当我缠绵床褥，心情烦乱，医药无人过问的时候，我是怎样渴想我亲爱的母亲！系念我亲爱的母亲呵！

梦中有时能望到母亲的影儿，伊慢慢走到我的床前，把伊的手放在我发上抚着；我喜欢的张着双臂抱伊的时候，可恨的晨鸡又喔喔地叫了！迨梦醒后，只有梅花的冷香，一缕缕沁人心肺；阑珊的疏影，在壁上盘曲蜷回的映着。床前确是立着一人，是我忠心的女仆，虽然伊也是伊女儿的母亲，但伊的影子绝不是我的母亲！

我确是因在病笼中了，但朋友呵！请你立在云头向下界一望，谁是不受病笼羁束的？谁是逃出生命之网的漏鱼？病身体的，或不受精神的烦闷；病精神的，或不受身体的痛苦；我呢？精神上感受着无形的腐蚀；身体又感受迟缓而不能致命的斧柯！我的病愈重，我诅咒人生也更深；假如没有生，何至于使我病呢？所以我诅咒社会人情怎样薄浮，制度怎样万恶！我以为社会是虚的总名，藉以组织中心的还是人类——聪明的人类。

我或者是太聪明！或者是神经过敏！在我眼帘下的宇宙，没有完全的整个，只有分析的碎屑；所谓奇丽，只有惨淡；所谓愉快，只有悲哀。我以为世间一切快乐都是虚幻，而悲哀惨淡，确是宇宙中的主宰，万古不灭的真理！我对于生，感不到快乐，只有悲哀，同时我又怀疑着宇宙中的一切。

病中心情，确有时太离奇，不过我已是为群众所讪讽为疯狂的呻吟者！

不禁又觉着一生太无收获了！游戏了这许多年，所尝受的只是虚伪的讪笑，面具的浮情。有时也曾如流星一样，坠颗光明的星在我面前；但只有刹那的火花到地后又变成坚硬的岩石了！宇宙惟一的安慰，只有母亲的爱；海枯石烂不卷不转之情，都是由母亲的爱里，发蕾以不予开花。这在悲哀的人生，只有为了母亲而生活！母亲为了怕我逸去，曾用伊的鲜红的血丝，结织了生网。我为了爱母亲，我更何忍斩断了母亲结织的生网！另去那死的深洞内，受那比较连母亲都没有的生活！

这样似乎母亲已很诚恳的昭示了；我伏在母亲的宝座下忏悔了；为了母亲，我应当抗议病魔侵占；这样计划之后，可怜我又开始转动这机械的人轮了！

一九二三，二，十。病中。

只有梅花知此恨

　　这是夜里十点多钟，潜虬坐在罩了碧罗的电灯下，抄录他部里的公文；沙发旁边放着一个白漆花架，紫玉的盆里正开着雪似的梅花。对面墙上挂一幅二尺多长的金漆钻花玻璃镜框里的画片，是一个穿着淡绿衫子的女郎，跪在大理石冢前，低了头双手抱着塑在墓前的一个小爱神：后面是深邃的森林，天空里镶着半弯秋月，几点疏星。

　　潜虬似乎有点儿疲倦，写不了几个字，他就抬起头来，看看这幅画片，有时回头向铜床上望，盖着绣花紫绸棉被的，已经入梦的夫人。

　　今夜不知为了什么，飘浮在他脑海上的都是那些纤细的银浪，是曾经淹没过他整个心魂的银浪。他无意识的站起来，伸了伸懒腰，遂慢慢踱到那盆梅花跟前，低了头轻轻吻着，一直到清香咽入温暖的心房时，沉醉的倒在沙发上。那时皎洁辉煌的灯光，照着他泛着红霞的面靥！

　　这时候忽然客厅的电话铃响，他迷惘中睁开眼惊讶地向四周望了望：停了一息，差人进来说："周宅请老爷说话。"他想了想说："问清楚是找我吗？"差人低低的说："是的，老爷。"

　　他慢慢踱进那间庄严富丽的客厅，电灯上黄白流苏的光彩，照着他惺忪睡眼。脑海里像白雁似的思潮，一个个由茫远处急掠的飞过！沉思了半晌，才想起他是来接电话的，遂坐在电话旁边的一个玫瑰绒躺椅上：

"喂！你那儿！找谁！"

"你是谁？呵！你是潜虬吗？……你是八年前北京大学的潜虬吗？"

"是的，我是潜虬……声音很熟。呵！你莫非蕙妹吗？"

"潜虬：我是蕙妹，我是你西子湖畔的蕙妹；你近来好吗？你一直莫有离开北京吗？咳！潜虬：八年我们莫有通消息了，但是你能想到吗？我们在公园的荷花池前曾逢到一次，崇效寺枯萎了的牡丹前，你曾由我身边过去。"

"蕙妹：真做梦都想不到你今夜会打电话给我，你怎么知道我的号数呢？"

"今天下午我到一个朋友家赴宴，无意中我看见一本你们部里的人名录，翻出你的名字，我才知道你原来也在北京，后来我更知道你的住址和电话号头。"

"蕙妹，想不到今夜我们还有个接谈的机会，咳！我毕业以后，一直就留在北京；后来因为家乡被海寇扰乱的缘故，民国十二年的八月，我回南把家搬出来。你大概不知道我是死是活；更不知道我是近在咫尺，还是远在天涯。但是我：在这八年里，我什么都知道你，你是民国十年由天津来到这里，又由西城搬到东城。现在你不是就住在我们这个胡同的北口吗？去年腊月底，有一天我去衙门，过你们门口时，确巧逢见你牵了你那六岁的女孩上汽车。那时你穿着一身素服，面色很憔悴；我几乎要喊你。你自然那能想到风沙扑面，扰扰人海的北京市上，曾逢到你八年前的潜虬呢？我此后不愿再过你门口；因此我去部里时，总绕着路走。蕙妹！蕙妹！你怎么不理我呢？怎么啦！现在你还难受吗？咳！我所以不愿意和你通消息的缘故，就是怕你苦痛！"

"潜虬，你怎知道我怎样消磨这八年呢？我是一点泪一滴血的挨延着：从前我是为了母亲，现在呢，我又忍不下抛弃了小孩们。我告诉你，我母亲在去年腊月底已经死了，你逢见我的那一天，我正是去法源寺上祭。我从来不愿意埋怨父母，我只悲伤自己的命运，虽然牺牲的对得住父母，但是他们现在都扔下我走了，世界孤零零的只留着我。"

"薏妹！何尝是孤零零的只留着你，你岂不知世界上还有我是在陪着你吗？八年前的黄浦江上，我并不是莫有勇气，收藏起我的血泪沉在那珀石澄澄的江心；那时我毫无牵系，所以不那样做的缘故，当然纯粹是为了你。为了成全你的孝心，我才牺牲了一生幸福，为了使你不念到我的苦痛，我在这世界上才死里求生，这正是为了在这孤零零的世界上陪你。我常想那怕我们中间有高山，有长流：但是我相信天边明月，一半是你的心，一半是我的心！现在你不要难受，上帝怎样安排，我们就怎样承受：你的责任，便是爱你的丈夫，爱你的儿女；我的责任，也是爱我的妻子。生命是很快的，转瞬就是地球上我们的末日，光华的火焰终于要灭熄的！"

"我现在很好，很安于我的环境；早已是麻木的人了，还有什么痛苦，不过我常想毁灭我们的过去，但是那能办到呢？我愿意我永久这样，到我离开世界的那一天。你近来部里事情忙吗？你很久莫有在报上做文章了。"

"我本想毕业后就回乡村去，这污浊纷坛的政治舞台我真不愿意滥竽唱随；但是我总不愿意离开北京。部里事忙的很，工作繁多是减少烦思的妙法，所以我这八年的生活，大都消磨在这个'忙'字上。"

"喂！潜虬！子和已在上星期去了上海了，假如这时期，你愿意见到我时，我可以见你……"

　　"你应该满意现在的隔离，侯门似海，萧郎路人，这是我们的命运；我们是地球上最后的胜利者，我们是爱神特别祝福的人！我现在不能见你，我莫有理由、勇气去见你；你应该知道社会礼教造成的爱，是一般人承认的爱，他的势力压伏着我们心灵上燃烧的真爱。为了这个，薏妹，我不愿见你；并且以后你连电话都不要打。这是痛苦，已经沉寂了的湖，你让它永久死静好了。薏妹：你怎么了？薏妹，你不要难受！呵！你怎么不理我呢？喂！喂！"

　　沉寂了，一切像秋野荒冢一样的沉寂；潜虬晕倒在那个玫瑰绒的躺椅上，旁边也一样放着一盆桃色的红梅，一阵阵冷香扑到他惨白的脸上。

弃 妇

一个清晨，我刚梳头的时候；琨妹跑进来送给我一封信，她喘气着说：

"瑜姐，你的信！"

我抬头看她时，她跑到我背后藏着去了，我转过身不再看她，原来（她）打扮的非常漂亮：穿着一件水绿绸衫，短发披在肩上，一个红绫结在头顶飞舞着，一双黑眼睛藏在黑眉毛底，像一池深苍的湖水那样明澈。

"呵！这样美，你要上那里去，收拾的这样漂亮？"我手里握着头发问她。

"母亲要去舅妈家，我要她带我去玩。上次表哥给我说的那个水莲公主的故事还未完呢，我想着让他说完，再讲几个给我听；瑜姐，你看罢，回来时带海棠果给你吃；拿一大篮子回来。"说到这里她小臂环着形容那个大篮子。

"我不信。母亲昨天并莫说要去舅妈家，怎么会忽然去呢？"我惊疑地问她。

"真的，真的，你不信去问母亲去；谁爱骗你。母亲说，昨夜接着电报，姥姥让母亲快去呢。"她说着转身跑了，我从窗纱里一直望着她的后影过了竹篱。

我默想着，一定舅妈家有事，不然不会这样急促的打电报叫母亲去。什么事呢？外祖母病吗？舅父回来了吗？许多问题环绕着我的脑海。

梳好头，由桌上拿起那封信来，是内外埠寄来的，贴着三分邮票，因为用钢笔写的，我不能分别出是谁寄来的。拆开看里面是：

瑜妹：

我听说你已由北京回来，早想着去姑母家看望你，都因我自己的事纠缠着不得空，然而假使你知道我所处环境时，或许可以原谅我！

你接到这信时，我已离开故乡了，这一次离开，或者永远莫有回来的机会。我对这样家庭，本莫有什么留恋；所不放心的便是茹苦含辛、三十年在我家当奴隶的母亲。

我是踢开牢狱逃逸了的囚犯，母亲呢，终身被铁链系着，不能脱身。她纵然爱我，而恶环境造成的恶果，人们都归咎到我的身上；当我和这些恶势宣战后，母亲为她不肖的儿子流了不少的泪，同时也受了人们不少的笑骂！

我更决心，觉着母亲今日所受的痛苦，但是她将来所受的痛苦；我无力拯救母亲现实的痛苦，我确有力解除她将来的痛苦；因之我才万里外归来，想着解放她同时也解放我，拯救自己同时也拯救她。

如今我失败了，我一切的梦想都粉碎了！我将永远得不到幸福，我将永远得不到愉快，我将永远做个过渡时代的牺牲者，我命运定了之后，我还踌躇什么呢？我只有走向那不知到何处是归宿的地方去。

我从前确有一个梦想，这个梦想象一个毒蟒缠绕着我，已经有六年了。我孕育了六年的梦想，都未曾在任何人面前泄露，我只隐藏着，象隐藏一件珍贵的东西一样的，我常愿这宝物永远埋葬着，一直到黄土掩覆了我时，这宝物也不要遗失，也不要现露。这梦想，我不希望她实现，我只希望她永久作我的梦想。我愿将我的灵魂整个献给她。我愿将我的心血永远为她滴，然而，我不愿她知道我是谁？

我园里有一株蔷薇，深夜里我用我的血我的泪去灌溉她，培植她；她含苞发蕾以至于开花，人们都归功于园丁，有谁知是我的痴心呢！然而我不愿人知。同时也不愿蔷薇知。深夜，人们都在安息，花儿呢也正在睡眠；因之我便成了梦想中的园丁。

我已清楚的认识了自己的命运，我也很安于自己命运而不觉苦痛；但是，这时确有一个人为了我为了她自己，受着极沉长的痛苦，是谁呢？便是我名义上的妻。

我的家庭你深知。母亲都是整天被人压制驱使着作奴隶，卅年到我家，未敢抬起头来说句高声话。祖母脾气又那样暴烈，一有差错，跪在祖宗像前一天不准起来。母亲这样，我的妻更比不上母亲了，她所受的苦痛，更不堪令人怀想她。可怜她性情迟钝，忠厚过人；在别人家她可做一个好媳妇，在我家里，她便成了一个仅能转动的活尸。

我早想着解放了她，让她逃出这个毒恶凌人的囚狱；无论到什么地方去，都比我的家自由幸福多了，我呢，也可随身漂泊，永无牵挂，努力社会事业，以毁灭这万恶的家庭为志愿；不然将我这残余生命浮荡在深涧高山之上，和飞鸟游云同样极止无定的飘浮着。

决志后，我才归来同家庭提出和我的妻子正式离婚，那知道他们不明白我是为——她。反而责备我不应半途弃她；更捕风捉影的，猜疑我别有怀抱。他们说我妻十年在家，并未曾犯七出例条，他们不能向她家提出。更加父亲和她祖父是师生关系，更不敢起这个意。他们已经决定要她受这痛苦，我所想的计划完全失败了。不幸的可怜的她，永远的在我名下系缚着。一直到她进了坟墓。这是多么残酷的事情，我懊丧着，我烦恼着；也一直到我进了坟墓。一切都完了。我还说什么呢？

瑜妹！我给你写这封信的动机，便是为了母亲。母亲！我不能不留恋的便是母亲！我同家庭决裂。母亲的伤痛可想而知，我不肖，不能安慰母亲。瑜妹！我此后极止何处，我尚不知。何日归来。更无期日；望你常去我家看看我的母亲，你告诉她，我永远是她的儿子，我永远在天之涯海之角的世界上，默祝她的健康！

瑜妹！我家庭此后的情形真不敢想，我希望他们能为了我的走，日后知道懊悔。我一步一步离故乡远了，我的愁一丝一丝的也长了。

再见吧！祝你健福！

徽之

我读完表哥的信，母亲去舅舅家的原因我已猜着了，表哥这样一走，舅母家一定又闹得不了；不然不会这样焦急地催母亲去。我同情母亲的苦衷，然而我更悲伤表嫂的命运，结婚后十年，表哥未曾回来过。好容易他大学毕业回来了；那知他又提起离婚。外祖母家是大家庭，表嫂是他们认为极贤德的媳妇；那里让他轻易说道离婚呢？舅父如今不在家，外祖母的脾气暴躁极了，表哥的失败是当然的。不过这么一闹，将来结果怎样真不敢想；表哥他是男人，不顺意可以掉下家庭跑出去；表嫂呢，她是女人，她是嫁给表哥的人，如今他不要她了。她怎样生活下去呢？想到这里我真为这可怜的女子伤心！我正拿着这封信发愣的时候，王妈走进来说：

"太太请小姐出去。"

我把表哥的信收起后，随跟着王妈来到母亲房里。母亲正在房里装小皮箱里的零碎东西，琨妹手里提着一小篮花；嫂嫂在台阶上看着人往外拿带去的东西。

"瑜！昨夜你姥姥家来电，让我去；我不知道为的什么事，因此我想着就去看。本来我想带你去，因为我不知他们家到底有什么事，我想还是你不去好。过几天赶你回京前去一次就成了，你到了他们家又不惯拘束。琨她闹着要去，我想带她去也好，省的她留在家里闹。"母亲这样对我说的时候，我本想把表哥的事告诉她。后来我想还是不说好了，免得给人们心上再印一个渺茫的影子。

我和嫂嫂送母亲上了火车，回来时嫂嫂便向我说："瑜妹！你知道表哥的事吗？听说他在上海念书时，和一个女学生很要好，今年回来特为的向家庭提出离婚。外祖母家那么大规矩，外祖母又那么严厉，表嫂这不可真倒霉极了。一个女子——像表嫂那样女子，她的本事只有俯仰随人，博得男子的欢心时，她低首下心一辈子还值得。如今表哥不要她了，你想她多么难受呢！表哥也太不对，他并不会为这可怜旧式环境里的女子思想；他只觉着自己的妻不如外边的时髦女学生，又会跳舞，又会弹琴，又会应酬，又有名誉，又有学问的好。"她很牢骚地说着。我不愿批评，只微微地笑了笑；到了家我们也莫再提起表哥的事。

但是我心里常想到可怜的表嫂，环境礼教已承认她是表哥的妻子了——什么妻，便是属于表哥的一样东西了。表哥弃了她让她怎样做人呢？她此后的心将依靠谁？十年嫁给表哥。虽然行了结婚礼表哥就跑到上海，不过名义上她总是表哥的妻。旧式婚姻的遗毒，几乎我们都是身受的。多少男人都是弃了自己家里的妻子，向外边饿鸦似的，猎捉女性。自由恋爱的招牌底，有多少可怜的怨女弃妇践踏着！同时受骗当妾的女士们也因之增加了不少，我想着怎样才能拯救表嫂呢？像她们那样家庭，幽怨阴森简直是一座坟墓，表嫂的生命也不过如烛在风前那样悠忽！

过了三天，母亲来信了，写得很简，她报告的消息真惊人！她说表哥走后，表嫂就回了娘家，回去第二天的早晨，表嫂便服毒死了！如今她的祖父，和外祖母闹得很利害，舅父呢不在家，表哥呢，他杀了一个人却鸿飞渺渺地不知那里去了。因此舅母才请母亲去商量怎样对付。现在还毫无头绪，表嫂的尸骸已经送到外祖母家了，正计划着怎样讲究的埋葬她！母亲又说琨妹也不愿意在了，最好叫人去接她回来，因为母亲一时不能回来，叮咛我们在家用心的服侍父亲。

嫂嫂看完母亲的信哭了！她自然是可怜表嫂的末遇，我不能哭，也不说话，跑到院子里的葡萄架下站着，望着晴空白云枝头小鸟，想到表哥走了，或者还有回来的一天。表嫂呢，她永远不能归来了！为了她的环境，为了她的命运，我低首默祷她永久地安眠！

祷 告

——婉婉的日记

❧

九月三号

今天是星期日，她们都出去了。这屋子往日多么热闹，如今只觉得空寂可怕。我无地方可去，也无亲友可看，结果只好送她们去了，我孤身回来。天天忙着。我是盼有一天闲，但是闲了又这样情绪不宁感到无聊。

晚饭后，魏大夫叫我送一束花给四十四号的吴小姐，她是个极美丽的姑娘，虽然因为病现得清癯点。和她谈了半天才知道她就是吴文芳的侄女。我问到文芳，她说她自从辞了医院事情后，不久就和一位牙医生结婚，如今在青岛。正谈着，她的母亲来了。我便把花插在瓶里，把魏大夫写的那个英文片子放在花瓶前，我和她们笑了笑就开门出来了。

路过大楼时，想进去看看赵牧师，我心忽然噪烦起来，不愿意去了。

回到寝室楼，依然那样空寂，我真有点害怕，静默得可怕！推开娟玉的房门，雪帐低垂着，一缕花香扑鼻而来。她未曾回来，风吹着帐帷正在飘动！站在这里呆了一会，我回到自己的床上来。我想睡，睡了可以把我安息在幸福的梦里；但心情总是不

78

能平静，像黑暗中伸出无数的苍白手臂在接引我。睡不成，我揭被起来，披了一件斗篷，走到楼下回廊上看月亮。

夜静极了，只有风吹着落叶瑟瑟，像啜泣一样击动我的心弦。天空中一碧如洗，中间镶着繁星，一轮秋月又高又小，照得人清寒傲骨。我合掌跪在这晶莹皎洁的月光下，望见自己不知道来处的影子。

世界上最可怜最痛苦的大概是连自己都不知是谁的人罢！连自己的父母都不知道是谁，连自己的父母都不知在哪里的人罢？你照遍宇宙照尽千古的圆月，告诉我，我的父母是谁？他们在那里？你照着的他们是银须霜鬓的双老，还是野草黄土中的荒冢呢？

落叶在阶前啜泣时，抬头或者还认得他的故枝。我是连树叶都不如。这滔滔人海，茫茫大地中，谁是亲昵我的，谁是爱怜我的？只有石桥西的福音堂，是可怜的婉婉的摇篮。这巍峨高楼的医院，是可怜的婉婉栖居的地方；天天穿上素白的长袍，戴上素白的高冠，咽着眼泪含着笑容，低声柔气，服侍许多呻吟愁苦的病人，这是可怜的婉婉的伴侣和职务罢！

主啊！只有你知道。夜静时候，世界上有一个可怜无父无母无兄弟姊妹的孤女，在月光下望着一堆落叶咽泪！

夜深了，我回来，斜倚在枕上，月光很温柔地由窗纱中射进来。她用纤白的玉臂抱吻着我。我希望做梦，或者梦中可以寻见认识了我的父母，或者我还能看见我的妹妹弟兄。我真不敢想下去了。今天看见吴小姐的母亲时，我才知道世界上还有那么亲爱自己的一个女人，她是自己的母亲。

婉婉！你自己的母亲呢？

九月五号

昨夜刮了整夜的风，今天忽然觉着冷。早晨三十号来了一位病人，患着脑膜（炎）。头疼得他一直喊叫着，我给他枕上冰囊似乎止住点痛。他是一个银行的办事员。送他进来的是几个同事，和他年纪仿佛的青年。魏大夫看过了，告诉我劝他平静些，不能让他受刺激，最好不要接见亲友，晚上再吃药，这时候最好先令他静静地安眠。

我拉过绿幕遮住射进来的阳光，将他的东西都安放在橱里。整理好后，拿了花瓶到后园折了几枝桂花。当我悄悄送花来时，他已醒了，睁着很大的眼望着我。我低头走过去，把花瓶放在病榻畔的小几上。

"要水吗？先生！"我问他。他摇了摇头。我就出来。

十二点钟午餐来了，我请他少用一点，他不肯。再三请他，他才在我手里的杯子内喝了三口牛乳。这位病人真奇怪，进来到现在，他未曾说过一句话，时时都似乎在沉思着严重的问题。

给他试验温度时，我拿起他床前的那个纸牌，他的名字是杨怀琛，和我同姓。

夜里魏大夫把配好的药送来，我服侍着吃完了药，换上冰袋。临走时我告诉他：要东西时，只要把电铃一按便有人来。在楼梯上逢见娟玉，问她去那里，她说要去值夜，在大楼上。

到了寝室很远便听见她们的笑语声，我没有去惊动她们，一直走到我的房里。书桌上放着一本书，走过去一看是本精装的《圣经》，里边夹着个纸条，上边写着：

婉婉：那天你送花来，母亲看见你，说你怪可爱

的。我已告诉了她你待我的好处。她更觉喜欢。今天送
东西时给你带来一本《圣经》。她叫我送给你，她说这
本书能擦去你一切的眼泪！

——吴娴

我捧着这本书，把这短笺回环地读了四五遍。因为别人的母
亲偶然施与的爱，令我想到我自己的母亲。《圣经》，我并不需要
它；我只求上帝揭示我谁是我的母亲，她在哪里？只有她能擦去
我一切的眼泪。主啊；只要你告诉我她在哪里，我马上赴汤蹈火
去寻找她。然而默默中命运涎着脸作弄我，谁知道何时何地才能
实现我如意的梦。

惨淡的灯光照在圣母玛丽亚的像上，我抬头默然望着她！

九月九号

昨夜我做了一个梦，梦见我走到一个似乎乡村的地方，一带
小溪畔有几间茅屋，那里透露出灯光来。我走到茅屋前，听见里
面有细碎的语声，窗外映着淡淡的月光。我轻轻推开门，月光投
射进来，黑暗的屋角里看见床上坐着一个老妇人，她合掌念着
佛。一盏半明半暗的油灯，照见她枯皱的脸上挂着两道泪痕！我
走进一步，跪下去伏在她膝头上痛哭！

不知何时醒来，枕上已湿了一大块。

今晨梳洗时，在镜子里照见我自己，我自己孤苦伶仃的一个
人在这世界上挣扎，转眼已十九年了。自从我进了福婴堂到现在
没有一个亲人来看过我，也没有一个人认识我。我找不着我亲爱
的父母和姊妹兄弟，他们也一样不曾找到我。记得我在福婴堂住
了七年，七年后我服待一个女牧师，她教我读《圣经》，做祷告。

十四岁那年她回国去了。把我送到一个外国医院附设的看护学校习看护，三年毕业后，魏大夫就要我在这医院里当看护，已经有两年了。我想假使这时候我的母亲看见我，她也许不认识我。

三十号那个病人已经来了四天了。他病还见好。沈大夫说只要止住痛就不会有什么危险。今天他已和我攀谈起来，问我哪里人，家里还有些谁？唉！让我怎么回答他呢？连我自己都不知道，怎样能告诉他？这是我一生的耻辱，我只有低下头咽泪！他大概也理会到我有不能说出的苦衷，所以不曾往下追问。

他的病不能移动，所以他只可静静地躺着。晚饭后我给他试验口温。我低头用笔在簿上记录时，他忽然向我说："姑娘，我请求你一件事。你可肯替我办？"

"什么事？"我问。

他又几次不肯说，后来他叫我从衣橱里拿出一本日记，里面夹着信纸信封。他告诉我了，原来是请我给他写一封信，他念着我写：

文蕙妹鉴：

　　你信我已收到，事已如斯，夫更何言。我现已移入病院。将来生死存亡，愿妹勿介意。人生皆假，爱又何必当真。寄语方君。善视妹。则我瞑目矣。

怀琛。

写好，他又令我在日记里找着通信地址，原来也是姓吴，我心里真疑惑是吴文芳的姊妹；什么时候去问问文芳侄女便知道究竟了。信封也写好后，我递给他看。看完他很难受，把眼睛紧紧闭上，牙齿嚼着下唇，脸一阵阵现得苍白。我把日记放在他枕头畔。给他喝了几勺开水，我轻轻问他；"这信付邮吗？"他点点头。我轻轻闭门时，听到一声最哀惨的叹息！

晚风吹在身上，令我心境清爽一点，望着星月皎洁的天空深深地吐了一口气。

我凝视着手中这封信，假如这真是最后消息时，不知这位文蕙小姐看了该怎样难过？最可怜这生病的青年，进来医院这许久，未曾来过一个人，或者一封信一束花是慰问讯候他的。

今夜晚间本来不是轮我去，不过我看见他那种伤心样子真不放心。十二点了。我又从魏大夫那里拿了药亲自给他送去。一推门我便看见他正在流泪！我给他吃了药，他抬起那苍白的脸望着我，他说："姑娘，我真感谢你，然而我怕个生不能报答你了，但是我有个唐突的请求，我愿知道姑娘的芳名。"我完全被他那清澈的，多情的目光摄去了我的灵魂，当淡绿的灯光映在他脸上时，我真觉得这情况太惨了。我抖战着说："我叫婉婉，和先生同姓。"他不曾住下问，我也未曾多告诉他一点。

十二点半钟了，我的责任应该请他休息，我用极诚恳的态度和他说："先生，你宽怀养病，不要太愁苦，我求上帝赐福给你。"

"谢谢你，婉婉姑娘，祝你晚安！"他含着泪说。

九月十二号

昨夜魏大夫告诉我今天陪他到城外出诊，我的职务已另请一位看护代理。我从衣橱里拿出我那件外衣和帽子围巾，这三件东西是那女牧师临回国时送我的。因为我不常出去，所以虽然它们的式样已经不时髦，不过还很新。

收拾好已九点钟。我想去大楼看看三十号的病人。走到他病室前，我忽然有点迟疑，因为自己的装束现在已不是个看护了，我来看他不是不便吗？我立在门口半天，终于推开门进去。他看见我忽然惊惶的坐起来，眼睛瞪视着问我；"你是文蕙吗？我没有想到你会来看我呀！"他伸着双臂问我，他哭了！啊呀！这一吓把我直退到门口。

我定了定心神才告他说："先生！我是婉婉，你不要吃惊。"我说着走过去扶他睡下。

我等他休息了一会，我才告他我今天要出城去，职务已有人代理。我问他要不要什么东西给他带来，他这才和我说："你今天的装束真像她。原谅我对姑娘的失礼，因为我是在病中。"他说着流下泪来。我真不忍看了，也不知该怎样安慰他好，只呆呆地立在他床前。

"姑娘，你去吧！我不要什么，我在这世界上没有需要的东西了。"

"你好生静养，晚间我回来给你读《圣经》，我把他的被掩好，慢慢走出来。

汽车已在医院门前，魏大夫站在车口等着我。

在车上饱看着野外的秋色，柳条有点黄了，但丝丝条条犹想牵系行人。满道上都是落叶，汽车过去了，他们又和尘土落下来。平原走尽，已隐隐看见远处的青山。魏大夫告诉我，我们要去的地方便在那青山背后，渐渐到了山根，半山腰的枫树，红的像晚霞一样，远看又像罩了一层轻烟软雾。

走进了村庄，在一个别墅门前车停了，这时已十点多钟。我们进到病房里，是一位小姐患着淋巴腺结核，须用手术医治。我帮着魏大夫，割完已经一点半钟了。主人是个五十多岁的老人，很诚恳地招待我们。用完午餐我们就回城来，一路上我不看景致了，只想着三十号那个病人，真懊悔今早不应这样装束去看他，令他又受一个大刺激。

到了城里又去看了一个患肺病的人，七点钟才回到医院。我在花店买了两个精巧玲珑的小花篮，里面插满了各色的菊和天冬草。

今天一天真疲倦，回到医院我就到自己房里来。叫人送一个花篮给吴小姐，另一个花篮我想送给三十号的病人。

本想今夜亲自送去，不过不是我轮值，因为早晨又惊扰了他，现在也不愿再去了。连我自己也奇怪呢，为什么我这样可怜他，同情他？我总想我应该特别注意关照他，好像他是我的哥哥，或者是弟弟一样。

夜里找替他祷告，我想到他心中一定埋藏着一件伤心的历史，那天我给他写信的那个女子，一定就是使他今日愁病的主人。不知他有父母没有？也许他和我一样孤苦呢！今天我忽然想也许他是我的哥哥，因为他也姓杨。最奇怪的是我心里感到一切令我承认他是我的哥哥。

我想明天去大胆问问他，他有莫有妹妹送到福婴堂，在十九年前。

九月十（　　）号

今晨七点钟，我抱着那个花篮到大楼去，在楼梯下我逢见两个人抬着软床上来，我心忽然跳起来，不知为什么我忽然想到他不好的消息，急忙跑上楼，果然那间房子门口围着许多人，我走进去一看，他死了！僵直的卧在床上，嘴边流着口液，两眼还在半开着，手中紧握着一张像片。

这时软床已上来，把他抬到冰室去。

我一直靠在墙上，等他们把他抬走了，我才慢慢走到他床前。咽着泪收拾他的床褥。在枕头畔，我又发现了他那本日记。

我把他的东西整理好，包了一个小包和我那个花篮一块儿教人送到冰室去。不知道这是不是犯罪，他的日记我收起来了。我想虽未得到同意，但是我相信在世界上知道他抱恨而终的大概只有我，承受他最后的遗什的也许只有我。

说不出来我心头紧压的悲哀，我含着泪走进了冰室。里面已有几个人在，大概就是送他进来的那些银行同事们。地上放着一个大包袱，他们正在那里看殓衣。我一张望，见他的尸骸已陈列在墙角的木板上，遍体裹着白布，他的头偏向里面，地下放着那个花篮。

唉！我悔，昨夜未来看他，如今我站在他面前时，他已经脱离了人间的一切烦恼而去了。可怜他生前是那样寂寞孤苦的病着，他临终也是这样寂寞孤苦的死去，将来他的坟头自然也是无人哭吊无人祭献的寂寞之墓。我咽着泪把花篮放在他的头前。我祷告：他未去远的灵魂，接受世界上这孤女的最后祭献！

我走出了冰室，挟着这本日记，我不敢猜想这里面是些什么记叙。朝霞照着礼拜堂的十字架，我低头祷告着回来。

被践踏的嫩芽

梦白毕业后便来到达城里的中学校当国文教员，兼着女生的管理。虽然一样是学校生活，但和从前的那种天真活泼的学生时代不同了。她宛如一块岩石在狂涛怒浪中间，任其冲激剥蚀。日子长久了，洁莹如玉的岩石上遂留下不少创洞和驳痕。黑影掩映在她的生命树上，风风雨雨频来欺凌她惊颤的心，任人间一切的崎岖，陷阱，罗网，都安排在她的眼前，她依然终日来来往往于人海车轨之中，勤苦服务她这神圣的职业。

她是想藉着这车马的纷驰，人声的嘈杂，忘掉她过去的噩梦，和一切由桃色变成黑影的希望。

不知道梦白身世的人，都羡慕她闲散幽雅的兴趣，和蔼温柔的心情；所以她在这学校内很得她们一群小天使的爱敬。她自己，劫后残灰，天涯飘萍，也将这余情专诚的致献于她们，殡埋了一切，在她们洁白的小心里。

有一天梦白正在办公处整理她的讲义，一阵阵凉风由窗纱吹进来。令她烦热的心境感到清爽舒畅。这时候已经日暮黄昏，回廊上走过一队一队挟书归去的白衣女郎，有时她偶然抬头和她们相触的目光嫣然微笑！

钟声息了，只剩下这寂寞的空庭，和沉沉睡去的花草。梦白为了这清静的环境沉思着！散乱的讲义依然堆集在桌上。这时忽然有轻轻叩门的声音。门开了走进一个颀长淡雅的女郎，丰容盛鬋，眉目如画。那种高法超俗的丰度，令人又敬又爱。梦白认识她是这校中的高材生郑海妮。

海妮走到梦白的桌子前，她嗫嚅着说："先生！我有点事来烦扰您。"说着把书包打开拿出一束信来，这一束信真漂亮，颜色是淡青、淡黄、淡紫、淡红，还有的是素笺角上印着凸起的小花。梦白笑了！她说："呵！这一段公案又来了。"

海妮脸上轻泛起那微醉的酡红，薄怒娇嗔的告诉梦白这束信的来历和那厌烦的扰人，为了免除家庭的责难，同学的嘲笑，她希望梦白向学校提出，给她一种惩罚，不要再这样来扰人讨厌。梦白翻着这一束信静听她絮烦的妙语，她心现着有点醉了！"海妮！把这信留在这里我看看。你先回去，明天应该怎么办，我再和你商量"。"谢谢先生！"海妮微微弯着腰，姗姗地走出去了。

晚餐后，梦白在灯下坐着看学生的试卷，她忽然想起海妮给她一束信，她遂把试卷放在一边，把那束信抽出来看：

海妮：

假如上帝安排下他的儿女是应该相爱的，那我就求你接到这信时你不必惊讶！我仅仅是个中学生，既不是名画家，更不是大诗人，我不能把我崇敬爱慕的女郎，用我的拙腕秃毫来描写于万一；我不须要赞美，我只求心灵有一块干净地方来供奉她。人间采一朵幽淡如兰的鲜花来祭献她，再用我的血泪灌溉这朵花永远是盛开着，令她色香不谢。

昨天我独自在图书馆看书，正是心神凝注时。门帘动了，你姗姗地由我身边走过去。借完书，你又姗姗地惊鸿一瞥似的走出去。就是这样一来一去，把我平静的心波鼓荡的狂涛怒浪，山立千仞。我不能在这里枯坐，遂挟了书走到操场的树荫下。我想在那嘈杂人声中，来往人影里，消失了我心头的倩影。谁知道你偏又和你的同伴来到操场上散步。我明知道是我自己的心情恍惚，但是我那时真恨你，并且恨那和你同行的女伴。

我自己也莫明其妙，在学校已经三年半了，女性的同学我见过数百人，在万花群艳中未曾令我神夺志移，但是你来了之后我就觉的两样了，几次自己想驱逐这幻影的来临。但是终于无效。海妮！这些诉告在你自然是值的卑视讪笑的，我本不愿把这些难邀一笑的言语来扰你清听，但是我的心已在悄悄地督催我，我也觉真心的祭献是不至于令神嗔怪的！

林翰生

梦白看完后，觉得这信写的很真诚别致，还不怎样令人不能往下看。海妮的情书自然也该超出于旁人吧！她想着不禁笑了：接着又抽看第二封。

海妮：

我早知道你是不理我的，也知道你对于这渴慕你的人们，环绕于你足下的人们是一样的予以冷笑！我不能把我自己怎样超拔于群侪，令你垂青，我只是一个中学生，我毫无特别的才能建设值的你敬慕。

我现在是求学时代，不幸便无意中受了爱神的戏弄，令我由光明的前途，沉溺于黑暗的陷阱，我那敢怨你？我自然是痛恨诅咒那嘲弄人的命运，我好似驰骋山野的骏马，忽然自愿把鞍鞯加上，任人鞭骑，这是令我日夜痛心怆然下泪的遭逢呵！海妮！不论怎样，我永远珍藏这颗心至永久罢！我不敢说是爱你。

我应该告诉你我的身世，我是孤儿，父母都在十年前相继弃我而去，族叔抚养我到如今。我从未曾奢望过人间的幸福，只求能有点树立时，不辜负叔父一场教养。在我这十八年凄空清寂的生活里，微微有点余温使我生命之火星光彩闪烁的就是你了。你的学问品格处处都令我敬慕，我才不自主的把这颗幼小被伤的嫩芽，重献到你的足下来求践踏。

你是名门闺秀，富室千金，天赋给你的是人间的欢乐和幸福。我也明白。到什么时候我和你也是两个世界的人；侯门似海。我终于是徘徊在朱门外的流浪者。我本不必把我的衷曲向你弹述。希望求你的怜恤，你是不能表同情于我的；但是海妮，我能够珍藏你于方寸灵台之中，我就不再奢求什么了。

林翰生

梦白连读了几封信后，她的神色异常颓丧，她觉这信里所说的话，好像十年前也有人这样向她说过一样。前尘梦影又涌现到她的回忆边缘上来，令她默默地向着灯光沉思，她不知怎样来处理这一段公案。

翌晨。梦白同海妮商量，海妮的意思还要令梦白提出校务会议，因为不给他惩罚时，怕他还要再写信来，频频相扰。她是想藉此申明表白给她的家庭同学看一看的。梦白原想探一探海妮的口吻。如果她能通融和缓时，她是不愿意声明这件事的。因为这事的结果，在她素有经验的心中已都安排好了；林翰生又是品学皆优的高材生，她怕他受不住这无情的风波！但是海妮这样坚决她也无计再能调剂。这严重的空气，遂允许了海妮的要求，在当天下午把这件事情提出校务会议。

会议室里一张长桌上，铺着雪白的桌布，放着瓶花，四周都坐满了穿长衫西装的人们；这都是校中的重要职员。门开了。梦白手里拿着那一束鲜艳的信笺进来，他们都很注意的问道；"这是什么？"开会时，梦白先把这一束信的公案报告了一遍，主席一面读着信一面征求各位的意见。有的主张重办，有的主张从宽，众见纷纭，莫衷一是。主席后来把两种意见折衷办理，议决给林翰生一个行为不检的特别惩戒，由本级级任面加训迪。这是姑念他平常品学皆优，所以这次才不出牌示给他包留情面。林翰生做梦也不知道，他写给海妮的情书遭了这般厄运，在这庄严堂皇的会议席上，互相传观。

三天后的早晨正是狂风暴雨时候，海妮神色仓忙，面容灰白，又来到梦白的办公处，她站在梦白面前嘤嘤啜泣！梦白不知她受了何人的委曲，再三问她，她由衣袋中拿出一封信来递在梦白手中，拆开来写的是：

海妮：

我不怨你对我这样绝情。就是这一点行为不检的惩戒，我也不介意；不过我三年多在学校里师长同学面前，我未曾失意过，这次事情发生后，似乎一切人们都觉着我是个轻薄可鄙的少年，将不齿于友侪，这是令我最痛心的。

到如今我在情感上并不忏悔我过去是错误，我用天真忠诚的心血，滴沥着写给你的信，就是枪眼对着心口，钢刀放在颈上，我也不懊悔那是罪恶的表现，不道德的行为。他们那些假道学的人们，根本不能来讪笑我，虽然我自始至终，对于这件事我不愿有所表白。海妮！为了你的绝情，陷我于这黑暗的深渊，不能振作。但是我已另外发现了路途了。我已和叔父商议好，明日便束装回里，我不愿再在这学校逗留，这里对我无一点留意，海妮！就是你，我也不再向你说什么了，我为了你的清静，我从此不再写信，也不再在这里停留，愿我们从此永远隔绝好了。

本可以不必写信给你，不过我想告诉你我此后的消息，你也该放心了。海妮！我自然爱你一如往日，此后不论漂泊到天涯地角，我也遥远的替你祝福！也希望你慧心里不要忘了这被你践踏的嫩芽，海妮！海妮！从此你的倩影日离我远了，也许是日距我近了。假如你是有情人，愿你将来心幕上不要留今日的残痕。至于宇宙对我的命运和安排，我也不怨恨冷酷，因为我能在极短的时期中认识你，而且又与你以微小可纪的印象。我已曾满足了。夜深了，我按着惨痛的心灵，向你告别，向我认识你的学校告别！

林翰生

梦白看见这封信，她并不惊奇，不过她心头感到万分的凄酸！抬头见海妮还在低低的泣！纯是个不懂事的儿女态度，她本想说她几句，后来因她已经心碎便忍住了。

一阵风吹开了窗帏，梦白忽然见阶前的一株不知名的紫花，被风雨欺凌的落红满地。这时雨直如注。狂风卷着雨丝把纸窗都湿了；梦白低低的向海妮说了声；"也许这时候他已经走了。"

白云庵

天天这时候，我和父亲去白云庵。那庵建在城东的山阜上，四周都栽着苍蔚的松树，我最爱一种披头松，像一把伞形，听父亲说这是明朝的树了。山阜下环绕着一道河水，河岸上都栽着垂杨。白巉巉的大小山石都堆集在岸旁，被水冲激的成了一种极自然美的塑形。石洞岩孔中都生满了茸茸的细草。黄昏时有田蛙的跳舞，和草虫的唱歌消散安慰妇人们和农工们一天的劳苦，还有多少有趣的故事和新闻，产生在这绿荫下的茶棚。

大道上远望白云庵像一顶翡翠的皇冠，走近了，碧绿丛中露出一角红墙。在烟雾白云间，真恍如神仙福地！庵主是和父亲很好的朋友。据说他是因为中年屡遭不幸，看破了尘世，遂来到这里。在那破庙塌成瓦砾的废址上结建了一座草庵。他并不学道参禅，他是遁潜在这山窟里著述他一生的经历。到底他写的是什么，我未曾看见，问父亲，也不甚了解；只知道他是撰著着一部在他视为很重要的著述。

早晨起一直到黄昏，他的庵门紧闭着，无论谁他都不招待不接见。每天到太阳沉落在山后，余霞散洒在松林中像一片绯纱时，他才开了庵门独自站在岩石上，望着闲云，听着松啸，默默地很深郁的沉思着。这时候我常随侍着父亲走上山去，到松林里散步乘凉。逢见他时，我总很恭敬的喊一声"刘伯伯"。慢慢成了一种惯例，黄昏时父亲总带着我去白云庵，他也渐渐把我们看作很知己的朋友。有时在他那种冷冰如霜雪的脸上，也和晚霞夕照般微露出一缕含情的惨笑！

父亲和他谈话时；我拿着一本书倚在松根上静静地听着，他不多说话；父亲和他谈到近来南北战事，革命党的内讧，和那些流血沙场的健儿，断头台畔的英雄，他只苍白着脸微微叹息。有时他很注意的听，有时他又觉厌烦，常紧皱着眉峰抬头望着飘去飘来的白云。我不知他是遗憾这世界的摒弃呢，还是欣慰这深山松林、白云草庵的幽静！久之我窥测出他的心境。逆料这烟云松涛中埋葬着一个悲愁的惨剧。这剧中主人翁自然是这位沉默寡言、行为怪僻的"刘伯伯"。

有一天父亲去了村里看我的叔祖母，我独自到松林里的石桌上读书，那时我望着将要归去的夕阳，有意留恋；我觉一个人对于她的青春和愿望也是和残阳一样，她将悄悄地逝去了不再回来，而遗留在人们心头的创痕，只是这日暮时刹那间渺茫的微感，想到这里我用自来水笔写了两行字在书上：

黄昏带去了我的愿望走进坟茔。
只剩下萋萋芳草是我青春之魂。

我握着笔还想写下去。忽然一阵悲酸萦绕着笔头，我放下了笔，让那一腔凄情深深沉没隐埋在心底。我不忍再揭开这伤心的黑幕，重认我投进那帏幕里的灵魂。这时我背后传来细碎的足音；沉重而迟缓，回过头来见是白云庵中的"刘伯伯"。我站起来。他问我父亲呢，我方回答着，他就坐在我对面的石凳上，俯首便看见我那墨水未干的两行字，他似乎感触着一种异样的针灸，马上便陷进深郁的沉思里。半天他抬头向我说："惠姪，你小小年纪应该慧福双修，为什么写这样的悲哀消极的句子？"他严肃的面孔我真觉有点凛然了，这怎样解说呢！我只有不语。过了一会他深深地叹了口气，他又望着天边最后的余霞说："我们老年人总羡慕你们青年人的精神和幸福，人老了什么也不是，简直是一付储愁蓄恨的袋子，满装着的都是受尽人生折磨的残肢碎骨，我如今仿佛灯残烛尽，只留了最后的微光尚在摇幌，但是我依然扎挣着不愿把这千痕百洞的心境揭示给你们年青人，惠姪！像你有什么悲愁？何至于值的你这般消极？光明和幸福在前途等候着，你自前去迎接罢！上帝是愿意赐福给他可爱的儿女。"到了最后一句时他有点哽咽了，大概这深山草庵孤身寄栖的生活里，也满溢着他伤心的泪滴呢。这时云淡风清，暮色苍茫，他低了头若不胜其所负荷的悲愁，松涛像幽咽般冲破这沉静的深山，轻轻唤醒了他五十余年的旧梦，他由口袋里拿出他的烟斗，燃著飘渺的白烟中，他继续的告我他来到这里的情形，他说："惠姪！我结庵避隐到这山上已经十年了，我以前四十余年的经过，是一段极英武悲艳的故事，今天你似乎已用钥匙开开我这秘密的心门，我也愿乘此良夜，大略告你我在人生舞台上扮演过的角色。

三十年前我并不是这须发苍白的老翁，我是风流飘洒的美少年，我的祖父和父亲都是亡国盛朝的大臣，我是在富贵荣华的府邸中长大，我的故乡是杭州，我也并不姓刘，因为十年前我遭了一次极重要的案件，我才隐姓埋名逃避在这里。

西子湖畔苏堤一带，那里有我不少的马蹄芳踪，帽影鞭痕，这是我童年欢乐的游地，也是我不幸的命运发轫之处。有一年秋天，我晚饭后到孤山去看红叶，骑着马由涌金门缘着湖堤缓辔游行，我在马上望见前面有一个淡青竹布衫，套着玄青背心的女郎，她右手提着一篮旧衣服向湖边去。我把鞭子一扬，马向前跑了几步，马的肚带忽然开了，我翻镫下马来扣时，那女郎已姗姗来到我面前了。她真是我命中的女魔，我微抬头便吃了一惊！觉眼前忽然换了一个世界，我恍如置身在广寒宫里，清明晶洁中她如同一朵淡白莲花！真是眉如春山微颦，眼似碧波清澈；我的亲眷中虽不少粉白黛绿，但是我从未曾看见过这样清秀幽美的女郎。当时把我的马收拾好，她已转到湖边去了，我不自禁的牵了马跟着她，她似乎觉得我是在看她，她只低了头在湖边浣衣，我不忍令她难堪，遂悄悄地骑了马走了。从此以后，我天天到这堤上来徘徊，但总没有再逢见她，慢慢这个影响也和梦中的画景一样，成了我灵台中供养着的一朵莲花。这一瞥中假如便结束了这段姻缘，那未尝不是一个绮丽神仙的梦境。那知三个月之后，我从嫂嫂房里出来，逢见赵妈领着一个美丽的姑娘进了月亮门，走近了，她抬起头来，吓了我一跳！这是奇遇，你猜她是谁，她就是苏堤上遇见的浣衣女郎，她两腮猛然飞来两朵红云，我呆呆地站在走廊上。

后来我问嫂嫂的丫头，才知道她是赵妈的女儿，名字叫"梅林"，那年她才十六岁，我的母亲喜欢她幽闲贞静，聪明伶俐，便留在我家里住，不久我们便成了一对互相爱恋的小儿女，我那时十八岁。这当然是件不幸的事件，我们这样门第，无论如何不许我娶老妈子的女儿。我曾向我母亲说过，爱我的母亲只许我娶亲以后，可以收她做我的姜，我那时的思想遂被这件不幸的婚姻问题所激动，我便想当一个家庭革命者，先打破这贫富尊贱的阶级和门阀的观念，后来父亲听见这消息，生气极了，教训了我一顿。勒令母亲马上驱逐赵妈出去，自然"梅林"也抱着这深沉的苦痛和耻辱出了我家的门。

在她们没有走的前一天夜里，我和梅林在后门的河沿上逢见，她望着垂柳中的上弦月很愤怒的向我说："少爷：我今天听太太房里的兰姑告我，说老爷昨天在上房里追问着我和少爷的事，他生气极了，大概明天就要我和我妈回去。少爷，这件事我现在不能说什么活，想当初我原不曾敢高攀少爷，是少爷你，再三的向我表示你对我的热感。我岂不知我是什么贫贱的人，那敢承受你的爱情。也是你万般温柔来要求我的。如今；我凭空在你家闹了这个笑话。我虽贫贱。但我……唉！我家里也有三亲六故，朋友乡里，教我怎样回去见人呢？"她说着低了头呜呜地哭了；这真是晴天的霹雳！我那时还是个不知世故的小孩。我爱梅林纯粹是一腔天真烂漫的童心，一点不染尘俗的杂念。那知人间偏有这些造作的桎梏来阻止束缚我们。我抚着她的肩说："梅林！你不用着急。假若太太一定让你回去，你就暂时先回去。我总想法子来成全我们。如果我的家庭真是万分不叫我自由，那我也要想法子达到我们的目的，难道我一个男子不能由我自己的意志爱我所爱的人吗？不能由我自己的力量去救一个为我牺牲的女子吗？至于我的心，你当然相信我，任海枯石烂。天塌地崩，这颗爱你的心是和我的灵魂永远存在。梅林！我总不负你；你抬起头来看！我对着这未圆的月儿发誓；梅林我永不负你。"她抬起头来说："少爷！从前的已经错了。难道我们还要错下去吗？我呢！原是很下贱的人。在你们眼底只是和奴婢一样的地位……至于说到深层的话，少爷，梅林没有那么大的福分。就是你愿意牺牲上你的高贵来低就我，我也绝不作那非分之想。谁叫我们是两个世界中的人。假如我是宦门小姐，或者你是农夫牧童，老天就圆满了我们的心了。假如少爷慈悲爱怜梅林，只要在你心里有一角珍藏梅林之处，就是我不幸死去，也无所憾！少爷。其他的梦想，愿我们待之来生吧！"

她走后，我被父亲派到海宁去看病的姑母。我回来便听见她们说梅林完了，说她回去后三天便投湖死了！当时我万分悲痛，万分忏悔。我天天骑着马仍到逢见她的苏堤上去徘徊凭吊。但这场噩梦除了给我心头留下创痕外，一切回忆，渺茫轻淡，恍如隔世。这样过了二年。我憔悴枯瘦的如一个活骷髅，那翩翩美丽的青春和幸福，都被这一个死的女郎遮蔽成阴森、惨淡、悲愁的黑影。因之我愤恨诅咒这社会和家庭，以及一切旧礼教的藩篱。于是我悄悄的离开家庭走了。

戊戌政变时，我在京师大学堂。后来又到上海当报馆主笔。那时我已和家庭完全绝裂。父亲和我的思想站在两极端不能通融。他是盛朝的耿耿忠心的大臣。我是谋为不轨的叛徒。太后临朝；光绪帝被囚于瀛台，康梁罢斥的时候；封闭报馆，严拿主笔。我和一个朋友逃到日本。那时我革命的热心更是拼我头颅，溅此鲜血而不顾。以我一个文弱书生。能这样奋斗。我自己的思想建筑在革命的程途上。这自然都是一个女子的力量——我爱敬的梅林姑娘。

在日本晤孙文和宫崎寅藏，庚子那年我回国随着唐才常一班人，奔走于湘鄂长江、两粤闽浙间。后来在汉口被官兵破获。才常等二十余人均死。我那时幸免于难，又第二次逃到日本。不久联军入北京，太后挈光绪出走，父亲母亲和全家都在北京被害，只剩了杭州家里老姨太养着的我的三弟。从此以后我湖海飘零，萧然一身，专心致志于革命事业者十余年。其间我曾逢见不少异国故乡的美婉女郎，她们也曾对我表示极热烈的愿望，但是我都含泪忍痛的拒绝了。因为我和梅林有海枯石烂永不相忘的誓言。

我的少年期，埋葬了这一段悲惨的情史在我心底，以后我处处都是新疮碰上我的旧创。在日本我遇见黄君璧女士，她是那时在东京最有名的中华女侠，她学医我学陆军，我们是天天见面，肝胆相照的朋友，但是我心头有我的隐恨埋殡着。永不曾向她有超过朋友情谊的表示和要求。

辛亥革命，我二次回国投身军界，转战南北，枪林弹雨中俸逃出这付残骸来。民国以后我实指望着革命是得到了真正的成功，那知专制的帝王虽推倒，又出了不少的分省割据的都督将军，依然换汤不换药的是一种表面的改革，我觉悟了中国人的思想，根本还是和前一样，渐渐我和这般革命元勋，旧时同志，发生了意见，我乃脱甲投戈又回到日本。袁氏称帝，那一般同志在日本重振旗鼓的预备挞伐，我也随着回来。这次我去向一个伟人抛掷炸弹，未中，我扮着乡人逃出北京，回到杭州看了看我的三弟，和已经出嫁并生有子女的妹妹。这时我才觉着我漂泊生活，已如梦一般把我那青春幸福的时代逝去了。我那时候更凄楚的想到梅林，我独自去苏堤一带又追寻了一番我们二十年前的旧梦。她一个勇武柔美，霜雪凛然的女郎，激发我做了这许多轰轰烈烈的事业，但如今我独自在苏堤上，回想起来更增加我的悲痛！二十余年中我像怒潮狂飙，任忧愁腐蚀，任心灵燃烧，到如今灵焰成灰烬，热血化白云，我觉已站在上帝的面前，我和人间一切的愿望事业都撒手告别。宇宙本无由来，主持宰制之者惟我们的意欲情流。人生的欢乐，结果只留过去的悲哀；人生的期望，结果只是空谷的回音，这和巍峨的宫殿，峥嵘的宝塔一样，结果只是任疾风暴雨，摧残欺凌，什么美人唇边的微笑，英雄争中的宝刀，都是罪罚的象征，都是被梦来戏弄。地狱，死刑，暗杀；事业，爱人，金钱，在我的心底呵！从前都是热血的结晶，如今都化成苍白的流云飞上天边去了！"他说到这里忽然站起来，用手向星月灿然的天空指着，他的血又重新沸腾了，苍白的月色下，我看他的脸却和刚才的晚霞一样红，额下银须被晚风吹的在襟头飘拂着。

"蕙姪：你知道吧！我从前的雄心壮志，爱国热诚，革命思想，也和现在的青年们一样狂热呢！那时悬赏捕我的风声日紧一日，我也不能再振作我往日的雄心了。一切都和太阳下的融雪一样，我不能再扎挣支持上这孤独、悲哀、空虚的躯壳，和无穷无穷（尽）的前途奋斗征战了！我遂肩行李云游到这山中。我爱这里有水涧瀑布，翠峦青峰，微雨和风。白云明月之下，我找了这一块干净土，把五十年雄心壮志，绮情蜜意都一齐深葬此山。任天下怎样鼎沸混乱，人民怎样流离痛苦，我不闻问了，我将深藏此深山松篁中，任白云飘过我的头顶。我老了，我的担子青年人已接过去了，我该休息。整理完成这二十年中的日记后。我想可以寻梅林去了！人只恐怕她还是青春美丽的少女之魂，而我已经是龙钟苍老的白头翁了！"他手里拿着烟斗，微仰着头望着松林中透露出的半弦月神，他心里又想起二十年前那夜的月色，和梅林最后诀别的河畔蜜语。

我始终未曾打断他的话，这时我看他已不能再说什么了，我说："刘伯伯！人生的悲剧，都是生活和思想的矛盾所造成。理想和现实永远不能调和，人类的痛苦因之也永无休止。我们都在这不完善的社会中生活，处处现实和理想是在冲突，要解决这冲突的原因，自然只有革命，改变社会的生活和秩序。不过这不是几个人几十年就能成功的，尤其因为人生是流动的进步的，今天改了明天也许就发现了毛病，还要再改。革了这个社会的命，几年后又须要革这革过的命。这样我们一生的精力只是一小点，光阴只是一刹那。自然我们幸福愿望便永远是个不能实现的梦了。一方面肉体受着切肤的压迫，一方面灵魂得不到理想中的安慰。达不到梦中的愿望，自然只有构一套悲剧了事。伯伯！你五十多岁了，也是一个时代的牺牲者，那如我二十多岁也是一样作了时代的牺牲者！说句不怕伯伯笑话的话吧！我如今消极的思想，简直和你一样。虽然我是个平常的女孩儿，并不曾有过什么惊天动地的作为，建过什么爱国福民的事业，和伯伯似的倦勤退隐。不过近来我思想又变了，我自己虽然把人生已建在消极的归宿处

——坟墓之上，但是我还是个青年。我不希望我为了自己的悲愁就这样悄悄死去的。我要另找一个新生命新生活来做我以后的事业。因之，我想替沉没浸淹在苦海中的民众，出一锄一犁的小气力，做点能拯救他们的工作，能为后来的青年人造个比较完善的环境安置他们。伯伯，假如你愿意，你便把你那付未卸肩的担子交付给我，我肩负上伯伯这付五十年湖海奔走，壮志如长虹的铁担。"

他听了我这一番话，冰森冷枯的脸上忽然露出浅浅的笑痕，他放下了烟斗，站起来伸过他那瘦枯如柴的手来握住我的右手。他说："惠侄！二十年来我这时是第一次得意！你这番话大大令我喜欢！你们青年，正该这样去才是光明正坦的大道，才可寻得幸福美满的人生。蜷伏在自己天鹅绒椅上哼哼悲愁，便不如痛痛快快，去打倒，去破坏这使你悲愁的魔鬼。革命的动机有时虽因为是反抗自己的痛苦。但其结果却是大多数民众的福利，并不能计较到自己的福利。所以这并不是投机水利的事业，虽然为了追求光明幸福而去，但是这也是梦想，你不要因为失望便诅咒他，我从前曾有过这样错误思想，现在先告诉你。惠侄，你去吧！你去用你的血去溅洒这枯寂的地球去吧！使她都生长成如你一样美丽的自由之花。我在这松林里日夜祷告你的成功，你接上这件铁担去吧！事完后你再来这里和我过这云烟山林的生活，我把我整理好的日记留给你。假如我不幸死去，意任！我也无恨憾了，你已再造了我第二次的生命！"他说到这里，山下远远看见一盏红灯隐现在森林中，走近时原来是我家的仆人，母亲叫他燃着来接我的。我向刘伯伯说："天晚了，明天我再来和伯伯说。这样大概我行期要提早，也须这一星期便可动身。谢谢伯伯今天给我讲的故事，令我死灰复燃，壮志重生。"他望着我笑了！我遂和来人点着母亲的红灯下了山，归路上月色凄寒，回头望白云庵烟雾缭绕，松柏森森中似乎有许多火萤飞舞。星花乱迸，这是埋葬在这里的珠光剑气罢至。

我默想着松林了桌傍的老英雄；他万想不到他和梅林的一番英雄儿女的侠骨柔情。四十年后还激动了一个久已消沉的女子。

十六年，七，二十六，山城栖云阁。

流浪的歌者

　　碧萧是一个女画家。近来因为她多病，惟一爱怜她的老父，伴她到这背山临海的海丰镇养病。海丰镇的风景本来幽雅，气候也温和。碧萧自从移居到这里后，身体渐渐地恢复了健康。

　　他们的房子离开海镇的街市还有四五里地，前面凭临着碧清浩茫的大海，后面远远望见，云气郁结，峦峰起伏的是青龙山蜿蜒东来的余脉。山坡上满是苍翠入云的大森林，森林后隐约掩这着一座颓废的破庙。这是碧萧祖父的别墅，几间小楼位置在这海滨山隅，松风涛语，静寂默化中，不多几天，碧萧的病已全好了。黄昏或清晨时，海丰镇上便看见一位银须如雪的老人，领着一个幽雅淡美的女郎在海岸散步，林中徘徊。

　　有时她独自一个携着画架，在极美妙的风景下写生，凉风吹拂着她的衣角鬓发，她往往对着澄清的天宇叹息！她看见须发苍白的老父时，便想到死去已久的母亲。每次她悄悄走进父亲房里时，总看见父亲是在凝神含泪望着母亲的遗像沉思；她虽然强为欢笑的安慰着父亲，但不能制止的酸泪常会流到颊上。这样黯淡冷寂的家庭，碧萧自然养成一种孤傲冷僻的易于感伤的性情，在她瘦削的惨白的脸上，明白表现出她心头深沉的悲痛。

　　这时正是月亮尚未十分圆的秋夜。薄薄的几片云翼，在皎朗的明月畔展护着。星光很模糊，只有近在天河畔的孤星，独自灿烂着。四围静寂的连犬吠声都没有。微风过处，落叶瑟瑟地响，一种清冷的感触，将心头一切热念都消失了。只漠然引起一缕莫名的哀愁。

碧箫服侍父亲睡后，她悄悄倚着楼栏望月，这里并不是崇岭瀑泉，这时也不是凄风苦雨，仅仅这片云中拥护的一轮冷月，淡淡地悠悠地，翻弄着银浪，起颤动流漾时，已波动了碧箫的心弦，她低了头望着地上的树影冥想沉思。这时候忽然由远处送来一阵悠扬的琴声夹和着松啸涛语，慢慢吹送到这里，惊醒了碧箫沉思之梦。她侧着耳朵宁神静气的仔细听，果然是一派琴音，萦绕在房后的松林左右。这声音渐渐高了，渐渐低了，凄哀幽咽中宛转着迂回缠绵的心曲，似妇泣诉，夜莺袁晓悲壮时又满含着万种怨恨，千缕柔情，依稀那树林中每一枝叶，都被这凄悲的音浪波动着。碧箫禁抑不住的情感，也随着颤荡到不能制止，她整个的心灵都为这月色琴音所沉醉了。忽然间一切都肃然归于静寂，琴声也划然而止，月色更现的青白皎洁，深夜更觉得寒露侵人，她耳畔袅袅余音，仿佛还在林中颤动流漾。那一片黑森森的树林，荫翳着无穷的悠远，这黑暗悠远的难以探索，正和他渺茫的人生一样呢！

碧箫想：这是谁在此深夜弹琴，我来到此三个月了，从未曾听见过这样悲壮哀婉的琴音。她如醉如痴的默想着，心中蜷伏抑压的哀愁，今夜都被这琴声掘翻出来。她为这热烈的情绪感动了，她深深地献与这无限的同情给那不知谁何的歌者。

晨曦照着了海丰镇时，多少农夫和工人都向目的地工作去了，炊烟缭绕，儿童欢笑的纷扰中，破了昨夜那个幽静的好梦。

碧箫在早晨时，发现她父亲不在房里了。下楼去问看门老仆，他说："清早便见主人独自向林中去了。"她匆匆披了一件外衣，出了栅门向北去，那时空气新鲜，朝霞如烘，血红的太阳照在渐渐枯黄的森林，如深秋的丹枫一样。走进了森林，缘着一条一条草径向破庙走去，那面有路通着海丰镇的街市。她想在这一路上，一定可以逢见父亲在这里散步回来。不远已看见那破庙的山门，颓垣残塔。蔓草黄叶，显得十分凄凉肃森。她走上了台阶，忽然听见有人在里面低吟，停步宁神再听时，父亲正从那面缓步而来。她遂下了台阶。跑了几步迎上去说："爸爸，我来寻你的；你去了那里呢？""到镇上看了看梓君。他病已好了，预备再过两星期就要回去。他问我们是再住几天，还是一块儿回去呢。"她听见父亲这话后，低了头沉思了一会，这里的环境，却是太幽静太美丽了。她真有点留恋不肯去呢！她又想北京父亲还有许多事要办理，那能长久伴她住在这里。因之她说："爸爸，如果你急于回去，我们就同梓君一块儿去，不然再多住几天也好，爸爸斟酌吧！他们等着我们吃早餐呢，我们回去吧。"走到铁栅门时，服侍碧萧的使女小兰在楼上扬着手欢迎他们，碧萧最爱的一只黑狗也跑出来跟随在她的足下嗅着。这时她心中充满了无限的衷感。这些热烈的诚恳的表情，都被她漠然不加一瞬的过去了。

碧萧同她父亲用完早餐后，她回到房里给她的朋友写一封信，正在握管凝思的时候，忽然又听见一缕琴音由远而近，这时琴音又和昨夜不同。虽然不是那样悠远，但也含着不少穷途漂零，异乡落魄的哀思。这声音渐渐近了。似乎已到了栅门的左右。她放下笔走出了房门，倚着楼栏一望，果然见她家铁栅门外站着一个颀长的男子，一只手拿着他的琴，一只手他抚着前额；低头站在一棵槐树下沉思，浓密的树叶遮蔽了，看不清楚他的面容。她觉这个人来的奇怪。遂叫小兰下去打听一下。他在那里徘徊着做什么呢？

小兰跑下去，开了栅门。他惊惶的回过头来，看见栅门旁立着一个梳着双辫，穿碧绿衣裳的小姑娘。她挟着琴走向前；嗫嚅着和她说："姑娘！我是异乡漂游到此的一个逃难的旅客，我很冒昧，我很惭愧的，请求姑娘赏我点饭吃！"

小兰虽是个小女孩，但她慈悲的心肠也和她女主人一样。她自己跑到厨房向厨子老李要了一盆米饭，特别又给他找了点干鱼、干饽饽一类的东西拿给他。

小兰在槐树下拾石子玩耍，等吃完了。她才过来收回碗碟。他深深向小兰致谢，他说："姑娘！我不知用什么言语来代表我的谢忱，我只会弹琴，我弹一曲琴给姑娘听吧。"

他脸上忽然泛浮着微笑！轻轻地又拨动了他的琴弦。小兰回头望望楼上的碧萧，她憨呆地倚着栅门，等他弹完后走到林中去了，才闭门回来告诉她的小姐。

碧萧在楼头望着他去远后才回到房里，她想这个人何至于流落到求乞呢！他不能去做个琴师吗？不能用他的劳力去求一饱吗？他那种谈吐态度真是一个有知识的人，何至于缘门求乞，而且昂藏七尺之躯也不应这样践踏；也许他另有苦衷不得不如此吗？她吩咐小兰告诉厨子，以后每天都留点饭菜给他。

从此每夜更深入静时，便听见琴声在树林中萦回；朝阳照临时，他便扶着琴来到她家门口，讨那顿特赐的饱食。吃饱后他照例在槐荫下弹一曲琴，他也不去别处；但过了两三天后，这左右的农家都互相传说着，海丰镇来了个弹琴的乞丐。

两个星期后，碧萧的病已全好了，父亲和她商量回北京去。

临行的前一天，将到黄昏时候，碧萧拿了画架想到海边画一幅海上落日图。她披了一件银灰色的斗篷，携了画架、颜色向海边去。走不多远已望见那苍茫的烟海，风过处海水滔滔，白浪激天，真是海天寥阔，万里无云。他捡了一块较高的沙滩把架子支起来，调好了颜色，红霞中正捧着那一颗落日，抹画的那海天都成了灿烂的绯色，连他那苍白的面靥都照映成粉白嫣红，异常美丽。她怀着惊喜悲怆的复杂心绪很迅速的临画着；只一刹那，那云彩便慢慢淡了，渐渐褪去了绯色又现出苍茫的碧海青天。一颗如烘的落日已沉没到海底去了。余留的一点彩霞也被白浪卷埋了，这寂寞的宇宙骤然现得十分黯淡。她掷了画笔呆呆地望着大海。她凄恋着一切，她追悼着一切。对着这浩茫的烟海，寄托她这无涯的清愁。

这时候她忽然听得背后有沉重的足步声，回过头看，原来是那个流浪的歌者，他挟着琴慢慢地向这里走来。这次她才看清楚他的面貌：他有三十上下年纪，虽然衣履褴褛，形容憔悴，但是还遮不住他那温雅丰度，英武精神；苍白瘦削的靥上虽流露着饥寒交迫的痛苦，那一双清澈锐利的目光，还是那样炯炯然逼人眉宇。她心里想："真风尘中的英雄。"

他走近了碧萧的画架，看见刚才她素腕描画的那一幅海上落日，他微微叹息了一声，便独自走到海岸的高处，在这暮色苍茫，海天模糊的黄昏时候，他又拨动着他那悲壮愤怨如泣如诉的琴弦。这凄凉呜咽的琴音，将他那沦落风尘，悲抑失意的情绪。已由他十指间传流到碧萧的心里。

晚风更紧了，海上卷激起如山的波浪，涛声和着忽断忽续的琴弦更觉万分悲凉！吹得碧萧鬓发散乱，衣袖轻飘，她忍不住的清泪已悄悄滴湿了她的衣襟，惨白的脸衬着银灰色的斗蓬。远远看去，浑疑是矗立海边的一座大理石的神像呢！是那么洁白，那么幽静，那么冷寂！

她觉得夜色已渐渐袭来，便收拾起画架，一步懒一步的缘着海岸走回来。半路上她逢见小兰提着玻璃八角灯来接。到了铁栅门口，她无意中回头一望，远远隐约有一个颀长的黑影移动着。

这一夜她的心情异常复杂，说不出的悲抑令她心膽如焚！她靠在理好的行装上期待着，期待那皎皎的月光来吻照她；但只令她感到幽化的搏声。黑暗的恐怖，月儿已被云影吞蚀了；去那卷着松涛的海风一阵阵吹来，令她觉得寒栗惊悸！小兰在对面床上正鼾声如雷。这可怕的黑夜并未曾惊破她憨漫的好梦。

她期待着月色。更期待着琴声。但都令她失望了；这一夜狂风怒号了整夜。森林中传来许多裂柯折枝的巨响。宇宙似乎都在毁灭着。

翌晨十时左右，碧萧正帮着父亲装箱子。小兰走进来说："有小姐一封信，我放在你桌子上了。"

她把父亲箱子收拾好后。回到自己房里果然见书桌上放着一封信。她拿起来反复看了一遍，觉这信来的奇怪，并没有邮票也没有写她的名字。只仅仅写着一个姓。她拆开来那信纸也非常粗糙，不过字却写的秀挺饱满，上面是：

小姐：

　　我应该感谢上帝，他使我有机缘致书于你，藉此忏悔我的一切罪恶，在我崇敬的女神之足下。我不敢奢望这残痕水映在你洁白的心版上，我只愿在你的彩笔玉腕下为我落魄人描摹一幅生命最后的图画。

　　到现在我还疑惑我是已脱离了这恶浊的世界，另觅到一块美丽欢乐的绿州呢！但是如今这个梦醒了。我想永随着这可爱的梦境而临去呢。原谅我。小姐，我这流浪欲狂的囚徒来惊扰你；但是我相信你是能可怜我的同情我的，所以我才敢冒昧陈词，将我这最后的热泪鲜血呈献给你！小姐，求你念他孤苦伶仃，举世无可告语，允许他把这以下种种，写出来请小姐闪动你美丽的双睛一读。

　　我的故乡是在洛阳城外的一个大镇，祖父在前清是极有威权的武官，我家在这镇上是赫赫有名的巨族。我便产生在这雕梁画栋，高楼大厦的富贵家庭中。十八岁时我离开了家去北京游学，那时祖父已死了，还剩有祖母父母弟妹们在洛阳原籍住着。

　　近数年内，兵匪遍地，战云漫天，无处不是枯骨成丘，血流漂杵；我的故乡更是躁躏的利害，往往铁蹄所践，皆成墟墓。三年前我那欢乐的家庭不幸变成了残害生灵的屠场，我的双亲卧在血泊中饮弹而亡，妹妹被逼坠楼脑碎，弟弟拉去随军牧马，只剩下白发衰老的祖母逃到我的乳妈家中住着，不久也惊气而亡，一门老少只余了我异乡的游子，凭吊泣悼这一幕惨剧，当时我愤恨的复仇心真愿捣碎焚毁这整个的宇宙呢！

　　从此后我便成了天涯漂泊的孤独者，我虽竭力想探得我弱小弟弟的行踪，但迄今尚无消息，也许早已被战马的铁蹄践踏死了，在这样的环境下煎熬着、悲苦着，我更彻底的认识了这万恶的社会，这惨酷的人生，不是人类所应有。生命的幸福欢乐既都和我绝缘，但是人是为了战胜一切而生存的，我不得不振作起来另找我的生路，想在我们的力量下，改造建设一个自由的和平的为人民求福利的社会和国家。因之我毅然决然把这六尺残躯交付给我所信赖的事业，将为此奋勉直到我死的时期。

　　这几年中流浪于大江南北，或用笔或用枪打死了无数的敌人，热血在我心腔中汹涌着，忘了自己生命上的创痕；虽然日在惊险危急中生存，我总自诩我是一勇敢的战士。假使这样努力下去，那我们最后的成功指日可待。谁想世事往往如此，在这胜利可操的途程上，内部忽然分裂，几个月后嫉妒争夺，金钱淫欲，都渐渐腐化了我们勇武的健儿，敌方又用各种离间拉拢的手段来破坏我们的团集，从前一切值得人赞美钦佩的精神勇气，都变成人人诅咒的罪恶渊薮。我当时异常灰心，异常愤怒，便发表了一篇长文劝告这些在前敌在后方的同志，那知因此便得罪了不少的朋友，不久我便被人排挤陷害，反成了众人攻击的箭垛，妄加我许多莫明其妙的罪名。我也明知道黑幕日深，前途黯淡，这日深一日的泥泽，也不是我一人的精力所能澄清，遂抱了无语的懊丧与失望离开了他们。我无目的去了上海，那里住着我一很好的女朋友朱剑霄，我想顺便看看她。并且愿藉此机会往外国再念几年书，重新来建设我信赖的事业，目下中国的时局确实太浑浊，新兴势力既为腐化所吞蚀，一时恐绝无重振的希望。

到了上海我并未寻见朱剑霄，到她寓处说她去广东了，我也毫不迟疑她怀有异心。那想到第三天我在旅馆里正弹着我新买的琴时，忽然去了许多军警把我逮捕到龙华，也未加审诉便把我下了监牢，这真是一个闷葫芦，后来有人告我是朱剑霄告发了我，说我来沪带着危险的使命，先请我在监狱中暂住几天，防我意外的暴动。

我倒是很感谢她！进了监狱后身体上虽略有痛苦，但我精神上非常舒适，初从一种忙乱嚣杂的环境里逃出，冷静寂寞的狱中，反给我不少心灵上的反省和忏悔。我觉这世界为什么永远是这样污浊黑暗呢！因为人类的心太残忍冷酷了的原故吧！这几年牺牲了青年英雄多少头颅，多少热血，然而所建设的功绩依然渺如云烟。给人民争得的福利不如梦在那里，而人民流离颠沛的痛苦，确是我们的努力所促成。我原是家破人亡的孤子，为了拯救别人才奋勇去投效从军；那知我这一番热心忠诚，反是促成破人家、亡人人的罪魁，回忆我枪炮声中所目观的惨剧，又何尝不是我心头的惨剧呢！

我并不怨恨我走的道路错了，我也绝对不怀疑我的主义事业有何足以疵议，我只可惜我们同志们的毅力太薄弱了。抵不过恶势力的包围和腐化而亡。叹息这次失败的自然不仅是我，和我抱此澄清宇宙，再图发扬的一定还有人在，我想以后得到机会再舒伸我的未遂的壮志。因此我在狱中很安静的过了三个月。

一天夜里我忽然听见枪声连续的响，渐渐近了。我望见天空中缭绕的黑烟和火星。天将明时，我见许多囚犯都聚集在院中，狱卒也不知都那里去了。后来我们便都破狱出来，那时已无人管看我们。枪林弹雨中我挟着我的琴躲在一个酒店内，等到黄昏时候我乘着混乱离开酒店，缘途求乞，一个星期后才来到海丰镇，我已精疲力竭，不得不暂时在这里休息几天。

那一夜我悄悄逃到这森林中的破庙，当时可怜我除此琴外，别无长物，孤苦伶仃，饥寒交迫，蜷伏在这颓荒的墙角，激荡着如焚的怅惘！那时我真惶悔，早知道今日这样落魄异乡，我宁愿作个永久监禁的囚徒，平安舒适的在狱中住着，不强似这漂流无定，饥寒侵凌的乞丐生活？

翌晨，我穿过松林弹着琴来到你家门口，我在树影里远远看见你伫立楼头。那时我虽领受了你的厚赐，但是我心中却充满了莫名的惭愧和羞愤。

多谢你慈善的小姐，救活了街头的饿殍。这许多天你赐给我的，我想并不是那仅仅果腹的一餐，我觉在生命的海中，踏上了青春美丽的绿洲，而你便是那指导我接引我去的女神！

今晨我在你家门口探得你将离此的消息。我似乎惊醒了一个梦，才知道自己目前的境遇，和将来的企图，该如何处置？

黄昏时来到海边，望着雪浪汹涌的大海，猛然看见生命的神光在那里闪耀，似乎唤醒我这昏醉的灵魂！我望着一团一团的浪花涌来，又化作白沫灭散在四周，刹那间冲洗尽我这颗尘封血凝的碎心，化成了万千只自由翱翔的海鸥在水面上沉浮。海呵！海呵！你是我母亲温柔的怀抱罢！我愿永眠在这雪浪银涛之中求她的蜜吻。这纷扰的，破碎的世界有何留恋？在这枯骨战壕，血肉屠场找生命的幸福和欢乐吗？我早无望了。如今人海漂零，孑然只身，扎挣着去战斗罢，也不过是痛苦着自己的心神，去作些殃民祸国的勾当。我的主义事业也终于是空虚的幻想。愿他永远留在我的梦里。因之，我决意把这创伤的躯壳在此求死，不再向扰攘的人群中腼颜去求生。

这时却巧逢见你来海边绘画，本想冒昧过去面谢你的一切恩惠，那知道我走到面前望见你那惨白的皎颜时，又令我踌躇不前。你是那样幽淡高傲，令我凛凛然不敢侵犯，只好借琴弦来致此最后的虔诚，但万想不到你竟为我这哀酸迂回的心曲而落泪沾襟。

我不希求什么了，这宇宙间虽未曾赐给我一点安慰，但我已在这时邀得你的同情，这几滴珍贵的同情之珠泪，便可淹没埋葬我这黯淡凄凉的生命，在你那光明洁白的心海中了。

我由海边回来，觉着我须要给你一封信，叙述我的一切让你知道；但既无笔墨，又无灯烛，阴云迷漫怕今夜更无月色。这时候我猛然想到小衫上还有一个金质的领章，这是中学时代一个最爱我的老牧师赠给我的，十年了从未一刻离开我。我就拿了它到镇上换买了纸笔蜡烛，伏在灰尘的神案上给你写这封信。

夜是这样恐怖，狂风由颓垣中袭来，几次吹熄我这萤火摇曳似的烛光，令我沉没于可怕的黑暗。这也许便是我一生的象征吧！我闭目时看见含笑的母亲，她在张臂欢迎着我！

明晨还到你家门口领那最后的一餐。不过你用惊奇的心情披读我这封信时，我已挟着我最爱的琴投向碧海中去了！去了，带着人间一切的悲哀去了。再见吧小姐！原谅我的唐突，接受我的感谢，我用在天之灵替小姐祝福！

你不必知道我是谁。在你心里；只是一个流浪的歌者。

海丰镇上忽然起了一阵惊扰，这消息传布的很快，不久便到了小兰的耳中："海边沙滩上漂浮着一个男子的尸体"。她急忙跑上楼来告诉她的小姐。

一推门，见碧萧伏在桌上，她跑过去扶起她的头，见她玉容惨淡，神情颓丧。苍白的脸上挂着两行清莹的珠泪。

散文卷

寄山中的玉薇

夜已深了，我展着书坐在窗前案旁。月儿把我的影映在墙上，那想到你在深山明月之夜，会记起漂泊在尘沙之梦中的我，远远由电话铃中传来你关怀的问讯时，我该怎样感谢呢，对于你这一番抚慰念注的深情。

你已惊破了我的沉寂，我不能令这心海归于死静；而且当这种骤获宠幸的欣喜中，也难于令我漠然冷然的不起感应；因之，我挂了电话后又想给你写信。

你现在是在松下望月沉思着你凄凉的倦旅之梦吗？是伫立在溪水前，端详那冷静空幻的月影？也许是正站在万峰之巅瞭望灯火莹莹的北京城，在许多黑影下想找我渺小的灵魂？也许你睡在床上静听着松涛水声，回想着故乡往日繁盛的家庭，和如今被冷寂凄凉包围着的母亲？

玉薇！自从那一夜你掬诚告我你的身世后，我才知道世界上有不少这样苦痛可怜而又要扎挣奋斗的我们。更有许多无力扎挣，无力奋斗，屈伏在铁蹄下受践踏受凌辱，受人间万般苦痛，而不敢反抗，不敢诅咒的母亲。

我们终于无力不能拯救母亲脱离痛苦，也无力超拔自己免于痛苦，然而我们不能不去扎挣奋斗而思愿望之实现，和一种比较进步的效果之获得。不仅你我吧！在相识的朋友中，处这种环境的似乎很多。每人都系恋着一个孤苦可怜的母亲，她们慈祥温和的微笑中，蕴藏着人间最深最深的忧愁，她们枯老皱纹的面靥上，刻划着人间最苦最苦的残痕。然而她们含辛茹苦柔顺忍耐的精神，绝不是我们这般浅薄颓唐，善于呻吟，善于诅咒，不能吃一点苦，不能受一点屈的女孩儿们所能有。所以我常想：我们固然应该反抗毁灭母亲们所居处的那种恶劣的环境，然而却应师法母亲那种忍耐坚苦的精神，不然，我们的痛苦是愈沦愈深的！

你问我现时在做什么？你问我能不能拟想到你在山中此夜的情况？你问我在这种夜色苍茫，月光皎洁，繁星闪烁的时候我感到什么？最后你是希望得到我的长信，你愿意在我的信中看见人生真实的眼泪。我已猜到了，玉薇！你现时心情一定很纷乱很汹涌，也许是很冷静很凄凉！你想到了我，而且这样的关怀我，我知道你是想在空寂的深山外，得点人间同情的安慰和消息呢！

这时窗角上有一弯明月，几点疏星，人们都转侧在疲倦的梦中去了；只有你醒着，也只有我醒着，虽然你在空寂的深山，我在繁华的城市。这一刹那我并不觉寂寞，虽然我们距离是这样远。

我的心情矛盾极了。有时平静地像古佛旁打坐的老僧，有时奔腾涌动如驰骋沙场的战马，有时是一道流泉，有时是一池冰湖；所以我有时虽然在深山也会感到一种类似城市的嚣杂，在城市又会如在深山一般寂寞呢！我总觉人间物质的环境，同我幻想精神的世界，是两道深固的堑壁。

为了你如今在山里，令我想起西山的夜景。

去年暑假我在卧佛寺住了三天，真是浪漫的生活，不论日夜地在碧峦翠峰之中，看明月，看繁星，听松涛，听泉声，镇日夜沉醉在自然环境的摇篮里。

同我去的是梅隐、揆哥，住在那里招待我的是几个最好的朋友，其中一个是和我命运仿佛，似乎也被一种幻想牵系而感到失望的惆怅，但又要隐藏这种惆怅在心底去咀嚼失恋的云弟。

第一夜我和他去玉皇顶，我们睡在柔嫩的草地上等待月亮。远远黑压压一片松林，我们足底山峰下便是一道清泉，因为岩石的冲击，所以泉水激荡出碎玉般的声音。那真是令人忘忧沉醉的调子。我和他静静地等候着月亮，不说一句话，心里都在想着各人的旧梦，起初我们的泪都避讳不让它流下来。过一会半弯的明月，姗姗地由淡青的幕中出来，照得一切都现着冷淡凄凉。夜深了，风涛声，流水声，回应在山谷里发出巨大的声音；这时候我和云弟都忍不住了，伏在草里偷偷地咽着泪！我们是被幸福快乐的世界摒弃了的青年，当人们在浓梦中沉睡时候，我们是被抛弃到一个山峰的草地上痛哭！谁知道呢？除了天上的明月和星星。涧下的泉声，和山谷中卷来的风声。

一个黑影摇晃晃地来了，我们以为是惊动了山灵，吓得伏在草里不敢再哭。走近了，喊着我的名字方知道是揆哥，他笑着说："让我把山都找遍了，我以为狼衔了你们去。"

他真像个大人，一只手牵了一个下山来，云弟回了百姓村，我和揆哥回到龙王庙，梅隐见我这样，她叹了口气说："让你出来玩，你也爱伤心！"那夜我未曾睡，想了许多许多的往事

第二夜在香山顶上"看日出"的亭上看月亮，因为有许多人，心情调剂的不能哭了，只觉着热血中有些凉意。上了夹道绿荫的长坡，夜中看去除了斑驳的树影外，从树叶中透露下一丝一丝的银光；左右顾盼时，又感到苍黑的深林里，有极深极静的神秘隐藏着。我走的最慢，留在后面看他们向前走的姿势，像追逐捕获什么似的，我笑了！云弟回过头来问我："你为什么笑呢？又走这样慢？""我没有什么追求，所以走慢点。"我有意逗他的这样说。

我们走到了亭前，晚风由四面山谷中吹来，舒畅极了！不仅把我的炎热吹去，连我心底的忧愁，也似乎都变成蝴蝶飞向远处去了。可以看见灯光闪烁的北京，可以看见碧云寺尖塔上中山灵前的红旗，更能看见你现在栖息的静宜园。

第三夜我去碧云寺看一个病的朋友。我在寺院中月光下看见了那棵柿树，叶子尚未全红，我在这里徘徊了许久，想无知的柿树不知我留恋凭吊什么吧？这棵树在不同的时间里，不同的人心中，结下相同的因缘。留下一样的足痕和手泽。这真不能不令我赞叹命运安排得奇巧了。

有这三天三夜的浪游，我一想到西山便觉着可爱恋。玉薇！你呢？也许你虽然住在山中，不能像我这样尽兴的游玩吧？山中古庙钟音，松林残月，涧石泉声，处处都令人神思飞越而超脱，轻飘飘灵魂感到了自由；不像城市生活处处是虚伪，处处是桎梏，灵魂踞伏于黑暗的囚狱不能解脱。

夜已深了，我神思倦极，搁笔了罢！我要求有一个如意的梦。

十五年秋末

恐 怖

　　父亲的生命是秋深了，如一片黄叶系在树梢。十年，五年，三年以后，明天或许就在今晚都说不定。因之，无论大家怎样欢欣团聚的时候，一种可怕的暗影，或悄悄飞到我们眼前。就是父亲在喜欢时，也会忽然的感叹起来！尤其是我，脆弱的神经，有时想的很久远很恐怖。父亲在我家里是和平之神。假如他有一天离开人间，那我和母亲就沉沦在更深的苦痛中了。维持我今日家庭的绳索是父亲，绳索断了，那自然是一个莫测高深的陨坠了。

　　逆料多少年大家庭中压伏的积怨，总会爆发的。这爆发后毁灭一切的火星落下时，怕懦弱的母亲是不能逃免！我爱护她，自然受同样的创缚，处同样的命运是无庸疑议了。那时人们一切的矫饰虚伪，都会褪落的；心底的刺也许就变成弦上的箭了。

　　多少隐恨说不出在心头。每年归来，深夜人静后，母亲在我枕畔偷偷流泪！我无力挽回她过去铸错的命运，只有精神上同受这无期的刑罚。有时我虽离开母亲，凄冷风雨之夜，灯残梦醒时，耳中犹仿佛听见枕畔有母亲滴泪的声音。不过我还很欣慰父亲的健在，一切都能给她作防御的盾牌。

　　谈到父亲，七十多年的岁月，也是和我一样颠沛流离，忧患丛生，痛苦过于幸福。每次和我们谈到他少年事，总是残泪沾襟不忍重提。这是我的罪庚呵！不能用自己柔软的双手，替父亲抚摸去这苦痛的瘢痕。

我自然是萍踪浪迹，不易归来；但有时交通阻碍也从中作梗。这次回来后，父亲很想乘我在面前，预嘱他死后的诸事，不过每次都是泪眼模糊，断续不能尽其辞。有一次提到他墓穴的建修，愿意让我陪他去看看工程，我低头咽着泪答应了。

那天夜里，母亲派人将父亲的轿子预备好，我和曾任监工的族叔蔚文同着去，打算骑了姑母家的驴子。

翌晨十点钟出发，母亲和芬娘都嘱咐我好好招呼着父亲，怕他见了自己的坟穴难过；我也不知该怎样安慰防备着，只觉心中感到万分惨痛。一路很艰险。经过都是些崎岖山径；同样是青青山色，潺潺流水，但每人心中都抑压着一种凄怆，虽然是旭日如烘，万象鲜明，而我只觉前途是笼罩一层神秘恐怖黑幕，这黑幕便是旅途的终点，父亲是一步一步走近这伟大无涯的黑幕了。

在一个高堑如削的山峰前停住，父亲的轿子落在平地。我慌忙下了驴子向前扶着，觉他身体有点颤抖，步履也很软弱，我让他坐在崖石上休息一会。这真是一个风景幽美的地方，后面是连亘不断的峰峦，前面是青翠一片麦田；山峰下隐约林中有炊烟，有鸡唱犬吠的声音。父亲指着说：

"那一带村庄是红叶沟，我的祖父隐居在这高塔的庙里，那庙叫华严寺。有一股温泉，流汇到这庙后的崖下。土人传说这泉水可以治眼病呢！我小时候随着祖父，在这里读书。已经有三十多年不来了，人事过的真快呵！不觉得我也这样老了。"父亲仰头叹息着。

蔚叔领导着进了那摩云参天的松林，苍绿阴森的荫影下，现出无数冢墓，矗立着倒斜着风雨剥蚀的断碣残碑。地上丛生了许多草花，红的黄的紫的夹杂着十分好看。蔚叔回转进一带白杨，我和父亲慢步徐行，阵阵风吹，声声蝉鸣，都现得惨淡空寂，静默如死。

蔚叔站住了，面前堆满了磨新的青石和沙屑，那旁边就是一个深的洞穴，这就是将来掩埋父亲尸体的坟墓。我小心看着父亲，他神色显得异样惨淡，银须白发中，包掩着无限的伤痛。

一阵风吹起父亲的袍角，银须也缓缓飘拂到左襟；白杨树上叶子磨擦的声音，如幽咽泣诉，令人酸梗，这时他颤巍巍扶着我来到墓穴前站定。

父亲很仔细周详的在墓穴四围看了一遍，觉得很如意。蔚叔又和他筹画墓头的式样，他还能掩饰住悲痛说：

"外面的式样坚固些就成啦。不要大讲究了，靡费金钱。只要里面干燥光滑一点，棺木不受伤就可以了。"

回头又向我说：

"这些事情原不必要我自己做，不过你和璜哥，整年都在外面；我老了，无可讳言是快到坟墓去了。在家也无事，不愁穿，不愁吃，有时就愁到我最后的安置。棺木已扎好了，里子也裱漆完了。衣服呢，我不愿意穿前清的遗服或现在的袍褂。我想走的时候穿一身道袍。璜哥已由汉口给我寄来了一套，鞋帽都有，哪天请母亲找出来你看看。我一生廉洁寒苦，不愿浪费，只求我心身安适就成了。都预备好后，省临时麻烦；不然你们如果因事忙因道阻不能回来时，不是要焦急吗？我愿能悄悄地走了，不要给你们灵魂上感到悲伤。生如寄，死如归，本不必认真呵！"

我低头不语，怕他难过，偷偷把泪咽下去。等蔚叔扶父亲上了轿后，我才取出手绢揩泪。

临去时，我向松林群冢望了一眼，再来时怕已是一个梦醒后。

跪在洞穴前祷告上帝：愿以我青春火焰，燃烧父亲残弱的光辉！千万不要接引我的慈爱父亲来到这里呵！

这是我第二次感到坟墓的残忍可怕，死是这样伟大的无情。

寄到狱里去

——给萍弟

这正是伟大的死城里，秋风秋雨之夜。

什么都沉寂，什么都闭幕了，只有雨声和风声绞着，人们正在做恐怖的梦罢！一切都冷静，一切都阴森，只有我这小屋里露着一盏暗淡的灯光，照着我这不知是幽灵还是鬼魂的影子在摇曳着，天上没有月，也没有星。

我不敢想到你，想到你时，我便依稀看见你蓬首垢面，憔悴，枯瘠，被黑暗的罗网，惨苦的囚院，捉攫去你的幸福自由的可怜情形。这时你是在咬着牙关，握着双拳，向黑暗的，坚固的铁栏冲击呢？还是低着头，扶着肩，向铁栏畔滴洒你英雄失意的眼泪？我想你也许在抬起你的光亮双睛，向天涯，天涯，遥望着你遗留在这里的那颗心！也许你已经哭号无力，饥寒交逼，只蜷伏在黑暗污秽的墙角，喘着生之最后的声息！也许你已经到了荒郊高原，也许你已经……我不敢想到你，想到你，我便觉着战栗抖颤，人世如地狱般可怕可叹！然而萍弟呵！我又怎能从那样毫不关心的不记念你？

关山阻隔，除了神驰焦急外，懦弱无力的我们，又哪能拯救你，安慰你？然而我盼望你珍重，盼望你含忍；禁锢封锁了我们的身体，万不能禁锢封锁我们的灵魂。为了准备将来伟大更坚固更有力的工作，你应该保重，你应该容忍。这是你生命火焰在黑暗中冲击出的星花，囚牢中便是你励志努力潜修默会的书房，这短期内的痛苦，正是造成一个改革精进的青年英雄的机会。望你勿灰心丧志、过分悲愤才好。

萍弟！你是聪明人，你虽然尽忠于你的事业，也应顾及到异乡外系怀你的清。你不是也和天辛一样，有两个生命：一个是革命，一个是爱情；你应该为了他们去努力求成全求圆满。这暂时的厄运，这身体的苦痛，千万不要令你心魂上受很大的创伤，目下先宜平静，冷寂你热血沸腾的心。

说到我们，大概更令你伤心，上帝给与了我们异地同样的命运。假如这信真能入你目，你也许以为我这些话都是梦境。你不要焦急，慢慢地我告诉你清的近况。

你离开这庄严的、古旧的、伟大的、灰尘的北京之后，我曾寄过你三封信。一封是在上海，一封是在广东，一封便是你被捕的地方，不知你曾否收到？清从沪归之翌晨，我返山城。这一月中她是默咽离愁，乍尝别恨；我是返故乡见母亲，镇天在山水间领略自然，和母亲给与的慈爱。一月之后我重返北京，清已不是我走时的清，她的命运日陷悲愁。更加你消息沉沉，一去无音信；几次都令我们感到了恐怖——这恐怖是心坎里久已料到惟恐实现的。但是我总是劝慰清，默默祷告给平安与萍。

这样一天一天过去了。

等到了夏尽秋来，秋去冬临，清镇日辗转寸心于焦急愁闷怨恨恐惧之中。这时外面又侵袭来多少意外的阴霾包裹了她。她忍受着一切的谣诼，接收着一切的诽谤。怪谁？只因为你们轻别离。只抱憾人心上永远有填不满的深沟，人心上永远有不穿的隔膜。

这样一天一天过去了。你的消息依然是石沉大海。

红楼再劫，我们的希望完全粉碎！研究科取消后，清又被驱逐，不仅无书可读，而且连一枝之栖都无处寻觅。谁也知道她是无父无母，以异乡作故乡的飘零游子；然而她被驱逐后，离开了四年如母亲怀抱、如婴儿摇篮的红楼，终于无处寄栖她弱小的身躯。

她孤零零万里一身，从此后遂彷徨踌躇于长安道上，渡这飘泊流落的生涯。谁管？只她悄悄地扎挣着，领受着，看着这人情世事的转换幻变；一步一走，她已走到峭壁在前，深涧在后的悬崖上来了。如今，沉下去，沉下去，一直沉到深处去了。

我是她四年来唯一的友伴，又是曾负了萍弟的重托，这时才感到自己的浅薄，懦弱，庸愚无能。虽然我能将整个灵魂替她擘画，全部心思供她驱使，然而我无力阻挡这噩运的频频来临。

我们都是弱者，如今只是在屠夫的利刃下喘息着，陈列在案上的俘虏，还用什么抵抗扎挣的力量。所以我们目前的生活之苦痛，不是悲愁，却是怒愤！我们如今看那些盘踞者胜利的面孔，他们用心底的狭隘，封锁了我们欲进的门，并且将清关在大门以外刻不容留的驱逐出。后来才知道取消研究科是因为弥祸于未形，先事绸缪的办法；他们红楼新主，错认我们作意图捣乱的先锋。一切都完了，公园松林里你的预祝，我们约好二年之后再见时，我们自己展览收获，陈列胜利，骄傲光荣，如今都归涅灭无存。

我和清这时正在崎岖的、凄寒的、寂寞的道途中，摸索着践踏我们要走的一条路径。几次我们遇到危险，几次我们受了创伤，我们依然毫不畏缩毫不却步的走向前去，如今，直到如今，我们还是这样进行；我想此后，从此以后，人生的道路也是这样罢！只有辛苦血汗的扎挣着奔波，没有顺适、困散的幸福来赐。深一层看见了社会的真象，才知道建设既不易，毁灭也很难。我们的生命力是无限，他们的阻障力也是无限；世界永久是搏战，是难分胜负的苦战！

接到琼妹传来你被捕的消息时，正是我去红楼替清搬出东西的那天。你想清如何承受这再三的刺激，她未读完，信落在地上，她望天微微的冷笑！这可怕的微笑，至如今犹深印在我脑海中。记得那是个阴森黯淡的黄昏，在北馆凄凉冷寒的客厅下，我和清作长时间的沉默！

我真不能再写下去了，为什么四个月的离别，会有这么多的事变丛生。清告诉我，在上海时你们都去看"难为了妹妹"的电影，你特别多去几次，而且每次看过后都很兴奋！这次琼妹来信便是打这谜语，她写着是："三哥回来了三礼拜，便作'难为了妹妹'中的何大虎。"我们知道她所指是象征着你的被捕、坐监。萍弟！你知道吗？"难为了妹妹"如今正在北京明星映演，然而我莫有勇气去看，每次在街上电车上看见了广告，都好像特别刺心。真想不到，我能看"难为了妹妹"时，你已不幸罹了何大虎一样的命运。

我们都盼望你归去后的消息，不幸第一个消息便是这惊人的噩耗。前几天接到美弟信知你生命可无虞，不久即可保释出狱。我希望美弟这信不是为了安慰他万里外的姊姊而写的。真能这样才是我们遥远处记念你的朋友们所盼祷。

清现住北馆，我是天天伴着她，竭尽我的可能去安慰她。冷落凄寒的深秋，我们都是咽着悲愁强作欢颜的人。愿萍弟释念。闲谈中，清曾告我萍弟为了谣诼，曾移罪到我，我只一笑置之。将来清白的光彩冲散了阴霾，那时你或者可以知道我是怎样爱护清，同时也不曾辜负了萍弟给我的使命和重托。我希望你用上帝的心相信清，也相信你一切的朋友们！

夜已将尽，远处已闻见鸡鸣！雨停风止，晨曦已快到临。黑暗只留了景后一瞬；萍弟！我们光明的世界已展开在眼前，一切你勿太悲观。

在朝霞未到之前，我把这封信寄远道给你。愿你开缄时，太阳已扫净了阴霾！

一九二六年，十一，十，北京，夜雨中。

深夜絮语

一、凄怆的归途

　　一个阴黯惨淡的下午，我抱着一颗微颤的心，去叩正师的门。刚由寒冷的街道上忽然走到了空中，似乎觉得有点温意，但一到那里后这温意仍在寒冷中消逝了。我是去拿稿子的，不知为什么正师把那束稿交给我时，抬头我看见他阴影罩满的忧愁面容，我几乎把那束稿子坠在地上，几次想谈点别的话，但谁也说不出；我俯首看见了"和珍"两个字时，我头似乎有点晕眩，身上感到一阵比一阵的冷！

　　寒风中我离开骆驼书屋，一辆破的洋车载着我摇幌在扰攘的街市上，我闭着眼手里紧握着那束稿，这稿内是一个悲惨的追忆，而这追忆也正是往日历历的景象，仅是一年，但这景象已成了悲惨的追忆。不仅这些可追忆，就是去年那些哄动全城的大惨杀了后的大追悼会，在如今何尝不惊叹那时的狂热盛况呢！不知为什么这几天的天气，也似乎要增加人的忧愁，死城里的黯淡阴森，污秽恶浊，怕比追悼和珍还可哭！而风雪又似乎正在尽力的吹扫和遮蔽。

　　春雪还未消尽，墙根屋顶残雪犹存。我在车上想到去年

"三·一八"的翌晨去看医院负伤的朋友时，正是漫天漫地的白雪在遮掩鲜血的尸身。想到这里自然杨德群和刘和珍陈列在大礼堂上的尸体，枪弹洞穿的尸体，和那放在玻璃橱中的斑斑血衣，花圈挽联，含笑的遗像，围着尸体的恸哭！都涌现到脑海中，觉着那时兴奋的跃动的哀恸，比现在空寂冷淡的寂静是狂热多了。假如曾参与过去年那种盛典的人，一定也和我一样感到寂寞吧！然而似乎冬眠未醒的朋友们，自己就没有令这生命变成活跃的力量吗？我自己责问自己。

这时候我才看见拉我的车夫，他是个白发苍苍的老头，腿一拐一拐，似乎足上腿上还有点毛病，虽然扎挣着在寒风里向前去，不过那种蹒跚的景象，我觉由他一步一步的足踪里仿佛溢着人世苦痛生活压迫的眼泪！我何忍令这样龙钟蹒跚的老人，拉我这正欲求活跃生命的青年呢？我下了车，加倍的给他车价后，他苦痛的皱纹上泛出一缕惨笑！我望着他的背影龙钟蹒跚的去远了，我才进行我的路。当我在马路上独自徘徊时不知为什么，忽然想到我们中国来，我觉中国的现（实）像这老头子拉车，而多少公子小姐们偏不醒来睁眼看看这车夫能不能走路，只蜷伏在破车上闭着眼做那金迷纸醉的甜梦！

二、遗留在人间的哀恸

前些天，娜君由南昌来信说：她曾去看和珍的母亲，景象悲惨极了，她回来和瑛姊哭了一夜！听说和珍的母亲还是在病中，看见她们时只眼泪汪汪的呻吟着叫和珍！关乎这一幕访问，娜君本允许我写一篇东西赶"三一八"前寄来的，但如今还未寄来，因之我很怅惘！不过这也是可以意料到的，一个老年无依靠的寡母哭她唯一可爱而横遭惨杀的女儿；这是多么悲惨的事在这宇宙间。和珍有灵，她在异乡的古庙中，能瞑目吗？怕母亲的哭泣声呼唤声也许能令她尸体抖战呢！

她的未婚夫方君回南昌看了和珍的母亲后，他已投笔从戎去了。此后我想他也许不再惊悸。不过有一天他战罢归来，站在和珍灵前，把那一束滴上仇人之血的鲜花献上时，他也要觉着世界上的静默了！

我不敢想到"三·一八"那天烈士们远留在人间的哀恸，所以前一天我已写信给娜君，让你们那天多约上些女孩儿们去伴慰和珍的母亲，直到这时我也是怀念着这桩事。在战场上的方君，或者他在炮火流弹冲锋杀敌声中已忘了这一个悲惨的日子。不过我想他一定会忆起的。他在荒场上，骋驰时，也许暂羁辔头停骑向云霞落处而沉思，也许正在山坡下月光底做着刹那甜蜜的梦呢！

那能再想到我不知道的烈士们家人的哀恸，这一夜在枕上饮泣含恨的怕迷漫了中国全部都有这种哭声吧！在天津高楼上的段祺瑞还能继续他诗棋逸兴，而不为这种隐约的哭声振颤吗？

诸烈士！假如你们有灵最好给你亲爱的人一个如意的梦，令你们的老母弱弟，孀妻孤儿，在空寂中得到刹那的慰藉！离乡背井，惨死在异乡的孤魂呵！你们缘着那黑夜的松林，让寒风送你们归去罢！

三、笔端的惆怅

一堆稿子杂乱的放在桌上，仿佛你们的尸骸一样令我不敢迫视。如今已是午夜三钟了。我笔尖上不知凝结着什么，写下去的也不知是什么。我懦弱怯小的灵魂，在这深夜，执笔写出脑海中那些可怖的旧影时，准觉着毛骨寒栗心情凄怆！窗外一阵阵风过处，仿佛又听见你们的泣诉，和衣裙拂动之声。

和珍！这一年中环境毁灭的可怕，建设的可笑，从前的偕行诸友，如今都星散在东南一带去耕种。她们有一天归来，也许能献给你她们收获的丰富花果。说到你，你是在我们这些朋友中永远存在的灵魂。许多人现在都仿效你生前的美德嘉行，用一种温柔坚忍耐劳吃苦的精神去做她们的事业去了。你应该喜欢吧！你的不灭的精神是存在一切人们的心上。

在这样黯淡压迫的环境下，一切是充满了死静；许多人都从事着耕种的事，正是和风雨搏斗最猛烈的时候，所以今年此日还不能令你的灵魂和我们的精神暂时安息。自然有一日我们这般星散后的朋友又可聚拢到北京来，那时你的棺材可以正式的入葬，我们二万万觉醒解放的女子，都欢呼着追悼你们先导者的精神和热血，把鲜艳的花朵撒满你们的茔圹，把光荣胜利的旗帜插在你们的碑上。

我想那时我的笔端纠结的惆怅，和胸中抑压的忧愁，也许会让惠和的春风吹掉的！

如今我在寒冷枯寂的冷室中，祷告着春风的来临和吹拂！在包裹了一切黑暗的深夜里，静待着晨曦的来临和曛照！

三·一二

梦 呓

一

我在扰攘的人海中感到寂寞了。

今天在街上遇见一个老乞婆，我走过她身边时，她流泪哀告着她的苦状，我施舍了一点。走前未几步，忽然听见后面有笑声，那笑声刺耳的可怕！回头看，原来是刚才那个哭的很哀痛的老乞婆，和另一个乞婆指点我的背影笑！她是胜利了，也许笑我的愚傻罢！我心颤栗着，比逢见疯狗还怕！

其实我自己也和老乞婆一样呢！

初次见了我的学生，我比见了我的先生怕百倍，因为我要在她们面前装一个理想的先生，宏博的学者，经验丰富的老人……笑一天时，回来到夜里总是哭！因为我心里难受，难受我的笑！

对同事我比对学生又怕百倍。因为她们看是轻藐的看，笑是讥讽的笑；我只有红着脸低了头，咽着泪笑出来！不然将要骂你骄傲自大……后来慢慢练习成了，应世接物时，自己口袋里有不少的假面具，随时随地可以掉换，结果，有时连自己都不认识自己是谁。

所以少年人热情努力的事，专心致志的工作，在老年人是笑为傻傻的！青年牺牲了生命去和一种相对的人宣战时，胜利了老年人默然；失败了老年人慨着说："小孩子，血气用事，傻极了。"无论怎样正直不阿的人，他经历和年月增多后，你让和一个小孩子比，他自然是不老实不纯真。

冲突和隔膜在青年和老年人中间，成了永久的鸿沟。

世界自然是聪明人多，非常人几乎都是精神病者，和天分有点愚傻的。在现在又时髦又愚傻的自然是革命了，但革命这又是如何傻的事呵！不安分的读书，不安分的作事，偏偏牺牲了时间、幸福、生命、富贵去做那种为了别人将来而抛掷自己眼前的傻事，况且也许会捕捉住坐监牢，白送死呢！因为聪明人多，愚傻人少，所以世界充塞满庸众，凡是一个建设毁灭特别事业的人，在未成功前，聪明人一定以为他是醉汉疯子呢！假使他是狂热燃烧着，把一切思索力都消失了的时候，他的力量是可以惊倒多少人的，也许就杀死人，自然也许被人杀。也许这是愚傻的代价吧！历史上值得令人同情敬慕的几乎都是这类人，而他们的足踪是庸众践踏不着的，这光荣是在血泊中坟墓上建筑着！

唉！我终于和老乞婆一样。我终于是安居在庸众中。我终于是践踏着聪明人的足踪。我笑的很得意，但哭的也哀痛！

二

世界上懦弱的人，我算一个。

大概是一种病症，没有检查过，据我自己不用科学来判定，也许是神经布的太周密了，心弦太纤细了的缘故。这是值的卑视哂笑的，假如忠实的说出来。

小时候家里宰鸡，有一天被我看见了，鸡头倒下来把血流在碗里。那只鸡是生前我见惯的，这次我眼泪汪汪哭了一天，哭得母亲心软了，由着我的意思埋了。这笑谈以后长大了，总是个话柄，人要逗我时，我害羞极了！其实这真值得人讪笑呢！

无论大小事只要触着我，常使我全身震撼！人生本是残杀搏斗之场，死了又生，生了再死，值不得兴什么感慨。假如和自己没有关系，电车轧死人，血肉模糊成了三断，其实也和杀羊一样，战场上堆尸流血的人们，和些蝼蚁也无差别，值不得动念的。围起来看看热闹，战事停止了去凭吊沙场，都是闲散中的消遣；谁会真的挥泪心碎呢！除了有些傻气的人。

国务院门前打死四十余人，除了些年青学生外，大概老年人和聪明人都未动念，不说些"活该"的话已是表示无言的哀痛了。但是我流在和珍和不相识尸骸棺材前的泪真不少，写到这里自然又惹人笑了！傻得可怜罢？

蔡邕哭董卓，这本是自招其殃！但是我的病症之不堪救药，似乎诸医已束手了。我悒郁的心境，惨愁的像一个晒干的桔子，我又为了悸惊的噩耗心碎了！

我愿世界是永远和爱，人和人、物和物都不要相残杀相践踏、众欺寡、强凌弱；但这些话说出来简直是无知识，有点常识的人是能了悟，人生之所进化和维持都是缘乎此。

长江是血水，黄浦江是血水，战云迷漫的中国，人的生命不如蝼蚁，活如寄，死如归，本无什么可兴感的。但是懦弱的我，终于瞻望云天，颤荡着我的心祷告！

我忽然想到世界上，自然也有不少傻和懦弱如我的人，假如果真也有些眼泪是这样流，伤感是这样深时，世界也许会有万分之一的平和之梦的曙光照临罢！

这些话是写给小孩子和少年人的，聪明的老人们自然不必看，因为浅薄的太可笑了。

墓畔哀歌

一

我由冬的残梦里惊醒，春正吻着我的睡靥低吟！晨曦照上了窗纱，望见往日令我醺醉的朝霞，我想让丹彩的云流，再认认我当年的颜色。

披上那件绣着蛱蝶的衣裳，姗姗地走到尘网封锁的妆台旁。呵！明镜里照见我憔悴的枯颜，像一朵颤动在风雨中苍白凋零的梨花。

我爱，我原想追回那美丽的皎容，祭献在你碧草如茵的墓旁，谁知道青春的残蕾已和你一同殉葬。

二

假如我的眼泪真凝成一粒一粒珍珠，到如今我已替你缀织成绕你玉颈的围巾。

假如我的相思真化作一颗一颗的红豆，到如今我已替你堆集永久勿忘的爱心。

哀愁深埋在我心头。

我愿燃烧我的肉身化成灰烬，我愿放浪我的热情怒涛汹涌。天呵！这蛇似的蜿蜒，蚕似的缠绵，就这样悄悄地偷去了我生命的青焰。

我爱，我吻遍了你墓头青草在日落黄昏；我祷告，就是空幻的梦吧，也让我再见见你的英魂。

三

明知道人生的尽头便是死的故乡，我将来也是一座孤冢，衰草斜阳。有一天呵！我离开繁华的人寰，悄悄入葬，这悲艳的爱情一样是烟消云散，昙花一现，梦醒后飞落在心头的都是些残泪点点。

然而我不能把记忆毁灭，把埋我心墟上的残骸抛却，只求我能永久徘徊在这垒垒荒冢之间，为了看守你的墓茔，祭献那茉莉花环。

我爱，你知否我无言的忧衷，怀想着往日轻盈之梦。梦中我低低唤着你小名，醒来只是深夜长空有孤雁哀鸣！

四

黯淡的天幕下，没有明月也无星光，这宇宙像数千年的古墓；皑皑白骨上，飞动闪映着惨绿的磷花。我匍匐哀泣于此残锈的铁栏之旁，愿烘我愤怒的心火，烧毁这黑暗丑恶的地狱之网。

命运的魔鬼有意捉弄我弱小的灵魂，罚我在冰雪寒天中，寻觅那凋零了的碎梦。求上帝饶恕我，不要再惨害我这仅有的生命，剩得此残躯在，容我杀死那狞恶的敌人！

我爱，纵然宇宙变成烬余的战场，野烟都腥：在你给我的甜梦里，我心长系驻于虹桥之中，赞美永生！

五

我镇天踟蹰垒垒荒冢，看遍了春花秋月不同的风景，抛弃了一切名利虚荣，来到此无人烟的旷野，哀吟缓行。我登了高岭，向云天苍茫的西方招魂，在绚烂的彩霞里，望见了我沉落的希望之陨星。

远处是烟雾冲天的古城，火星似金箭向四方飞游！隐约的听见刀枪搏击之声，那狂热的欢呼令人震惊！在碧草萋萋的墓头，我举起了胜利的金觥，饮吧我爱，我奠祭你静寂无言的孤冢！

星月满天时，我把你遗我的宝剑纤手轻擎，宣誓向长空：愿此生永埋了英雄儿女的热情。

六

假如人生只是虚幻的梦影，那我这些可爱的映影，便是你赠与我的全生命。我常觉你在我身后的树林里，骑着马轻轻地走过去。常觉你停息在我的窗前，徘徊着等我的影消灯熄。常觉你随着我唤你的声音悄悄走近了我，又含泪退到了墙角。常觉你站在我低垂的雪帐外，哀衷地对月光而叹息！

在人海尘途中，偶然遇见个像你的人，我停步凝视后，这颗心呵！便如秋风横扫落叶般冷森凄零！我默思我已经得到爱之心，如今只是荒草夕阳下，一座静寂无语的孤冢。

我的心是深夜梦里，寒光闪灼的残月，我的情是青碧冷静，永不再流的湖水。残月照着你的墓碑，湖水环绕着你的坟，我爱，这是我的梦，也是你的梦，安息吧，敬爱的灵魂！

七

我自从混迹到尘世间，便忘却了我自己；有你的灵魂我才知是谁。

记得也是这样夜里。我们在河堤的柳丝中走过来，走过去。我们无语，心海的波浪也只有月儿能领会。你倚在树上望明月沉思，我枕在你胸前听你的呼吸。抬头看见黑翼飞来掩遮住月儿的清光，你抖颤着问我。假如这苍黑的翼是我们的命运时，应该怎样？

我认识了欢乐，也随来了悲哀，接受了你的热情，同时也随来了冷酷的秋风。往日，我怕恶魔的眼睛凶，白牙如利刃；我总是藏伏在你的腋下趑趄不敢进，你一手执宝剑，一手扶着我践踏着荆棘的途径，投奔那如花的前程！

如今，这道上还留着你斑斑血痕，恶魔的眼睛和牙齿仍是那样凶狠。但是我爱，你不要怕我孤零，我愿用这一纤细的弱玉腕，建设那如意的梦境。

八

春来了，催开桃蕾又飘到柳梢，这般温柔慵懒的天气真使人恼！她似乎躲在我眼底有意缭绕，一阵阵风翼，吹起了我灵海深处的波涛。

这世界已换上了装束，如少女般那样娇娆，她披拖着浅绿的轻纱，蹁跹在她那（姹）紫嫣红中舞蹈。伫立于白杨下，我心如捣，强睁开模糊的泪眼，细认你墓头，萋萋芳草。

满腔辛酸与谁道？愿此恨吐向青空将天地包。它纠结围绕着我的心，像一堆枯黄的蔓草，我爱，我待你用宝剑来挥扫，我待你用火花来焚烧。

九

垒垒荒冢上，火光熊熊，纸灰缭绕，清明到了。这是碧草绿水的春郊。墓畔有白发老翁，有红颜年少，向这一抔黄土致不尽的怀忆和哀悼，云天苍茫处我将魂招；白杨萧条，暮鸦声声，怕孤魂归路迢迢。

逝去了，欢乐的好梦，不能随墓草而复生，明朝此日，谁知天涯何处寄此身？叹漂泊我已如落花浮萍，且高歌，且痛饮，拼一醉浇熄此心头余情。

我爱，这一杯苦酒细细斟，邀残月与孤星和泪共饮，不管黄昏，不论夜深，醉卧在你墓碑旁，任霜露侵凌罢！我再不醒。

十六年清明陶然亭畔

偶然草

　　算是懒，也可美其名曰忙。近来不仅连四年未曾间断的日记不写，便是最珍贵的天辛的遗照，置在案头已经灰尘迷漫，模糊的看不清楚是谁。朋友们的信堆在抽屉里有许多连看都不曾看，至于我的笔成了毛锥，墨盒变成干绵自然是不必说了。屋中零乱的杂琐的状态，更是和我的心情一样，不能收拾，也不能整理。连自己也莫明其妙为什么这样颓废？而我最奇怪的是心灵的失落，常觉和遗弃了什么重要的东西一般，总是神思恍惚，少魂失魄。

　　不会哭！也不能笑！一切都无感。这样凄风冷月的秋景，这样艰难苦痛的生涯，我应该多愁善感，但是我并不曾为了这些介意。几个知己从远方写多少安慰我同情我的话，我只呆呆的读，读完也不觉什么悲哀，更说不到喜欢了。我很恐惧自己，这样的生活，毁灭了灵感的生活，不是一种太惨忍的酷刑吗？对于一切都漠然的人生，这岂是我所希望的人生。我常想做悲剧中的主人翁，但悲剧中的风云惨变，又哪能任我这样平淡冷寂的过去呢！

　　我想让自己身上燃着火，烧死我。我想自己手里握着剑，杀死人。无论怎样最好痛快一点去生，或者痛快点求死。这样平淡冷寂，漠然一切的生活，令我愤怒，令我颓废。

　　心情过分冷静的人，也许就是很热烈的人；然而我的力在哪里呢？终于在人群灰尘中遗失了。车轨中旋转多少百结不宁的心绪，来来去去，百年如一日的过去了。就这样把我的名字埋没在十字街头的尘土中吗？我常在奔波的途中这样问自己。

多少花蕾似的希望都揉碎了。落叶般的命运只好让秋风任意的飘泊吹散吧！繁华的梦远了，春还不曾来，暂时的殡埋也许就是将来的滋荣。

远方的朋友们！我在这长期沉默中，所能告诉你们的只有这几句话。我不能不为了你们的关怀而感动，我终于是不能漠然一切的人。如今我不希求于人给我什么，所以也不曾得到烦恼和爱怨。不过我蔑视人类的虚伪和扰攘，然而我又不幸日在虚伪扰攘中辗转因人，这就是使我痛恨于无穷的苦恼！

离别和聚合我倒是不介意，心灵的交流是任天下什么东西都阻碍不了的；反之，虽日相晤对，咫尺何非天涯。远方的朋友愿我们的手在梦里互握着，虽然寂处古都，触景每多忆念，但你们这一点好意远道缄来时，也了解我万种愁怀呢！

十六年十月二十八日夜深时

冰场上

　　连自己都惊奇自己的兴致，在这种心情下的我，会和一般幸福骄子、青春少女们，来到冰场上游戏。但是自从踏进了这个环境后。我便不自主的被诱惑而沉醉了。幸好，这里没有如人间那样的残狠，在不介意不留心时，偷偷混在这般幸福骄子，青春少女群中，同受艳阳的照临，惠风的吹拂，而不怕获什么罪戾！因之我闲暇时离开一切可厌恶的；到这里，求刹那的沉醉和慰藉。

　　在美丽欢欣的冰场上，回环四顾是那如云烟般披罩着的森林，岩峰碧栏红楼；黄昏时候落日绯霞映照在冰凝的场中，雪亮的刀上时，每使我怆然泫然，不忍再抬头望着这风光依稀似去年的眼底景物。我天天奔波在这长安道上，不知追求什么？如今空虚的心幕上，还留着已成烟梦的遗影；几乎处处都有这令我怆然泫然的陈迹现露在我的眼底。这冰场也一样有多少不堪回首的往事，驻足凝眸时心头常觉隐隐梗酸；有时热泪会滴在冻冷的冰上，融化成一个小小的蚀洞。

　　自然有人诅咒我这类乎沦落的行径，颓唐的心情罢！似乎这年头莫有什么机会或兴趣，来和那些少爷小姐们玩这类的开心运动？诚然，我很惭愧，除了每日应作的事务和自修外，我并不曾效劳什么社会运动、团体工作；不过我也很自安，没有机会去做一件与人类求福利的事，但也未曾做过殃民害众的罪恶。

看起来中国目前似乎都是太积极了，"希望"故意把人都变成了猛兽，随时随地都可以使烈火燃烧起来！鲜血喷洒起来！尸体堆集起来！枪炮烟火中，一切幸福和安宁都被恶魔的旗帜卷去了，这几乎退化到原始的世界，我时时都在恐怖着！暴动残杀，疯狂般的领袖，都是令我们钦佩敬爱的英雄吧！只是他们的旗帜永远那么鲜明正大，而他们的功绩确永远是这样黯淡悲惨呢！不知为什么！

假如后人的幸福欢乐真能建筑在现今牺牲者的枯骨血迹之上，那也是一件值得赞颂的事；不过恐怕这也终于是个幻影，只是在人们心中低低唤你前进的一个声音。

在疲倦的工作后沉思时，我总哀我自己并哀我祖国。屡次失望之后，我对于自己从前热诚敬慕的英雄，和一切曾令我动念的事业都恐怖鄙视起来了。因此在极度伤心悲痛中才逃到冰场上去求刹那的晕醉。

我虽想追求快乐，但快乐却是永不能来安慰我。我的朋友在炮火枪林底，我的故乡在战气迷漫里，我的父母在忧惧焦虑中，我就是漠不关心逃到冰场上来自骗的去追寻快乐，怕快乐也终于是遗弃而不顾我。不过晕醉，暂时的晕醉却能令我的心情麻木一时。

我告诉你们：冰下有无数美丽娟洁的花纹，那细小的雪屑被风吹着如落下的球，我足下的银刀划在冰场的裂痕，如我心膜里的残迹。轻飘飘游龙惊鸿般的姿态，笑吟吟微露醉意的霰颜，如燕子穿梭，蝶翅蹁跹似的步履，风旋雪舞，云卷电掣，这都是冰场上青年少女们的艺术。朋友！怎的不令我沉迷于此而暂忘掉一切人间的病苦呢！是这般美妙的活泼的天真的烂漫的乐园。

不过这依然是梦。

这些幸福骄子，青春少女们也有一日要失去他们的愉乐而换成惆怅！目前的现实变作回忆的梦影。露沙笑我把冷寂的冰场当作密友是痴念，她说：

"你觉得冰冷的心情最好是安放在冰天雪地之中。不过，你要知道冷的冰最是靠不住的东西，它若逢见热烈的火气，立刻就消失了原来清白的冷严的质地，变成柔和的水、氤氲的气了。结果反不如一直是个氤氲的气到免得着迹。"

她这话自然包含了多方面的意思，不过表面上看来，她已警告我将来是一场欢喜，空留惆怅了。什么事不是这样呢！如今冷寂坚冻的冰，本就是往日柔和如意的水，此时欢喜就是他年悲叹，人生假使就是这样时，怎禁得住我们这过分聪敏的忧虑呢！

朋友！不要想以后怎样，只骗如今这样过去罢！

十六年十二月二十四日圣诞节前夜

噩梦中的扮演

我流浪在人世间，曾度过几个沉醉的时代，有时我沉醉于恋爱。恋爱死亡之后，我又沉醉于酸泪的回忆，回忆疲倦后，我又沉醉于毒酒，毒酒清醒之后，我又走进了金迷沉醉五光十色的滑稽舞台。近来我整天偷工夫到这里歌舞欢呼，终宵达旦而无倦态。

我用粉红的绸纱，遮住我遍体的创痕，用脂粉涂盖住我苍白血庞，我旋转在狂热的浪漫的舞台上，被各种含有毒汁生有荆棘的花朵包围着。我是尽兴的歌，尽兴的舞！毫无忌惮，各种赞颂我毁谤我的恶魔在台下做各种鬼脸。他们看着我，我也看着他们。

如今：我任一切远方怀念我的朋友暗地里挥泪，我任故乡的老母替我终身伤感。但，我是不再向这人间流半滴泪了，我只玩弄着万物，也让万物玩弄着我这样过去，浑浑噩噩无所知觉的过去。我还说什么呢？我整天混迹在人海中，扰扰攘攘都是些假面具，喧哗嚣杂都是些留声机，说什么，说向谁去？想到这里时，我就披上那件忘忧的舞衣到剧场去了，爽性我自己就来一个虚伪的角色，妃色的氛围中遮掩了我这黑色的尸身，把一切灵感回忆都殡埋于此。这是我的一种新发现，使我暂时晕绝的麻醉剂。上帝！我该向你再祈求什么呢？除此而外？

灯光暗淡，人影散乱时，我独自从魔鬼狂呼声中逃到清冷的街头：那一带寒林，那一弯残月，那巍然插上云霄的剧场，像一个伟大的狮王，蹲着张开那血盆的巨口预备噬人。这刹那间我清醒了！我身体渐渐冷的发抖，我不知那里面暖融融是梦，这外面还冷清清是梦？这时我瞪着眼嚼着唇在寒林下飞奔回来，立在那面衣镜前，看见一个披发苍白寒缩战颤的女郎时，我不能认识了；那红绒毡上，灯光照耀着的美丽的高贵的庄严的神采，不知何处去了。

我对镜凝视后，便颓然倒在地上。这时耳畔隐隐有低呼我名字的声音，我便在这种幻想的声音中睡去。半夜里我会抱着桌子腿唤着母亲醒来，有时我梦见我的灵魂之影来了，扑过去会碰在板壁上哽咽着醒来！总之，我是有点不能安定的心灵了。翌晨，我依然又披上舞衣，涂上脂粉，作出种种媚人娇态，发出种种醉人的清音，来扮演种种的话剧，这时我把自己已遗失了，只是一付辗转因人的尸体。

我本是几个朋友拯救起来的一个自甘沦落的女子，那时我从极度伤心中扎挣起来也含有不少的希望：希望我成一个悲剧的主人翁，希望成一个浪漫的诗人，希望成一个小说家，更希望成一个革命先驱，或政治首领。东西南北漂游归来，梦都做过了，都不能满足我，都不能令我离开苦痛；最后才决定做戏子，扮演滑稽剧给滑稽的人们看着寻开心。

有几次我正在清歌妙舞逸兴遄飞时，忽然台下露出几个熟悉的面孔，他们虽不识我本来面目，不过我看见他们却引起我满腔悲愁，结果我没有等闭幕便晕倒在琴台旁了！以后我的含忍力强了，看见了他们也毫不动心，半年后我简直也不识他们了。我恐怖过去的梦影来扰我，我希望我的环境中都是些不相识的，新来的观众！

上帝！愿你有一天能告诉我的母亲和系念我的朋友们说："我已找到我的墓在我愿意殡埋的那个地方了。"

毒 蛇

　　谁也不相信我能这样扮演：在兴高采烈时，我的心忽然颤抖起来，觉着这样游戏人间的态度，一定是冷酷漠然的心鄙视讪讽的。想到这里遍体感觉着凄凉如冰，刚才那种热烈的兴趣都被寒风吹去了。回忆三月来。我沉醉在晶莹的冰场上，有时真能忘掉这世界和自己；目前一切都充满了快乐和幸福。那灯光人影，眼波笑涡，处处含蓄着神妙的美和爱。这真是值得赞颂的一幕扮演呢！

　　如今完了，一切的梦随着冰消融了。

　　最后一次来别冰场时，我是咽着泪的。这无情无知的柱竿席棚都令我万分留恋。这时凄绝的心情，伴着悲婉的乐声，我的腿忽然麻木酸痛，无论怎样也振作不起往日的豪兴了。正在沉思时，有人告诉我说："琪如来了，你还不去接她。正在找你呢！"我半喜半怨地说："在家里坐不住，心想还是来和冰场叙叙别好；你若不欢迎，我这就走。"她笑着提了冰鞋进了更衣室。

　　琪如是我新近在冰场上认识的朋友，她那种活泼天真、玲珑美丽的丰神，真是能令千万人沉醉。当第一次她走进冰场时，我就很注意她，她穿了一件杏黄色的绳衣，法兰绒的米色方格裙子，一套很鲜艳的衣服因为配合得调和，更觉十分的称体。不仅我呵，记得当时许多人都曾经停步凝注着这黄衣女郎呢。这个印象一直到现在还能很清楚的忆念到。

星期二有音乐的一天，我和浚从东华门背着冰鞋走向冰场；途中她才告诉我黄衣女郎是谁。知道后陡然增加了我无限的哀愁。原来这位女郎便是三年前逼凌心投海，子青离婚的那个很厉害的女人，想不到她又来到这里来了。我和浚都很有意的相向一笑！

在更衣室换鞋时，音乐慷慨激昂，幽抑宛转的声音，令我的手抖颤得连鞋带都系不紧了。浚也如此，她口头向我说：

"我心跳呢！这音乐为什么这样动人？"

我转脸正要答她的活，琪如揭帘进来。穿着一件淡碧色的外衣，四周白兔皮，襟头上插着一朵白玫瑰，清雅中的鲜丽，更现得她浓淡总相宜了。我轻轻推了浚一下，她望我笑了笑，我们彼此都会意。第二次音乐奏起时，我和浚已翩翩然踏上冰场了，不知怎样我总是望着更衣室的门帘。不多一会，琪如出来了，像一只白鸽子，浑身都是雪白，更衬得她那苹果般的面庞淡红可爱。这时人正多，那入场的地方又是来往人必经的小路，她一进冰场便被人绊了一跤，走了没有几步又摔了一跤，我在距离她很近的柱子前，无意义的走过去很自然的扶她起来。她低了头腮上微微涌起两朵红云，一只手拍着她的衣裙，一只手紧握着我手说：

"谢谢你！"

我没有说什么，微笑的溜走了，远远我看见浚在那圈绳内的柱子旁笑我呢！这时候，连我自己也莫名其妙，忽然由厌恨转为爱慕了，她真是具有伟大的魔术呢！也许她就是故事里所说的那些魔女吧！

音乐第三次奏起，很自然的大家都一对一对缘着外圈走，浚和一个女看护去溜了，我独自在中间练我新习的步法，忽然有一种轻碎的语声由背后转来，回头看原来又是她，她说：

"能允许我和你溜一圈吗？"

她不好意思的把双手递过来，我笑着道：

"我不很会，小心把你拉摔了！"

这一夜是很令我忆念着的：当我伴她经过那灿烂光亮如白昼的电灯下时，我仔细看着她这一套缟素衣裳，和那一双温柔的玉腕时，猛然想到沉没海底的凌心，和流落天涯的子青，说不出那时我心中的惨痛！栗然使我心惊，我觉她仿佛是一条五彩斑斓的毒蛇，柔软如丝带似的缠绕着我！我走到柱子前托言腿酸就悄悄溜开了，回首时还看见她那含有毒意的流波微笑！

浚已看出来了，她在那天归路上，正式的劝告我不要多接近她，这种善于玩弄人颠倒人的魔女，还是不必向她表示什么好感，也不必接受她的好感。我自然也很明白，而且子青前几天还来信说他这一生的失败，都是她的罪恶；她拿上别人的生命、前程，供她玩弄挥霍，我是不能再去蹈这险途了。

不过她仍具有绝大的魔力，此后我遇见她时，真令我近又不是，避又不是，恨又不忍，爱又不能了。就是冷落漠然的浚也有时会迷恋着她。我推想到冰场上也许不少人有这同感吧！

如今我们不称呼她的名字了，直接唤她魔女。闲暇时围炉无事，常常提到她，常常研究她到底是种什么人，什么样的心情。我总是原谅她，替她分辩，我有时恨她们常说女子的不好；一切罪恶来了，都是让给女子负担，这是无理的。不过良心唤醒我时，我又替凌心子青表同情了。对于她这花锦团圆、美满快乐的环境，不由要怨恨她的无情狠心了，她只是一条任意喜悦随心吮吸人的毒蛇，盘绕在这辉煌的灯光下，晶莹的冰场上，昂首伸舌的狞笑着；她那能想到为她摒弃生命幸福的凌心和子青呢！

毒蛇的杀人，你不能责她无情，琪如也可作如斯观。

今天去苏州胡同归来经过冰场的铁门，真是不堪回首呵！往日此中的灯光倩影，如今只剩模糊梦痕，我心中惘痕之余，偶然还能想起魔女的微笑和她的一切。这也是一个不能驱逐的印象。

　　我从那天别后还未再见她，我希望此后永远不要再看见她。

偶然来临的贵妇人

我正午梦醒来，睁眼见窗外芭蕉后站着一个人。我问谁？女仆递给我一张名片，接过来看时，上面写着：胡张蔚然。呵！是她！

我赶快穿上鞋下了床，弄展了绉折的床毡，又略梳了一下纷乱的散发，这时候竹篱花径传来了清脆的皮鞋声音。隐约帘外见绯红衫子的身影分花拂柳而来。我迎出去，只见她珠翠环绕，雍容端丽，无论如何也不敢认这位娇贵的妇人就是前八年名振一时的女界伟人。

寒暄后，她抬起流媚的双睛打量了我，又打量了我的房子，蓦然间感觉到自己的微小和寒酸，在她那种不自禁流露的傲贵神韵中。

我十分局促嗫嚅着说："蔚然姊，我们在学校分离后就未再见，听同学们说，你在南方很做了许多实地的工作，这次来更可以指导我们了。"她抿嘴微笑着道："我早不做什么工作了。一半灰心，一半懒惰，自从我和衡如结婚后，大概也是环境的缘故罢！无论如何振作不起往日的精神，什么当主席，请愿，发传单，示威，这套拿手戏，想起来还觉好笑呢！一个人最终的目的，谁不是梦想着实现个如意的世界，使自己能浸润在幸福美满中生活着。现在衡如有力量使我过这种不劳而获的生活，我又何必再出去呼号奔波？有的是银钱，多少享乐的愿望，都可以达到。在社会上既有名誉，又有地位。物质的享受，我没有什么不满意。精神方面，衡如自同他妻离散后，对我的感情是非常忠诚专一，假使他有什么变化，我也不愁没有情人来安慰我。我高兴热闹时，到上海向那金迷纸醉的洋场求穷奢极欲的好梦；喜欢幽静时，找一两个闲散的朋友到西湖或牯岭去，那里都有自己的别墅，在天然美丽的风景中，休息我的劳顿和疲倦。如果国内的情形使我厌烦时，也许轻装简服悄悄的就溜到外国。我想手里只要有钱，宇宙万物都任我摆布。我现在才知道了，藻如！你晓得如今一般不得志的人，整天仰着头打倒这个铲除那个，但是到了那种地位，无论从前怎么样血气刚强，人格高尚的人，照样还是走着前边人开辟的道路，行为举动和自己当年所要打倒铲除者是分毫无差，也许还别有花样呢！衡如和他现在这一般朋友，那一个不是几十万几百万的家产，四五个美貌如花的爱人。从前他们革命时那种穷困无聊的样子你也见过，世界就这样一套把戏，不论挂什么招牌，结果还是生活的问题，并且还是多数人饿死少数人吃肥的问题。"

我真没有想到她忽然发现了这样的人生哲学，又像吹法螺，又像发牢骚，这么一来我真不知她今天来的目的是什么了。

接着她又说："藻如，别后你还是那样消沉吗？在南边时听人说你死了，隔些时又说你嫁了，无论什么谣传都是这生生死死吧！到这里打听，才知道你还是保持着旧日那孤傲静默的生涯，你真有耐心，这多年用粉笔灰撑着半饱的肚子，要是我早想别的方法了，不过这样沉默的生活也有好处，不声不响的。你就是掀天摇地翻山倒海的弄一套，结果也是这样。你瞧我，一定笑不长进，不过我想只有这样是我的需要。"她哈哈地笑了，这清脆的笑声，颤溢在这狭霉的小书斋。

我不知该说什么活好，只痴笑着陪她。仔细揣摩她这惊人的伟论，及在她那粉白黛绿，珠翠缤纷的美型中，找寻往日那种英俊的丰采是隐涅不见了。

她又向我问讯了几个旧朋友的近况，最后她说了目的：是衡如的儿子想考学校，托我帮点忙让他取录。明晚她家里开个跳舞会，请的客人都是新贵，再三请我去，我向她婉谢了。我没有力量和她应酬，我愿在这小书斋当孤傲的主人，不愿去向那广庭华筵，灯光辉煌下做寒伧的来客。

送她上了汽车，灰尘中依稀似回眸一笑。

回来捡起茶杯，整理了一下书桌：坐在藤椅上觉屋中氤氲着一种清芬的余香，这气息中我恍惚又看见她娇贵的高傲的倩影。

心之波

　　我立在窗前许多时候，我最喜欢见落日光辉，照在那烟雾迷蒙的西山，在暮色苍茫的园里，粗砺而且黑暗的假山影，在紫色光辉里照耀着；那傍晚的云霞，飘坠在楼下，青黄相间，迎风摇曳的梧桐树上——很美丽的闪烁；犹如一阵淡红蔷薇花片的微雨，偏染了深秋梧叶。我痴痴地看那晚霞坠在西山背后，今天的愉快中秋节，又匆匆地去了！时间张着口，把青春之花，生命之果都吸进去了，只留下迷路的小羊在山坡踌躇着。

　　夜间临到了！我在寂寞沉闷的自然怀抱中，我是宇宙的渺小者呵；这一瞥生命之波又应当这样把温和与甜蜜的情感，去发掘宇宙秘藏之奥妙；吸收她的美和感化，以安慰这枯燥的人生呵！晶莹光辉的一轮明月，她将一手蕴藏的光明，都兴尽的照遍宇宙了；那夜景的灿烂，都构成很和平很静默的空气。我从楼上下去到了后院——那空旷的操场上，去吸收她那素彩清辉的抚爱；路过了许多游廊，那电灯都黑沉的想着他的沉闷，他是莫有力量和月光争辉的，但在黑暗的夜里，那月儿被黑云翳遮满了，除了一二繁星闪烁外，在那黑暗里辉耀着的就是电灯了！但现在他是不能和她争点光明的，因为她是自然的神。我一路想着许多无聊的小问题，不觉的走到花园的后面一棵松树底下；我就拂着枯草坐在树底。从枝叶织成的天然幕里，仰着头看那含笑的月！我闭了眼，那灵魂儿不觉的飞出去，找我那理想中之幻想界——神之宫——仙之园——作我的游缘。我觉着灵魂从白云迷茫中，分出一道光明的路，我很欣喜的踏了进去，那白玉琢成的月宫里，冉冉的走出许多极美丽的白衣仙女，张着翅膀去欢迎我的灵魂！从微笑的温和中，我跪在那白绒的毡上，伏在那洁白神女之肩上。我那时觉着灵魂儿都化成千数只的蝴蝶，翩翩在白云的深宫跳舞了！神秘的音乐，飘荡在银涛的波光中，那地上的花木，也摇曳着合拍的发出相击的细声。眼睁开了，依然在伟大的松林影下坐着，眼中还映着那闪烁而飘浮的色带：仿佛那白衣的神妃及仙女都舞蹈着向我微笑！她听见各地方都发出嘹嘹的、奇异的、悲愁的、感动的、恳切的声调；如珍珠的细雨落在深密而开花的林中一样。我慢慢地醒了那灵魂中构成的幻梦，微细的音乐还依然在那银涛之光中波动着。我凝神细听，才知是远处的箫声，那一缕缕的哀音，告诉以人类的可怜！

去年今夜，不是同她在皓月之下叙别吗？我那时候无心去看月儿的娇媚，我的泪只是往肚子里流！现在月儿一样的照在我和她的心里，但重洋之波流不去我的思惘。我确知道她是最哀痛的一个失恋者，在生命中她不觉的愉快，幸福只充满了忏悔和哀怨。她生命之花，都被那恶社会的环境牺牲了。她觉着宇宙尽充着悲哀，在呜咽的音容中，微笑总是徒然，像海鸥躲出海去，是不可能的事啊！

我思潮不定的波荡着，到了我极无聊的时候，我觉着又非常可笑！人生到底是怎样生活去吗？我慢慢地向我寝室走，那萧瑟的秋风吹在两旁的树林里，瑟瑟地向我微语：他们的吟声和着风声，唱出那悲哀之歌。我踽踽独行，是沉闷无聊的事吗？但我看来，是在这烦恼嚣杂的社会里，不亲近人是躲避是非的妙法。所以人家待我有二三分的美意，我就觉着有一种说不出的恐怖布满了我的心腔。我慢慢地沉思着走到了我的楼下，忽然见楼旁有个黑影一闪，我很惊讶地问了一声"是谁"，但那黑影已完全消失了，找不出半点行踪。一瞥的人生也是这样的无影无踪吗？我匆匆地上楼，那皓光恰好射在我的帐子上，现出种极惨的白色！在帐中的一个小像上，她掬着充足的泪泉在那眼波中，摄我的灵魂去，游那悲哀之海啊！失恋的小羊哟，在这生命之波流动的时候，那种哀怨的人生，是阻止那进行的拦路虎，愈要觉着那不语的隐痛。但人要不觉悟人世是虚伪的，本来什么也不足为凭，何况是一种冲动的感情啊！不过人在旁观者的地位都觉着她是不知达观方面去想的，到了身受者亲切的感着时候，是比不得旁观者之冷眼讥笑。这假面具带满的社会，谁能看透那脑筋荡漾着什么波浪啊！谁知道谁的目的是怎样主张啊？况且人世的事都是完全相对的，不能定一个是非；如甲以为是的乙又以为非，是没有标准的。那么，在这恶社会里失望和懊恼，都是人类难免的事。这么一想，她有多少悲哀都要被极强的意志战胜。既然人世是宇宙的渺小者瞬息的一转，影一般的就捉不住了！那疲倦的青春，和沉梦的醉者，都是青年人所不应当消极的。但现在的青年——知识界的青年，因感觉的敏感和思想的深邃，所以处处感着不快的人生，烦闷的人生。他们见宇宙的事物，人类是受束缚的。那如天空的鸿雁，任意翱翔，春日的流莺，随心歌啭呢？他们是没有知识的，所以他们也减少烦恼，他们是生活简单的，所以也不受拘束。

我一沉思，虽晴光素彩，光照宇宙，但我心胸中依然塞满了黑暗。我搬把椅子，放在寝室外边的栏杆旁，恰好一轮明月，就照着我。那栏杆下沉静的青草和杨柳，也伸着头和月儿微语呢。一阵秋风，那树叶依然扑拉拉落了满地。月儿仍然不能保护他今夜不受秋风的摧残，她更不能借月儿的力量，帮助他的"生命之花"不衰萎不败落。这是他们最不幸的事情，但他们也慷慨的委之于运命了！

夜是何等的静默啊！心之波在这爱园中波荡着，想起多少的回忆：在初级师范读书的时候，天真烂漫，那赤血搏动的心里，是何等光亮和洁白呵！没有一点的尘埃，是奥妙神洁的天心呵！赶我渐渐一步一步的挨近社会，才透澈了社会的真象——是万恶的——引人入万恶之途的。一入万恶之渊，未有不被万恶之魔支配的！叫他洁白的心胸，染了许多的污点。他是意志薄弱的青年，能不为万恶之魔战败吗！所以一般知识略深的青年，对于社会的事业，是很热心去改造的，不过因为环境和恶魔的征服，他们结果便灰心了，所以他对于社会是卑弃的，远避的。社会上所需要的事物，都是悖逆青年的意志，而偏要使他去做的事情。被征服的青年，也只好换一副面具和心肠去应付社会去，这是人生隐痛啊！觉悟的青年，感受着这种苦痛，都是社会告诉他的，将他从前的希望，都变成悲观的枯笑，使他自然地被摒弃于社会之外，社会的万恶之魔，就是许多相袭既久的陈腐习惯，在这种习惯下面，造出一种诈伪不自然的伪君子，面子上都是仁义道德，骨子里都是男盗女娼。然而这是社会上最尊敬最赞扬的人物，假如在这社会习惯里有一二青年，要禀着独立破坏的精神，去发展个人的天性，不甘心受这种陈腐不道德的束缚，于是乎东突西冲，想与社会作对，但是社会的权力很大，罗网很密，个人绝对不能做社会的公敌的，社会像个大火炉，什么金银钢铁锡，进了炉子，都要熔化的。况且"多数服从的迷信"是执行重罚的机关（舆论），所以他们用大多数的专制威权去压制那少数的真理志士，剥夺了他的言论行动精神肉体——易卜生的社会栋梁同国民公敌都是青年在社会内的背影！

人生是不敢去预想未来，回忆过去的，只可合眼放步随造物的低昂去。一切希望和烦恼，都可归到运命的括弧下。积极方面斗争过去，终归于昙花一现，就消极方面挨延过去，依然一样的落花流水；所取的目的虽不同，而将来携手时，是同归于一点的。人生如沉醉的梦中，在梦中的时候一颦一笑，都是由衷的——发于至情的；迨警钟声唤醒噩梦后，回想是极无意识而且发笑的！人生观中一片片的回忆，也是这种现象。

今夜的月儿，好像朵生命之花，而我的灵魂又不能永久深藏在月宫，躲着这沉浊的社会去，这是永久的不满意呵！世界上的事物，没有定而不变的，没有绝对真实的。我这一时的心波是最飘忽的一只雁儿；那心血汹涌的时候，已一瞥的追不回来了！追不回来了！我只好低着头再去沉思之渊觅她去……

　　　　　　　　　　　　一九二三年，双十节脱稿。

红粉骷髅

记得进了个伟大庄严的庙，先看见哼哈二将，后看见观音菩萨；战栗的恐怖到了菩萨面前才消失去，因之觉着爱菩萨怕将军，已可这样决定了。有一天忽然想起来，我到父亲跟前告诉他，他闭着眼睛微笑了说"菩萨"也不必去爱，将军也无须去怕，相信他们都是一堆泥土塑成的像。

知道了美丽的菩萨，狰狞的将军，剥了表皮都是一堆烂泥之后；因之我想到红粉，想到骷髅，想到泥人，想到肉人。

十几年前，思潮上曾不经意的起了这样一个浪花。

十几年以后，依稀是在梦境，依稀又似人间，我曾逢到不少的红粉，不少的骷髅。究竟是谁呢？当我介绍给你们时，我感到不安，感到惭愧，感到羞涩！

钗光衣影的广庭上，风驰电掣的电车里，凡是宝钻辉眩，绫罗绚烂，披绛纱，戴花冠，温馨醉人，骄贵自矜的都是她们，衣服庄的广告是她们，脂粉店的招牌是她们，镇日婀娜万态，回旋闹市，流盼含笑，徜徉剧场；要不然头蓬松而脸青黄，朝朝暮暮，灵魂绕着麻雀飞翔的都是她们。

在这迷香醉人的梦里，她们不知道人是什么？格是什么？醺醉在这物欲的摇篮中，消磨时间，消磨金钱。

沙漠中蠕动着的：贫苦是饥寒交迫，富贵是骄奢淫逸；可怜一样都是沦落，一样都是懦弱，一样都是被人轻贱的奴隶，被人戏弄的玩具；不知她们自豪的是什么？骄傲的是什么？

一块土塑成了美的菩萨，丑的将军，怨及匠人的偏心，不如归咎自己的命运。理想的美，并不是在灰黄的皱肉上涂菩萨的脸，如柴的枯骨上披天使的纱；是在创建高洁的人格，发育丰腴的肌肉，内涵外缘都要造入完全的深境，更不是绣花枕头一肚草似的，仅存其表面的装。

我们最美丽而可以骄傲的是：充满学识经验的脑筋，秉赋经纬两至的才能，如飞岩溅珠、如蛟龙腾云般的天资，要适用在粉碎桎梏、踏翻囚笼的事业上；同时我们的人格品行，自持自检，要像水晶屏风一样的皎澈晶莹！那时我们不必去坐汽车，在风卷尘沙中，示威风夸美貌；更无须画眉涂脸，邀人下顾；自然像高山般令人景仰俯伏，而赞叹曰："是人漂亮哉！""是人骄傲哉！"

我们也应该想到受了经济压迫的阔太太娇小姐，她们却被金钱迫着，应该做的事务，大半都有代庖，抱着金碗，更不必愁饭莫有的吃，自然无须乎当"女学士"。不打牌看戏逛游艺园，你让她们做什么？因之我想到高尚娱乐组织的必要，社会体育提倡的必要；至少也可叫她们在不愿意念书中得点知识；不愿意活动里引诱她们活动；这高尚娱乐的组织如何？且容我想想。

我现在是在梦中，是在醒后，是梦中的呓语，是醒后的说话，是尖酸的讪讽，是忠诚的哽吟，都可不问，相信脸是焦炙！心是搏跃！魂魄恍惚！目光迷离！我正在一面大镜下，掩面伏着。

同是上帝的儿女

　　狂风——卷土扬沙的怒吼，人们所幻想的璀璨庄严的皇城，确是变一片旷野无人的沙漠；这时我不敢骄傲了，因为我不是一只富于沙漠经验的骆驼——忠诚的说，连小骆驼的梦也未曾做过。

　　每天逢到数不清的洋车，今天都不知被风刮到那里去；但在这广大的沙漠中，我确成到急切的需要了。堪笑——这样狼狈，既不是贿选的议后，也不是树倒的猢狲，因有温馨的诱惑我；在这萧条凄寒的归路里，我只得蹒跚迎风，呻吟着适之先生的"努力"！

　　我觉着走了有数十里，实际不过是由学校走到西口，这时揉揉眼睛，猛然有了发现了：

　　两个小的活动的骷髅，抬着一辆曾拖过尸骸的破车，一个是男的在前面，一个是女的在后面，她的嘴似乎动了一动，细听这抖颤的声浪，她说：

　　"大姑儿您要车？"

　　"你能拉动我吗？这样小的车夫。"

　　"大姑儿，您坐吧，是那儿？"前边那个男小孩也拖着车问我。但是我总不放心，明知我近来的乡愁闲恨，量——偌大的人儿，破碎的车儿，是难以载起。决定后，我大踏步的向前走了。

"大姑儿，您见怜小孩们吧！爸爸去打仗莫有回家，妈妈现在病在床上，想赚几个铜子，给妈妈一碗粥喝，但老天又这样风大！"后面那女孩似唱似诉的这样说。

真大胆，真勇气，记得上车时还很傲然：等他们拖不了几步，我开始在车上战栗了！不禁低头看看。我怀疑了，为什么我能坐车，他们只这样拉车？为什么我穿着耀国丝绸的皮袍，他们只披着百结的单衣？为什么我能在他们面前当小资本家，他们只在我几枚铜子下流着血汗？

谁能不笑我这浅陋呢？

良心，或者也可说是人情，逼着我让他们停了车，抖颤的掏出钱袋，倾其所有递给他们。当时我只觉两腮发热，惭愧的说不出什么！

他们惊讶的相望着，最终他们来谢我的，不是惨淡的笑容，是浸入土里的几滴热泪！至现在我还怀疑我们……同是上帝的儿女！

十二月八号狂风的深夜里

梅花小鹿

——寄晶清

我是很欣慰的正在歌舞：无意中找到几枝苍翠的松枝，和红艳如火的玫瑰；我在生命的花篮内，已替他们永久在神前赞祝且祈祷：

当云帷深处，悄悄地推出了皎洁的明月；汩汩的溪水，飘着落花东去的时候：我也很希望遥远的深林中，燃着光明的火把，引导我偷偷踱过了这芜荒枯寂的墓道。虽是很理想的实现，但在个朦胧梦里，我依稀坐着神女的皇辇，斑驳可爱的梅花小鹿驾驰在白云迷漫途中。愿永远作朋友们的疑问？晶清！在你或须不诅咒我的狂妄吧？

绮丽的故事，又由我碎如落花般的心里，默默地浮动着。朋友，假如你能得件宝贵而可以骄傲的礼赠时；或者有兴迫你由陈旧的字笼里，重读这封神秘不惊奇丽而平淡的信。

我隔绝了那银采的障幕，已经两个月了：我的心火燃成了毒焰的火龙，在夜的舞宴上曾惊死了青春的少女！在浓绿的深林里，曾误伤了 Cupid 的翅膀！当我的心坠在荆棘丛生的山涧下时，我的血染成了极美丽的杜鹃花！但我在银幕的后面，常依稀听到遥远的旅客，由命运的铁链下，发出那惨切恐怖的悲调！虽然这不过仅是海面吹激的浪花，在人间的历程上，轻轻底只拨弹了几丝同情的反应的心弦！谁能想到痛苦的情感所趋，挂在颊上的泪珠，就是这充满了交流的结果呵！确是应该诅咒的，也是应该祝福的，在我将这颗血心掷在山涧下的时候：原未料到他肯揭起了隔幕，伸出她那洁白的玉臂，环抱着我这烦闷的苦痛的身躯呵！朋友，我太懦弱了！写到这里竟未免落泪……或许这是生命中的创伤？或许这是命运的末日？当这种同情颁赐我的时候，也同是苦恼缠绕的机会吧？

晶清：我很侥幸我能够在悲哀中，得到种比悲哀还要沉痛的安慰，我是欣喜的在漠漠的沙粒中，择出了血斑似的珍珠！这样梦境实现后，宇宙的一切，在我眼底蓦然间缩小，或许我能藏它在我生命的一页上。

生命虽然是倏忽的，但我已得到生命的一瞥灵光；人世纵然是虚幻的，但我已找到永存的不灭之花！

人间的事，每每是起因和结果，适得其反比。惟其我能盛气庄容的误会我的朋友，才可由薄幕下渗透那藏在深处、不易揭示的血心！以后命运决定了：历史上的残痕，和这颗破缺的碎心！

三年前的一个夏天，我和梅影同坐在葡萄架下，望那白云的飘浮，听着溪流的音韵：当时的风景是极令人爱慕的。他提出个问题，让我猜他隐伏在深心内的希望和志愿，我不幸一一都猜中之后，他不禁伏在案上啜泣了！在这样同心感动之下，他曾说过几句耐人思索的话：

敬爱的上帝！将神经的两端，一头给我，一头付你：纵然我们是被银幕隔绝了的朋友，永远是保持着这淡似水的友情，但我们在这宇宙中，你是金弦，我是玉琴，心波协和着波动，把人类都沉醉在这凄伤的音韵里。

是的，我们是解脱了上帝所赐给一般庸众的圈套，我们只弹着这协和的音韵，在云头浮飘！但晶清：除了少数能了解的朋友外，谁能不为了银幕的制度命运而诅咒呢？

朋友：在这样人间，最能安慰人的，只有空泛的幻想，原知道浓雾中看花是极模糊的迹象；但比较连花影都莫有的沙漠，似乎已可少慰远途旅客的孤寂。人类原是占有性最发达的动物，假如把只心燕由温暖的心窠，捉入别个银丝的鸟笼，这也是很难实现的事。晶清！我一生的性情执拗处最多，所以我这志愿恐将笼罩了这遥远的生之途程：或者这是你极怀疑的事？

三点钟快到了：我只好抛弃了这神经的萦想，去那游戏场上，和一班天真可爱的少女，捉那生之谜去。好友！当你香云拖地，睡眼朦胧的时候；或能用欣喜而抖颤的手，接受这香艳似碧桃一般的心花！

总　账

　　从十三年十二月十号至十四年十二月十号，《妇女周刊》产生了一年了。将白纸变成印字的小副张，共出了五十期，总计字数是大概有五七五〇〇〇个，负责凑稿的有六人，外面投稿的至多出不了二十位的范围。执笔讨论的多半是男子。女子在《妇女周刊》上发表论文、文艺的，除了本社社员而外，大概只有庐隐、玉薇、慧心等。

　　一年中读者教诲指导的信收到很多，自然抑扬赞骂的都在内，统计似乎男子多于女子。我们希望能收到女子的意见和作品，静候着盼了一年了，然而莫有多少人来光降；到如今招供时，都有点脸红！拉拢不来主顾，生意自然不兴隆！

　　我们曾发信到各省女校，征集该地的妇女运动消息，和妇女生活状况，至如今也莫有只字飞来！幸好这次周年刊内有一篇德平的妇女，和山西一年来的妇女运动来给我们点缀。在失望中，不知是我们的失败呢，还是她们的沉寂？

　　说了一年，妇女范围里的话，只说了万分之一；效果呢更谈不到。几个人搜索枯肠凑成的文章，读者们肯青眼看时，二十分钟也都看完了。看完了，完了。至于似我执笔的小姐先生们，都是在北京繁华社会里娇养着，乡村妇女的苦况，看不见也听不到，既感不出切肤的痛苦，高谈纸上也等于隔靴搔痒。有许多朋友，说我们是花园派、小姐式的刊物，我们很喜欢的承受了，因为他们讲的恰当。

读者呢，至低程度是中学生，乡村的妇女，大概连那封面上的两个在黑暗里蜷伏着的女人都没看见，更谈不到认识。就此一点，我们的努力已证明尚未成功！

《妇女》作了大招牌，看起来是应该多方面的批评、描写、介绍、指导，然而我们的努力和言论，似乎都离着理想太远。因之她在社会上的地位如何不敢问，或者有人宠爱她是刚健有为的小女孩，或者有人对她很灰心，看她作龙钟残缺的老废物。她到底在这一年中执行了什么使命，获得到什么效果？惭愧，我们的回答，只是"有负众望"。

我们明知道，自己浅薄懦弱，不能胜任；不过，中国妇女世界我们比较是认识了自己的，只要担子压在身上，我们愿意尽全力去负荷。如今，京报社将他交给我们的担子拿下来放在地上了，教我们暂时休息。不知何日他再由地上捡起搁在我们肩上，或者从此不回顾，让我们自己全力负荷，由地上重新肩起？

假如我们努力，朋友们都肯帮助指导，使我们走向理想的途径，有比较成功完美的收获，在《妇女周刊》二周年纪念那天，报告给诸君。

总账完了，我们不知应该怎样祝贺，或者唁吊，这用心血抚育了一年的娇孩！

绿　屋

　　我要谢谢上帝呢我们能有宁静的今日。

　　这时我正和清坐在菊花堆满的碧纱窗下，品着淡淡的清茶，焚着浓浓的檀香。我们傲然的感到自己用心血构成小屋的舒适，这足以抵过我们逢到的耻辱和愤怒了。

　　我默望着纱窗外血红的爬山虎叶子沉思着。我忆起替清搬东西来绿窗的那个黄昏。许多天的黄昏都一样罢，然而这个黄昏特别深画着悲怆之痕。当我负了清的使命坐车去学校时的路上，我便感到异样，因为我是去欢迎空寂，我是去接见许多不敢想象的森严面孔，又担心着怕林素园误会了我，硬叫校警抓出去时的气愤和羞愧。我七年未忘，常在她温暖的怀中蜷伏着的红楼，这次分外的冷酷无情。

　　我抱着这样的心情走进校门，我站在她寝室门前踟蹰了，我不推门进去，我怕惊醒了那凄静的沉寂。我又怕璧姊和秀姊在里边，我不愿遇见她们，见了她们我脆弱的心要抖战的流下泪来，我怎忍独自来拣收这人去后的什物呢！本来清还健在，只不过受林素园的一封"函该生知悉"的信，而驱逐出。不过我来收东西时忽然觉着似乎她是死了的情形。

　　在门外立了半天，终于鼓着勇气推开了门，幸好她们都不在，给与我这整个的空寂。三支帐低赤裸，窗外的淡淡的阳光射璧姊的床缘上。清赤裸的木板上堆着她四年在红楼集聚了的物事，它们静静放在那里，我感到和几付僵尸卧着一样。收拾清楚后在这寂静的屋内环视一周，我替清投射这最后留恋的心情。我终于大胆地去办公处见她向她们拿出箱笼去的通行证。

允许我忏悔吧！我那时心情太汹涌了，曾将我在心里的怨愤泄露给我们的朋友叔举君。她默默承受了之后，我悔了，我觉不应错怪她。拿了通行证后，我又给璧姊写了个纸条，告诉她，清的东西我已搬去了，有拿错的请她再同清去换。末了我写了"再见"，这"再见"两字那时和针一样刺着我。

莫有人知道，我悄悄独自提着清的小箱走出了校门。是这样走的，极静极静，无人注意的时候我逃出了这昔日令我眷恋，今日令我悲戚的红楼。

记得我没有回顾，车到了顺治门铁栏时，我忽然想起四年前我由红楼搬到寄宿校舍的情形，不过那时我是眷恋，如今我是愤恨。

进了校场头条北口，便看见弱小的清站在红漆的朱门前，她正在拿着车钱等着我。这次看见她似乎久别乍逢，又似乎噩梦初醒，说不出的一种凄酸压在我的胸上喉头。她也凝视着她那些四年来在红楼伴她书箱而兴起一缕哀感！

这夜我十点钟才回来，我和她默默地整理床褥，整理书箱，整理这久已被人欺凌、久已被人践踏、久已无门归处而徘徊于十字街头的心。

月色凄寒如水，令我在静冷的归路上，更感到人心上的冰块，或者不是我们的热泪所能融化！人面上的虚伪，或者不是我们的赤心所能转换。我们的世界假如终于是理想的梦，那么这现世终于要遗弃我们的，我们又不能不踽踽的追寻着这不可期待的梦境，这或许是我们心中永远的恶怆之痕罢！

这一夜我不知她怎样过去的，在漂泊的枕上，在一个孤清生疏的枕上。如今，她沉默的焚着香，在忏悔祈祷什么我不知道。不过她是应该感谢上帝的，她如今有了这富有诗情富有画意的绿屋，来养息她受创的小灵魂。

十五年十月二十日

沄 沁

　　灰城里入春以来，十天有九天是阴霾四布见不着太阳光，有时从云缝里露出半面，但不到一会又飘浮过一朵墨云来掩盖上了。本来多愁善感的我，在团花如锦，光华灿烂的天地中，我的心的周围已是环抱着阴霾重重，怎禁住这样天气又压迫在我忧郁的心头呢？

　　昨夜忽然晴了。点点疏星，弯弯明月，令我感到静默的幽光下，有万种难以叙述的心情纠结着。在院里望了望满天星月，我想到数月前往事，觉人生聚散离合，恍如一梦。这时幻想到你们时，你们一定都是沉醉在胜利的金觥里，或者也许卧在碧血沙场做着故园千里的归梦。夜寒了，我走到房里，由书架上，拿了一本小檀峦室闺秀词，在灯下读者，以解散我寂寞的心怀。

　　这时门铃响了，绿衣使者把你的信递到我案头来了。你想我是多么高兴！多么欣慰呢！

　　你念着白发无依的老母，和临行时才开未残的腊梅；证明你漂泊中还忆到软红十丈的燕京。沄沁！

　　前三天我去看母亲，到了院里。母亲很喜欢的迎我进了房，一切陈设和你在时一样，只是腊梅残了，案头新换上了红绣球和千叶莲。那些花是不认识你的，不属于你的。是母亲的。在她们嫣红微笑中，知道母亲已将忆念你的爱心分注一点在她们身上

172

了，她们现在代你伴着寂寞的父亲，你该谢谢这些不相识的花草呢！你的床上现在不是空的，是一位田小姐住那里，夜夜陪着母亲的。黄小姐是隔一两天就去一次，还有许多朋友们也常去。母亲那天告我时她像傲然的样子，我笑着道：“这是伯母的福气，走了一个女儿，来了许多女儿。”她微笑着，我在这微笑中看出了母亲们慈爱之伟大和庄严。我想到了我故乡山城的母亲，她是没有你的母亲这样旷达的胸怀，也无这些可爱的女孩儿围绕着她。她看见的只是银须飘拂的老父，和些毫无情感的亲友们，像石像冰一样冷硬的人心侵凌着她，令她终身生活陷于愁病之中，而我又是这样忤逆，远离开她不能问暖嘘寒，后来和母亲谈了许多关乎你漂泊行踪的事，母亲很豪爽的评论现状，不带半点儿女缠绵之态。我心中暗暗佩服，自然因为有这样豪爽的母亲，才有你这样英武的女儿，我自愧不如。

虽然母亲是这样能自己扎挣，让你去投奔在战线上毫不留恋。但是眉峰间隐约有些寂寞的皱纹，是为了忆念你新添的。

我和母亲谈着时，门环响了，一会女仆引进一位三十多岁的妇人，黄瘦憔悴中还保留着少年时的幽美丰韵；只是眼光神情中，满溢着无限的忧愁，令人乍看便知是个可怜人、伤心人。你猜是谁呢？原来是你中学的朋友——陈君。她来请母亲介绍她一个医生，医治她的肝气症。她说到了身体上的病症时，同时也告诉我们她精神上的痛苦。你是知道的，她结婚的一切经过都是她哥哥包揽，事前并未得她同意，更不必说到愿意不愿意了。结婚后数年还和好相安，共有子女六人，因为小孩多，她在四年前买了一个十四岁的丫头叫秋香，初来还听话做事也勤敏，慢慢就爱吃懒动，偷东西偷银钱，后来更坏的不堪，连老妈都雇不住，来一个好的，几天就被她引坏了。这一两年内更骄纵的不成样子，她的张老爷帮着秋香欺凌她，起初是骂，后来足拳交加慢慢也挨打了。家中的银钱都交给秋香去管，得罪了秋香时，比得罪了老爷还利害。有一次秋香伴着三少爷玩，用卵子大的石头，击破了三少爷的鼻梁，血流了满脸，险一些打坏了眼睛。她忍不住了，叫来秋香骂了几句，秋香可受不了她的气，当时把被褥卷好放在大门口，等老爷回来她哭着向他说太太赶她走，老爷听见后亲自把大门口的被褥拿到了房里，向秋香赔礼。那夜她的张老爷又把她打骂了一顿，儿子脸上的血窟他连睬都不睬。她说，秋香现在是赶不走，她正托人给她张老爷找姨太太，她奢望有个好姨太太时，秋香或可让她走。当时陈君说着流下泪来！家庭像一座焦煎的油锅，她的丈夫便是狞恶的魔鬼，她不知这罪受到何时才完？因为有六个小孩子，她不忍舍弃了他们和她丈夫离婚，带上子女去呢，她丈夫也不肯，即是肯，她又如何能够养活了他们。这苦诉向谁呢？中国法律本来不是为女子定的，是为了保障男子的强暴兽行而规定的，她只有被宠幸的丫头欺凌她，被兽性冲动的丈夫践踏她至于忍气吞声忧愤成病，病深至于死，大概才会逃脱这火坑吧！沄沁。你是以改革一切旧社会制度，和保障女权的运动者，你怎样能够救这位可怜的妇人？

我们不知道的沦陷于此种痛苦下的女人自然很多，因之我们不能不为她们去要求社会改革，和毁灭那些保障恶魔的铁栏而努力的，我们不努力，她们更深落到十八层地狱下永不能再睹天日了。像这些强暴的男子也多极了，我不知他们怎样披着那张人皮，在光天化日之下鬼混？漱玉来信告我说，那位遗弃她和别人恋爱去的情人，现在又掉过头来，隔山渡海的，向她频送秋波，说许多"薄情也许是多情，害你也许是爱你"的话来引诱她，希望破镜重圆，再收覆水。你想玩一个娼妓，也不能这样随便由男人的爱憎，况且漱玉如今是努力于妇女解放运动的人。

漂泊的生活自然不是安适幸福的生活，你所说"见了多个未曾见到的事，受了多少未曾受过的苦，"这便是你求生的成绩了，你还追求什么呢？这值得向人骄傲的丰富经验和人生阅历，已由你眼底收集在你心海中了，如果有一日能闲散度着山林生活时，你把你的收获写出来，也许是一本纸贵洛阳的珍册罢！

　　夜将尽，天空有孤雁长唳的哀声，法沁：我执笔向你致一个文学的敬礼罢！

十六年四月十三日

《妇女周刊》发刊词

　　光明灿烂的地球上，确有一部分的人，是禁锁幽闭，蜷伏在黑暗深邃的幕下；悠长的时间内，都在礼教的桎梏中呻吟，箝制的淫威下潜伏着。展开过去的历史，虽然未曾泯灭尽共支人类的女性之轴，不过我们的聪明智慧，大多数都努力于贤顺贞节，以占得一席，目为无上光荣。堪叹多少才能都埋没在柴米油盐，描鸾绣凤，除了少数垂帘秉政的政治家，吟风弄月的文学家。

　　至少我们积久的血泪，应该滴在地球上，激起同情；流到人心里，化作忏悔。相信我们的"力"可以粉碎桎梏！相信我们的"热"可以焚毁网罟！数千年饮鸩如醴的痛苦。我们去诉述此后永久的新生，我们去创造。

　　战栗的——不避畏浅薄，握破笔蘸血泪的尝试了。惭愧我们的才学，不敢效董狐之笔；但我们的愚志，希望如博浪之椎。

　　我们的努力愿意：

　　　　一、粉碎偏枯的道德

　　　　二、脱弃礼教的束缚

　　　　三、发挥艺术的天才

　　　　四、拯救沉溺的弱者

　　　　五、创造未来的新生

　　　　六、介绍海内外消息

　　大胆在荆棘黑暗的途中燃着这星星光焰，去觅东方的白采、黎明的曙辉。抚着抖颤的心，虔城向这小小的论坛宣誓：

　　弱小的火把，燎燃着世界的荆丛；它是猛烈而光明！细微的呼声，振颤着人类的银铃；它是悠远而警深！

致全国姊妹们的第二封信

——请各地女同胞选举代表参加国民会议

亲爱的姊妹们：

幸而我们同是女子，同在这个渡桥上作毁旧建新的女子，作击碎镣铐，越狱自振的女子，作由男子铁腕下，扎挣逃逸的女子。这是何等荣幸，一种伟大的事业，由我们纤手去创造！一所暗邃的监狱，由我们纤手去焚毁！

在一种潜伏的情形下，理想似乎告诉我有爆裂的一天，爆烈到遍地球都飞散着火花，红霞般映着我们得意的笑靥的一天！不管这幻想是近在此时此刻，或远在万年后；相信目下低微的呼声，薄弱的努力，都是建砌将来成功的细胞的分子。

由于生活历程的变迁，由于职业种类的分歧，由于教育设施的不平等，由于结婚生育的牵制，由于政治法律制度的支配；垄断了我们的权利，蒙蔽了我们的智慧，沦落到现在这种奴隶——弱者的地位。一方面我们智慧才能不配去"掠夺"，一方面他们更不能慷慨的"璧还"，于是乎我们要为了人权的获得，为了社会组织的圆满，应该运动！不管政治是混浊，是清明；不管收获是成功，是失败，应该运动！

我们相信男女两性共支的社会之轴，是理想的完美的组织；妇女运动与其说是为女子造幸福，何如说是为人类求圆满；既觉纯阳性偏枯的组织为逆理，同时也须认以女子为中心的社会欠完美。男女两性既负担着社会进化人类幸福的重责，所以我们女子今日的努力，是刻不容缓，同时不是自私自利。

简单说：女子由过去梦中惊觉后的活动，不是向男界"掠夺"，也不是要求"颁赐"，乃是收回取得自己应有的权利；同时谋社会进化、人类幸福的。

根本上解决，教育是人类精神独立的动力，经济是变化人类生活的条件；女子不受平等教育，而受物质束缚，是永沦奴域，一切坠落的总因。所以教育平等运动，开辟女子职业生路，以谋精神自由，经济独立，实为现代妇女运动的治本计划。教育和经济，都为人类"治生"的原素，张履祥曾说："能治生，则能无求于人"。

自然我们希望很丰富，努力的事业也很多端；似乎不必抛了书本，跃上政治舞台，和那般官僚式的政客，流氓式的名流，杀人不眨眼的英雄们相周旋。况且在政客，名流，英雄们的眼里，何曾介意到我们这些蠕动呻吟在暗帏下的动物；充其量，我们呐喊到他们耳旁，冲击到他们面前，不过笑着说声："这是女孩的玩艺。"

但是我们就埋首书城，永久缄默吗？幻想着到民国二十年，百年千年之后，有某总统——共执政——开一个某式会议时，候着下柬请我们去列席会议，或者聘请我们做顾问秘书，教我们预问政治吗？绝对不能。因之联合宣言，上书请愿，游街示威，未尝不是治标办法，救急采取的暗示和宣传的手段；我们的运动是向男性跋扈垄断的笼围内，索回我们应有的产业，当然不能令他们轻轻的双手璧还。

谁也不能说女子不是人，女子不是中华民国的国民：当然在这万象澄治，百物待理的国民会议里，应该采纳女子的代表。女子也应该代表二万万中华国民的资格，参加国民会议。庶乎有机会希望解决宪法上对女子的错谬，法律制度上对女子的歧视。同时我们期望国民会议，确能解决过去十三年的纠纷，更新以后亿万年的福利；为我们造成两性共支的理想社会的实现，为谋启迪我们女子拨云见日的时机！

芬兰女子多年奋斗的结果，到一八六七年得到地方机关选举权，继续奋斗四十年，才获到中央议会普通选举权；美国的女子也是经过七八十年才能取得参政权；我们不要颓气，将来定有追逐她们携手一堂的胜利。梁启超说："生命即是活动，活动即是生命。"人权虽天赋，但得失却由人；只有永久继续的运动；才能保存我们所得到的权利。因为"权"是"力"的变相，"力"是"动"的产生：我们要取得权，就要运动；我们要保存所取得的"权"，以至更增进于圆满，就要永久去运动！

四十二年前，纽西兰的女子，已得到参政权；十七年以前，芬兰女子已得到参政权；十三年前，爱斯兰女子也得到参政权；丹麦、俄罗斯、美利坚、德意志、英吉利、澳大利亚，都是已得到参政权。

中国呢？这是我们的耻辱！

为发表《骸骨的凄声》附志

在父亲的书箱里找到一本破烂残余的小书，题笺是文章游戏。里面发现了一封哀艳动人的情书：作者是陈云贞女士，寄给她伊犁待罪、十年未归的丈夫的信。

据此书尾注：云系友人薛青萝持来请刻于文章游戏者，此信在山东马递包封内拆看抄录后，仍封好使马递至伊犁。

作者义心苦调，情深声哀；十年中教子养亲，奉上御下，肩劳任怨，茹苦含辛，真不愧贤母良妻，淑媛才女。特录出介绍妇刊，文笔虽古色古香，而描写家庭黑幕，琐事细故，颇活跃纸上揭露无遗，令人诵读后，觉千古骸骨呼吁凄声，似乎犹萦绕耳畔。

附：骸骨的凄声

陈云贞

忆自枫亭分手，弹指十年，远塞羁愁，空怀岁月，长门幽恨，莫数晨昏；然母亲膝前儿围女围，尚可宽慰。哥哥只身孤戍，衣人作计，谁与为欢，问暖嘘寒，窥饥探渴，凉凉踽踽，未知消受几许凄其？贞虽不能纵万里之身，续一文之好，而离魂断

181

梦，常绕左右矣，思君十二，回肠九折，岂虚语哉。

别来七奉手札，谨复三函，使固罕逢，笔尤难馨，单词片语，未足慰双撑盼睫也。前岁五月二日，得一密信，四爷处送信之日，适贞卧病之时，投递参差，几成不测，幸莲姐解人觑破，支吾遮掩，得以解纷，不觉冷汗涔涔，二竖顿然告退，伏枕细读，欣感交集。少顷母亲拆书榻畔，笑语贞云："锦儿脱罪偏偶，归期可望。来禀颇自愧悔，想已磨折悛改。我今亦怜之矣。"是皆哥哥孝恩所感；不然，此恩正未易施也。戊申七月托劳姓所寄书，备叙别后情况，自此五易寒暑，中间情景，大概寄知。新阡树木成林，围墙完固，岁时伏腊，瞻拜如常，湖水平漕，不相侵害，可以放怀，母亲杖履优游，饮食犹昔；惟痰症时作，精神稍衰耳。亲族中概为陌路，大姊夫大姊姊，虽不甚冷落，亦无大照料；二姊夫已故，二姊姊尚留都下；六妹妹远在楚省，音问久疏；翼庭六兄，人虽刻薄，但为母亲所依赖，嗣有书来，总以一味感歉，庶可不失欢心。至负义人今已移居他所，不及提防，姜菲之言，暧昧之事，难免耸惑于哥哥。贞惟忍性坚心，立定脚跟，期尽吾之所当尽；至于青蝇墙茨之谮，信与不信，又何敢必。慰之琼女而在，尚可为解，不幸又于去年八月出疹冒风以死！十五年仳离辛苦，尽付东流，草草治棺，痿于茔侧。犹记殁之前夕，捧贞颊而啼曰："爹爹离家已久，儿殁后万不可何语及之。"今忆此言，不禁泪如泉涌；何止残稿遗书，惊心欲碎，零脂剩粉，触目兰摧耶！

丁郎读书，颇有父风：然恃聪明而欠沈潜，务高远而不咀嚼，诗词有新颖之句，制艺则驳杂不纯，青青子衿，初非馆阁中人物也。来书询其所师，舞勺以前，皆贞口授，经史诗词，略知大义。庚戌仲春，始就杨先生学，捉笔为文，是秋即了已篇，嗣后杨先生选教辞去，至今皆十权斋训迪，教法颇严，贞亦不敢稍假辞色，课余之暇，以诗词试之，不留余力。惟母亲姑息太甚，殊多阻碍，奈何奈何？

贞母于壬秋患病，延至癸春二月六日，遽尔长逝！两老人一生血脉，惟贞一线之存；不料六十年镜花水月。情深半子，能不酸楚耶！墉弟原非已出，漠不相关，只知搜索家资，良可痛恨！贞自遭此变，愈觉难堪，颗粒缨丝，一无所出。家务母亲经理，岁入不敷，贞屡求典售，而又不忍轻去：徒令侵吞剥削，多致荒废。房产欹倾过半，复被负义人据为己有，拆要一空，仅留败屋数檐聊蔽风雨，大非昔时光景。从前缓急可商之处，近皆裹足不前，遇有急需，贞亦不轻启齿；正恐不惟无济，反惹诽笑。冯郭西绝迹多年，间承四妹霞姑投以诗物，并询哥哥消息，情意颇真，些小通融，尚可资助，第恐日久渐疏，难保始终如一耳；然其肫肫怀念之忱，未可负之。

节次嘱带瓶口扇套鞋袜笔茶诸物，尽为负义人赚去，言之恨恨！贞迩来两餐之非。不能稍自舒展，嫁奁衾具陆续尽归质库，频年已身之补缀，莲姐之盘缠，丁郎之膏火，束修、琼女之钗钏鞋脚，在在皆挖肉补疮所办也。况问安侍寝，未敢偶离，怡色和声，犹虞获咎。即饮食衣服，俭则负吝啬之嫌，费又受奢侈之责，素则云朴陋无色，艳则云冶客诲淫；非诟谇相加，即夏楚从事，求有一日之完肤，亦不可得。贞年逾三十，非复小时，儿女家人，见之有何面目。结缡之始，笔墨为命，拈毫横笛，倡随几及十年：一旦梗断蓬飘，往事不堪回首。萧声研迹，久已荒疏，纵有属和之章，不过勉强承命，吟风弄月之句，断不敢形于毫端，顾影自怜，可胜悲咽！

莲姐自壬夏摘知受逼之后，其志益坚，雨榻风棂，寒硝烟火，甘苦与共，形影相随，此贞今世之缀榴，而哥哥他年之桃叶耳。高魁颜忠贺花儿等，只知迎合上意，计饱私囊，其素兰碧桃辈钩深索隐，播弄如簧，尤为腹心之患。此狂奴故态，又何足道，惟有委曲将就，饰以好言，博一时清静而已。

去年四爷遣人自伊犁来，传说哥哥败检之事，并云一年之中，若肯节省，尚可余二三百金，幸负义人未将此语上禀。贞初犹不信，徐思哥哥赋性疏狂，未展才华，复经大难，一朝失足，万念俱灰，又有何心矜持名节。且栖身异域，举目无亲，月夕花晨，酒阑灯施，呼卢排闷，拥妓消愁，亦旅人常事。或值多情倩女，知音婺妇，彼美怜才，书生结习，未能免俗，聊复尔尔，贞方病悯不暇，焉敢效妒妇口吻，涉笔讽规耶！惟念哥哥身非强健，情复憨痴：彼若果以心倾，何妨竟为情死，特患口饧齿蜜，腹剑肠冰，徒耗有用之精神，反受无穷之魔障，私心自揣，殊为君忧！况曲蘖迷心，兼能腹病，樗蒲游戏，更丧文明，些小悦来之财，何足为计，所虑哥哥千金之体，甘自颓唐，反不若贞之釜蚁余生，尚知自爱者，何哉？

来书云云"三月适馆春斋，六月仍回故地"，此中原委，未得其详。哥哥与四爷为骨肉之交，相依邸舍，便可为家，何必舍此他图，别生枝节；况去之未久，旋复归来，则贞所不能解者。大丈夫处世，怨固不可深结。恩亦不宜过求，未曾拜德之前，先思图报之地。四爷豪侠，人所共称，但其痴意柔情，殆亦堪怜堪笑。自闻与之莫逆，贞则探其为人乃非上游；然心迹可取，超拔哥哥于苦海中两嘘拂之，酬报之机，贞心早为区画矣。

相隔万余里，忽东忽西，萍踪无定，空致鱼书，未瞻雁足：即有薄裹水资，亦不敢径行远寄，恐蹈故辙，转使空函莫达也。去春有查办回籍恩旨，惜未能被及；然此后机缘大有可望，十年期满，定遇赦归。诸凡随遇而安，耐心以守，鸾台珠浦，我两人宁终无团圞期耶！？

每念弱草微尘，百年一瞬，梦幻泡影，岂能久留，生死两途，思之已熟，别后滋味，不减夜台，现在光阴，生同罗刹，何难一挥慧剑，超入清凉；奈缘业如丝，牢牢缚定，不得不留此躯壳，鬼浑排场，冀了一面之缘，不负数年之苦。他年白头无恙，孺子有成，大事一肩，双手交卸，贞心不大快哉！故今哥哥一日未回，此担一日不容放下也。

六弟自上江来，猝闻有回伊之便，掩户挑灯，疾书密寄，泪痕满纸，神魂遄飞。计书到日，开缄当在黄梅。想哥哥阅之，心与俱酸也！附诗六章，聊以言志，信手拈来，亦是一幅血泪图耳。甲寅嘉平朔夕云贞载拜上。

一

搔首云天接大荒，伊人秋水正茫茫，可怜远戍频年梦，几断深闺九曲肠；井臼敢云亏妇道，获丸聊以继书香，孝慈两字今无负，即此犹堪报数行。

二

莺花零落懒搴帏，怕见帘前燕子飞，镜里渐斑新鬓角，客中应减旧腰围；百年幻梦身如寄，一线余生命亦微，强笑恐违慈母意，药里偷典嫁时衣。

三

十五娇儿付水流，绿窗不复唤梳头，残脂剩粉擎丝阁，碎墨零香问字楼；千种凄凉千种恨，一分憔悴一分愁，侬亲亦未终侬养，似比空花合共休。

四

当时梦里唤真真，此际迢迢若比邻。爱写团圞违字识，

偷占荣落祝花神；那堪失意飘零日，翻得关心属望人，
别有怜才惟一语，年来消瘦恐伤春。

五

早自甘心百不如，肩劳任怨敢欷歔，迷离扑朔随君梦，
颠倒寻求寄妾诗；妆阁早经疏笔墨，箫声久已谢庭除，
谗言休扰离人耳，犹是坚贞待字初。

六

未曾蘸墨意先痴，一字刚成血几丝，泪纵能干终有迹，
语多难寄反无词；十年别绪春蚕老，万里羁愁塞雁迟，
封罢小窗人静悄，断烟冷露阿谁知。

报告停办后的女师大

——寄翠湖畔的晶清

在母怀里蜷伏了几夜，妈用轻柔的手抚我睡眠，有时梦见怕梦，便投到妈怀里抱着颈痛哭，她不能说什么，只伴我流泪，一直流到红霞上了窗棂；我俩都一点不显露的去应付那快乐的家庭。但是不幸我和妈都病了，病时候我梦见你和心海。病好后我体谅我可怜的妈，我再不痛哭了，难过时候。我跑到楼上，望山色，看游云，我把我心底隐潜的悲哀，都远远地寄在那青峰之顶，都高高地寄在那游云的足上，使它载着我到我愿意去的地方。

离开妈的一夜，她握住我的手叮咛我几句话，我为了得妈的信任，跪在帐帷前向着窗外一轮晶洁的月儿发誓，我说：

"妈妈，你能看见这颗永久不离开你的月儿吗？她便是你的女儿，虽然有缺有圆；但是你怎能看见她，只要你在她的光辉下的时候。"

清光照着她的银发霜鬓，照着我的颓唐的悴容，这时候我双手接过了妈递给我的生命。窗外一阵冷风吹进，环绕着我和母亲，一股清冷浸入我的心脾，母亲唤醒我的时候，已到了我走的时刻。就那样忍着，回到北京，看见庄严繁华的北京城时，我心头泛着一种清冷的微颤，从此我放下一头又系上那头。

到京后我第一系念使是琼和萍，因为你不在，我对她们应该更要关心体贴点的缘故。一进女师大，就觉着一股阴森凄凉，转过石屏，见那个柳荫通道，便是那夜我们和玉薇赞许的地方。你不是说这是女师大的风水，这一条绿荫甬道上，曾经过不少的钗影裙带，翩翩和姗姗的女郎。也曾有多少诗人和浪漫的文学家，在月夜卧在这草地上在狂饮高吟，和许多辩论家议论风生吗？总之这是女师大唯一命脉，如今那绿森森掩映的通道，枯萎了的是花，倒折的是树，堆散着的是灰石；再三凝视，这何尝是我的母校，我欲痛哭，终于这便是我的母校。她像一个被人殴打击伤了女郎，她穿着撕破的裙装，她散着松了的头发，她脸上流着血和泪，她腿上有爪痕和深深的血疤。她泪眼莹莹的望着我几次想告诉我她的厄运和惨劫，但是她已不能说话，倒卧在那里连转侧都不能够；所能够的只是那泪波的流盼而已。

我经过这通道，便进了会客室，那是我四年中徘徊的故地，我恍然还能记起你末次要走时，穿着一身缟素衣裳，伏在桌上辗转娇啼的情形；但是现在只有一张一张残余的报纸都散在地上，灰尘集了有几分厚，门也有点欹偏，像一个老人的背。我正在发呆的时候，迎面跑来一人握住我手，叫着我名，抬头看原来就是我一月不见的琼妹，她憔悴的瘦容，和凄楚的表情，令我的泪不能再忍了，我紧握住她手说：

"琼：你受委曲了！"这句话未说完已哽咽的不能再续，她牵着我进了内堂，静悄悄的满院里堆集着箱笼和木具，杂乱纵横，像荒芜的花园，像残杀后的战场；记得吗？晶清！那一片红楼便是昔日幽静的天宫、美丽的闺房，在这深帏低垂，雪帐未开时；无端来了野蛮的丘八和粗臭的流氓，他们的枪刀耀辉，铁器叮当，就是那一阵皮靴的重踏声，也能吓得我心惊胆跳；真亏她们的胆壮，但她们几经尝过这般滋味？

到了房里，韵和秀都看见了，她们的悲愤真不知从那里说起好。过了默默几分钟，她们才告诉我大概详细情形。她们说：

"在八月一号的前几天，国三一位同学，听她朋友暗示她一句话说："大观园快抄家了。"她们都不知何指。一号那天早晨七时，学生刚起床，一外婆带着军警打手百余人，一拥入校，其势汹汹，勒逼学生，即刻滚出校门暂到补习科住听候办法，一面杨氏督同办事员粘贴布告。可怜我们的大梦到此才醒来，原来杨氏真的武装抄家来了，顷刻之间，她传了几道圣旨，截断电话，停止饮食，所有交通，一概断绝。又发出解散四班的布告，仅余体音两班；"她们由杨氏租给太平湖饭店去住"。

我们去质问杨氏，她不敢见，我们都到庶务处去寻她，她忽然由许多军警架护掖扶着到了校长办公室，有几位同学上前找她说话，反叫军警横臂阻止，有几个女同学倒地受伤，杨氏令军警两人监视一人，但是我们仍然鼓勇的和她相抗！后来她悄悄由后门逃了，军警也多半发现了良心，他们也看见我们在这大雨滂沱，愁云惨淡，站在廊檐下吃干面包的可怜。谁莫有同情心，结果军警都散去，他们的漠不相关的人，都比杨氏的心不残毒！不阴险！

第二天听差老妈也叫走了，教员都搬到太平湖饭店去住；我们天天在会客厅吃干面包，连点开水都喝不上，一天李石曾太太来看我们，我们笑了，她说这样苦你们还笑呢！其实有时觉着可气，有时也觉的可笑！

一星期以后，昨天我们才找村厨子做饭吃，无论怎样生命可以保持平安，才能和杨荫榆拼命。但是她已经辞职了，教育部明令停办女师大了，为杨荫榆泄私债！"大概她们这样告诉给我，其实我也在报上得了点恍惚的消息；我想安慰她们几句，不意她们勇气真壮勇，一点都莫有屈服的气态，我心里真佩服她们！但是我的感想很为她们难受，你想从故乡到北京有那么远的道路，离乡背井来这里到底为什么呢？书既不能念，生活又这样可怜，家里父母知道他们的爱女在外边这样受罪，真不知焦急到何种地步？杨荫榆身居长者，居然为了自己一个校长的地位，狠毒欺侮她们这般小姐们到露天挨饿，这是多么残忍无人心的荒谬举动。

晶清：你真不幸奔父丧回去，香港罢工，你不能归来；即是你现在归来，你创伤未愈的心境，怎能再受这深刻巨大的激刺！你劫后余生，更何忍再看这凄凄荒凉的学校，像尸体横藉的坟墓，隐隐有几个瘦的病的女郎在里面出没呢！

女师大虽经杨氏武装进校，但结果她依然抱头窜之而去，学生方面以为章士钊苟关心女子教育，当能选派贤能，另事整顿，也可慰她们年余殷殷勤学之诚，免得读书之暇还要关心校政。谁能料到呢？章士钊斩草除根，女师大系一个花园，杨氏年余的园丁不称职，干枯不灌溉，在烈日下已变成枯草；杨荫榆觉枯草还比较要有生气，恨起放一把火烧个干净。章士钊觉烬余残根伏处地下，春风一吹不免又要勃生绿芽；他更决心把根都拔去。关起门来，他们袖手立在高处瞭望着这残余灰烬，小草烧根的狼藉遍地，狞笑着表示得意的胜利。似乎告诉一般人说：

"吓！不怕的只管来试试这滋味。"

现在学校几天不去了，不是懒不是忙，是我不忍，真不忍去看那倒毙在地上她已经死了的惨状。而最痛心我们中国二万万女同胞的教育，弦歌之声不幸绝于章杨之手，是可忍，而孰不可忍呵！目前正在暑假期内，诸同学都在家里和家人团聚，忽然霹雳般传去这可哀的噩耗，他们将怎样惊心！晶清！我们二万万女人绝不能屈伏在杨氏的淫威下，听其宰割。四万万中国同胞如何忍能令章杨二人，停办了我女界唯一高等教育机关。从前是很纯粹而极简单的校长问题，现在已经成了我女界人格问题，教育问题，解放问题，女权问题；再大言之是中国教育界的问题，教育应影响到国家，便是中国存亡问题。

停办后教育部的势力大概只封了几个教室，查点了几件木具；但不幸我们呕血掬心的妇女周刊，数千份存根，从第一到三十五都被遗失了。因国三自休室暑假要改寝室，莫法琼和我把他们暂寄阶级教室，十号那天我和琼去看，封条已撕破，但是数千份如山集地妇刊已不翼而飞，我真痛心，想你也痛心，更对不住一般爱读和交换的朋友们，自三十期起，琼因女师大事忙然莫有寄给他们，不孝妇刊也遭了这样厄劫。杨荫榆真罪状难数了。

现她们在校同学仍积极进行，将来成功固所希望，就是失败，她们勇气已驱逐，她们宁为玉碎，不愿瓦全。以我眼光所及，以我经验相绳，总觉双方意气用事，不免俱伤，苟有相当调停人，能劝章士钊收回停办原文，仍选检贤能，在暑假中解决了这年余拖延的风潮，俾使学校进行不致停顿，而学生学业亦不能再事荒废未尝不是她悔过的机会，还不失之于不堪收拾。从此一切荒谬举动可以不提，如章士钊能采纳忠言，回头是岸，则整顿女师大风潮并不若何制肘；而女师大内务同一切计划进行，亦能指日可待。苟不如斯，即将来结果，必闹到全国教育为之停顿，或者章教长终不免扫兴下台。

女师大风潮所以不堪收拾到此种地步，纯系教部当局一再迁延，处置乖戾所致；假使章士钊能允纳学生方面意见，调查一下杨氏近来行为，绝不至以美专援列而停办女师大，实因女师大问题与美专有绝对不同之点，女师大并未到非停办不可的情况下，而美专当日情形实相反异。

至于同学方面，我认为不能负任何罪咎，则有对杨氏不敬的地方，也是杨氏的品德不足以服人，才智不足以制众所致。至于杨氏武装入校之后，学生已铤而走险，一切危险同越轨，亦不能加罪；盖此等情形，乃由杨荫榆解散激之于前，而章士钊停办又愤起于后，是非颠倒，黑白混淆；堂堂校长教长都能若斯暴戾荒谬，她们一般束髻小女，更不能强绳以乱命。

我现在还希望于一般袖手旁观的母校教员和校生各名流、各教育家；我代表着二万万可怜的女子请命，希望他们不要以为女师大真是臭茅厕，行人掩鼻，不愿过问。更不应该真怀着野心，想从此吞并女子一个独立的最高教育机关。虽然目下女师大的茅厕已横决四溢，臭气遍布，但清扫有人，洁净为人力所能办到；我们应该积极去扫除，不应消极的去不理。

返京后就逢着母校遭此惨劫，连日校务繁忙，心情又觉烦乱；已去函三次，请你快来，我想白菊开时，和你同饮于北海畔，月夜下，望小湖繁灯如星，看草间萤虫闪烁，乘此良夜，一倾离绪。想翠湖畔归来的诗人，定能用一杯甘甜的美酒，沉醉我这漂泊异乡的孤魂！

女师大惨剧的经过

——寄告晶清

我恍惚不知掉落在一层地狱，隐约听见哭声打声笑声胜利的呼喊！四面都站着戴了假面具的两足兽，和那些蓬头垢面的女鬼；一列一列的亮晶晶的刀剑，勇纠纠气昂昂排列满无数的恶魔，黑油的脸上发出狰狞的笑容。懦弱的奴隶们都缩头缩脑的，瞪着灰死的眼睛，看这一幕惨剧。

在光天化日之下，发生了这幕惨剧。而我们国的教育确是整顿的肃清了，真不知这位"名邦大学，负笈分驰"的章教长，效法哪一名邦，步尘哪一大学，使教育而武装？

自从报上载着章士钊、刘百昭等拟雇女丐强拖女生出校的消息后，她们已经是一夕数惊，轮流守夜，稍有震动，胆破欲裂，在她们心惊胆跳的时候，已消极的封锁校门，聚哭一堂，静等着强暴的来临，她们已抱定校存校亡，共此休戚的决心。八月二十二号上午八点钟，女师大的催命符，女子大学筹备处的降主牌就挂在门口了。下午二时余，刘百昭带着打手、流氓、军警、女丐、老妈，有二百多人，分乘二十余辆汽车，尘烟突起处，杀向女师大而来！这时候我确巧来女师大看她们。

我站在参政胡同的中间，听着里面的哭声震天，一阵高一阵远，一阵近一阵低的在里边抵抗、追逐、逃避、捕捉。虽然有高壁堑立在我面前，使我看不见里面女同学们扎挣抵抗的可怜，但是在那呜咽的哭声里，已告诉我这幕惨剧已演成血肉横飞，辗转倒地了。正在用心的眼了望她们狼狈状况时，忽然擦、擦的鞭打声起了，于是乎打声哭声绞成一片，我的心一酸懦弱的泪先流了！这时哭喊声近了，参政胡同的小门也开了，由那宽莫有三尺的小门里，拖出一个散发披襟，血泪满脸的同学来，四个蛮横的女丐，两个强悍的男仆，把她捉上汽车。这时人围住汽车我看不清楚是谁，但听见她哭骂的声音，确乎像琼妹。晶清！你想我应该怎样呢？我晕了，我一点都不知道的倒在一个女人身上，幸亏她唤醒我；我睁开眼看时，正好一辆汽车飞过去，她们的哭声也渐渐远了，也不知载她们到什么地方去。那时薇在我旁边，我让她坐上汽车去追她们去，知道她们在什么地方时，回来再告我，我在这里想着等韵出来。

呵！天呵！一样的哭喊，一样的鞭打，有的血和泪把衣衫都染红了！第二辆汽车捉走的是韵了，看见我时，喊了一声我名字她已不能抬头，当我嚼紧牙齿跑到汽车前时，只有一缕烟尘扑到我鼻里，一闪时她仍也都去了。这时里面的哭声未止，鞭打声也未止，路旁许多看热闹的女人们都流下泪来，慨叹着说：

"咳！这都是千金小姐，在家里父母是娇贵惯的谁受过这气，谁更挨过这打呢！"

"上学上成这样，该有多么寒心！咱们家女孩快不要让他们上学受这苦！"

薇来了，告诉我说把她们送在地检厅不收，现在她们在报子街补习科里。我马上坐上车到了那里，两扇红门紧紧地关着不许人进去，我那时真愤恨极了，把门捶得如鼓般响，后来一辆汽车来了，里面坐着油面团团的一位官僚，不问自然知道是教育部的大员，真该谢谢他，我和许多同学才能跟着他进来。一进门，琼和韵握着我手痛哭起来，我也只有挥泪默然的站着。这时忽然听见里边大哭起来，我们跑进去看时，李桂生君直挺挺的在院里地下躺着，满身的衣服都撕破了，满身上都成了青紫色的凸起，她闭着眼睛，口边流着白沫，死了！

那位面团团的部员大概心还未死，他看见这种悲惨的境地，他似乎也有点凄然了。但是同学们依然指着他赶着他骂走狗。我见他这样，我遂过去同他谈话，我质问他：教育部为什么要出此毒手？我问他家内有莫有姊妹儿女？他很恳切表明他不赞成章刘的过激，此来纯系个人慰问，并非教部差遣。事已至此，我也不便和他多谈，就问他对于李桂生的死去，教部负不负护救责任？他马上答应由他个人负担去请医生，过了半小时，北京医院来了一位医生，给她打了一针。她才有一口气呼出，不过依然和死去一样躺着不能动。我听琼说："她这次受伤太重，医生诊察是内部受伤；加之三次军警打她们时，她三次都受伤，才成了这样。"生命维持到何时未可知，到今天，才送进德国医院。又听人说是头部受伤，因为下车时，她已哭晕过去，由两个流氓把她扔在地下，大概扔的时候头部神经受震动了。

这位部员对于李桂生的病，似乎很帮忙救护，我们不知他是否章士钊派来，还是真的他个人来慰问。但是他曾愤极的说，假如这事成讼，李桂生受伤我可以作证人。那时我们只鄙视的笑了笑！

第二天我和罗刘两位又回到女师大，我们意思要劝她们好好出来，不必受他们的毒打和拖拉，可巧我们走进角门时，正好秀和谛四人捉上车去，她们远远望见我们来，又放声大哭起来，我们都站在车上温慰了她们几句，劝她们节哀保身。秀的衣襟撕的真成捉襟见肘，面色像梨一样黄，她哭的已喘不上气来，她们都捉尽了，她是最后的奋斗者。当汽车开时，她们望着女师大痛哭！那红楼绿柳也暗然无光的在垂泣相送。

晶清！你在翠湖畔应该凭吊，在他们哭喊声嘶后，女师大已一息斩断，从此死亡！然而那一面女子大学的牌匾也一样哀惨无光，这是我们女界空前未有的奇耻，也是我教育界空前未有的奇耻！那一面女子大学筹备处的牌匾下，将来也不过站一些含泪忍痛，吞声咽气的弱者。

琼告我当她们严守大门时，殊未想到打手会由后边小门进来，进来后，她们牵作一团抵抗着这般如虎似狼的敌人。一方面有人捉人拖人，一方面便有许多人跑到寝室里去抢东西。一位女同学被拖走时，要同去拿点钱预备出来用，回到寝室时见床褥已满翻在地下，枕头边的一个皮包已不翼而飞。她气极了，向刘百昭骂他强盗，刘百昭由皮夹里拿出五十元给他，她掷在地下，刘又笑嘻嘻的拣起。这次女丐流氓混入女师大之后，定有许多人发财不少，然而这万里外无家的同学们此后无衣食无寝栖，将何以生存？教育部是否忍令其流离失所，饿毙路旁？

十三个人被困在补习科，还有四五人不知去向，有七八人押送地检厅，尚有赵世兰同姜伯谛被押至何处不知，闻有人逢见在司法部街上毒打已体无完肤，奄奄待毙。晶清！幸而你因父丧未归，不然此祸你哪能侥免，人间地狱，我女子奋斗解放数十年之效果，依然如斯，真令人伤心浩叹！野蛮黑暗，无天日到这样地步。

教部把她们捉送到补习科即算驱逐出校，校内一切铺盖概不给与，那夜大雨。她们又饥又寒，第二天已病倒不少，琼妹面色憔悴黄瘦，尤令我看着难受！今天她东倒西歪已经不能支持了，躺在地板上呻吟！那种情形真惨不忍睹。

昨夜大雨，补习科因已无人住，故纸窗破烂，桌椅灰尘，凄凉黯淡，真类荒冢古墓；那一点洋灯的光，像萤火一样闪亮着，飕飕的凉风吹的人寒栗！她们整整哭了一夜莫睡眠，今天我们送了些东西，才胡乱吃了点，有的几位朋友，送了几件衣裳，她们才换上，脱下那破撕成条的衣衫，不禁对着那上边斑点的血迹流泪！

中国教育界已成这种情形，还有什么话可说呢！我从前希望他们的现在已绝望了。无公理，无是非，只要有野蛮的武力，只要有古怪的头脑，什么残忍莫人道，万恶莫人心的事做不出来呢！她们也算抗争公理了，然而结果呢，总不免要被淫威残害。别人看着滑稽的喜剧高兴，痛痒既不关心，同情更是表面授助的好名词。

写到这里我接到朋友一封信，说昨夜十一钟她们都不知林卓凤的下落，后来有人说她仍锁在女师大。她们听见回到学校去找，军警不让进去，再三交涉，才请出女师大庶务科一位事务员，他说林君已越窗逃出。现在听说在一个朋友家，她神经已有点失常了，恐怕要有疯症的趋势。你是知道她的，她本来身体素弱，神经质衰的一个人，怎能经过这样的磨难呢！晶清！你归来呵！归来时你当异常伤心，看见她们那种狼狈病容、衰弱心神的时候。我们永久纪念这耻辱，我们当永久地奋斗！这次惨剧是我们女界人格的奇耻，同时也是中国教育破产的先声！

八，二十三，夜十时半

母　亲

　　母亲！这是我离开你，第五次度中秋，在这异乡——在这愁人的异乡。

　　我不忍告诉你，我凄酸独立在枯池旁的心境，我更不忍问你团圆宴上偷咽清泪的情况。

　　我深深地知道：系念着漂泊天涯的我，只有母亲；然而同时感到凄楚黯然，对月挥泪，梦魂犹唤母亲的，也只有你的女儿！

　　节前许久未接到你的信，我知道你并未忘记中秋；你不写的缘故，我知道了，只为了规避你心幕底的悲哀。月儿的清光，揭露了的，是我们枕上的泪痕；她不能揭露的，确是我们一丝一缕的离恨！

　　我本不应将这凄楚的秋心寄给母亲，重伤母亲的心；但是与其这颗心，悬在秋风吹黄的柳梢，沉在败荷残茎的湖心，最好还是寄给母亲。假使我不愿留这墨痕，在归梦的枕上，我将轻轻地读给母亲。假使我怕别人听到，我将折柳枝，蘸湖水，写给月儿；请月儿在母亲的眼里映出这一片秋心。

　　挹清嫂很早告诉我，她说：

　　　　妈妈这些时为了你不在家怕谈中秋，然而你的顽皮
　　小侄女昆林，偏是天天牵着妈妈的衣角，盼到中秋。我

　　正在愁着，当家宴团圆时，我如何安慰妈妈？更怎能安慰千里外凝眸故乡的妹妹？我望着月儿一度一度圆，然而我们的家宴从未曾一次团圆。

　　自从读了这封信，我心里就隐隐地种下恐怖，我怕到月圆，和母亲一样了。但是它已慢慢地来临，纵然我不愿撕月份牌，然而月儿已一天一天圆了！

　　十四的下午，我拿着一个月的薪水，由会计室出来，走到我办公处时，我的泪已滴在那一卷钞票上。母亲！不是为了我整天的工作，工资微少，不是为了债主多，我的钱对付不了，不是为了发的迟，不能买点异乡月饼，献给母亲尝尝，博你一声微笑。只因：为了这一卷钞票我才流落在北京，不能在故乡，在母亲的膝下，大嚼母亲赐给的果品。然而，我不是为了钱离开母亲，我更不是为了钱弃故乡。

　　你不是曾这样说吗，母亲：

　　"你是我的女儿，同时你也是上帝的女儿，为了上帝你应该去爱别人，去帮助别人。去罢！潜心探求你所不知道的，勤恳工作你所能尽力的。去罢！离开我，然而你却在上帝的怀里。"

　　因之，我离开你漂泊到这里。我整天的工作，当夜晚休息时，揭开帐门，看见你慈爱的像片时，我跪在地下，低低告诉你：

　　"妈妈！我一天又完了。然而我只有忏悔和惭愧！我莫有检得什么，同时我也未曾给人什么？"

　　有时我胜利的微笑，有时我痛恨的大哭，但是我仍这样工作，这样每天告诉你。

　　这卷钞票我如今非常爱惜，她曾滴满了我思亲泪！但是我想到母亲的叮咛时，我很不安，我无颜望着这重大的报酬。

因此，我更想着母亲——我更对不起遥远的山城里，常默祝我尽职的母亲！

十五那天早晨很早就醒了，然而我总不愿起来；母亲！你能猜到我为了什么吗？

林家弟妹，都在院里唱月儿圆，在他们欢呼高吭的歌声里，激荡起我潜伏已久的心波，揭现了心幕底沉默的悲哀。我悄悄地咽着泪，揭开帐门走下床来；打开我的头发，我一丝一丝理着，像整理烦乱一团的心丝。母亲！我故意慢慢地迟延，两点钟过去了，我成功了的是很松乱的髻。

小弟弟走进来，给我看他的新衣裳，女仆走进来望着我拜节，我都付之一笑。这笑里映出我小时候的情形，映出我们家里今天的情形；母亲！你们春风沉醉的团圆宴上，怎堪想想寄人篱下的游子！

我想写信，不能执笔；我想看书，不辨字迹；我想织手工，我想抄心经；但是都不能。我后来想拿下墙上的洞箫，把我这不宁的心绪吹出；不过既非深宵，又非月夜，哪是吹箫的时节！后来我想最好是翻书箱，一件一件拿出，一本一本放回，这样挨过了半天，到了吃午餐时候。

不晓的怎样，在这里住了一年的旅客，今天特别局促起来，举箸时，我的心颤跳得更厉害；不知是否，母亲你正在念着我？一杯红滟滟的葡萄酒，放在我面前，我不能饮下去，我想家里的团圆宴上少了我，这里的团圆宴上却多了我。虽然人生旅途，到处是家，不过为了你，我才绻恋着故乡；母怀是我永久倚凭的柱梁，也是我破碎灵魂，最终归宿的坟墓。

母亲！你原谅我罢！当我情感流露时，允许我说几句我心里要说的话，你不要迷信不吉祥而阻止，或者责怪我。

我吃饭时候，眼角边看见炉香绕成个卐字，我忽然想到你跪在观音面前烧香的样子，你惟一祷告的一定是我在外边"身体康健，一切平安"！母亲！我已看见你龙钟的身体，慈笑的面孔；这时候我连饭带泪一块儿咽下去。干咳了一声，他们都用怜悯的目光望我，我不由地低下头，觉着脸有点烧了。母亲！这是我很少见的羞涩。

林家妹妹，和昆林一样大；她叫我"大姊姊"；今天吃饭时，我屡次偷看她；不晓得为什么因为她，我又想起围绕你膝下，安慰欢愉你的侄女。惭愧！你枉有偌大的女儿；母亲！你枉有偌大的女儿！

吃完饭，晶清打电话约我去万牲园。这是我第一次去看她们创造成功的学校：地址虽不大，然而结构确很别致，虽不能及石驸马大街富丽的红楼，但似乎仍不失小家碧玉的居处。

因此，我深深地感到了她们缔造艰难的苦衷了！

清很凄清，因她本有几分愁，如今又带了几分孝，在一棵垂柳下，转出来低低唤了一声"波微"时，我不禁笑了，笑她是这般娇小！

我们聚集了八个人，八个人都是和我一样离开了母亲，和我一样在万里外漂泊，和我一样压着凄哀，强作欢笑地度这中秋节。

母亲！她们家里的母亲，也和你想我一样想着她们；她们也正如我般缱怀着母亲。

我们飘零的游子能凑合着在天涯一角底勉为欢笑，然而你们做母亲的，连凑合团聚，互谈谈你们心思的机会都莫有。因之，我想着母亲们的悲哀一定比女孩儿们的深沉！

我们缘着倾斜乱石，摇摇欲坠的城墙走，枯干一片，不见一株垂柳绿荫。砖缝里偶尔而有几朵小紫花，也莫有西山上的那样令人注目；我想着这世界已是被人摒弃了的。

一路走着，她们在前边，我和清留在后边。我们谈了许多去年今日，去年此时的情景；并不曾令我怎样悲悼，我只低低念着：

惊节序，

叹沉浮，

秾华如梦水东流，

人间何事堪惆怅，

莫向横塘问旧游。

走到西直门，我们才雇好车。这条路前几月我曾走过，如今令我最惆怅的，便是找不到那一片翠绿的稻田，和那吹人醺醉的惠风；只感到一阵阵冷清。

进了门，清低低叹了口气，我问："为什么事你叹息？"她莫有答应我。多少不相识的游人从我身旁过去，我想着天涯漂泊者的滋味，沉默地站在桥头。这时，清握着我手说：

"想什么？我已由万里外归来。"

母亲！你当为了她伤心，可怜她无父无母的孤儿，单身独影漂泊在这北京城；如今歧路徘徊，她应该向哪处去呢？纵然她已从万里外归来，我固然好友相逢，感到快愉。但是她呢？她只有对着黄昏晚霞，低低唤她死了的母亲；只有望着皎月繁星洒几点悲悼父亲的酸泪！

猴子为了食欲，做出种种媚人的把戏，栏外的人也用了极少的诱惑，逗着她的动作；而且在每人的脸上，都轻泛着一层胜利的微笑，似乎表示他们是聪明的人类。

我和清都感到茫然，到底怎样是生存竞争的工具呢？当我们笑着小猴子的时候，我觉着似乎猴子也正在窃笑着我们。

她们许多人都回头望着我们微笑，我不知道为了什么！琼妹忍不住了，她说：

"你看梅花小鹿！"

我笑了，她们也笑了；清很注意的看着栏里。琼妹过去推她说：

"最好你进去陪着她，直到月圆时候。"

母亲！梅花小鹿的故事，是今夏我坐在葡萄架下告诉过你的；当你想到时，一定要拿起你案上那只泥做的梅花小鹿，看着她是否依然无恙；母亲！这是我永远留着它伴着你的。

经过了眠鸥桥，一池清水里，漂浮着几只白鹅；我望着碧清的池水，感到四周围的寂静。我的心轻轻地跳了，在这样死静的小湖畔，我的心不知为什么反而这样激荡着？我寻着人们遗失了的，在我偶然来临的路上；然而却失丢了我自己竟守着的，在这偶然走过的道上。

在这小桥上，我凝望着两岸无穷的垂柳。垂柳！你应该认识我，在万千来往的游人里，只有我是曾经用心的眼注视着你，这一片秋心，曾在你的绿荫深处停留过。

天气渐渐黯淡了，阳光慢慢叫云幕罩了；我们踏着落叶，信步走向不知道的一片野地里去。过了福香桥，我们在一个小湖边的山石上坐着，清告诉我她在这里的一段故事。

四个月前，清、琼、逸来到这里。过了福香桥有一个小亭，似乎是从未叫人发现过的桃源。那时正是花开得十分鲜艳的时候，逸和琼折下柳条和鲜花，给她编了一顶花冠，逸轻轻地加在她的头上。晚霞笑了，这消息已由风儿送遍园林，许多花草树林都垂头朝贺她！

她们恋恋着不肯走，然而这顶花冠又不能带出园去。只好仍请逸把它悬在柳丝上。

归来的那晚上就接到翠湖的凶耗！清走了的第二个礼拜，琼和逸又来到这里，那顶花冠依然悬在柳丝上，不过残花败柳，已憔悴得不忍再睹。这时她们猛觉得一种凄凉紧压着，不禁对着这枯萎的花冠痛哭！不愿她再受风雨的摧残，拿下来把她埋在那个小亭畔；虽然这样，但是她却造成一段绮艳的故事。

我要虔诚地谢谢上帝，清能由万里外载着那深重的愁苦归来，更能来到这里重凭吊四月前的遗迹。在这中秋，我们能团集着；此时此景，纵然凄惨也可自豪自慰！

母亲！我不愿追想如烟如梦的过去，我更不愿希望那荒渺未卜的将来，我只尽兴尽情地快乐，让幻空的繁华都在我笑容上消灭。

母亲！我不敢欺骗你，如今我的生活确乎大大改变了，我不诅咒人生，我不悲欢人生，我只让属于我的一切事境都像闪电，都像流星。我时时刻刻这样盼着！当箭放在弦上时，我已想到我的前途了。

我们由动物园走到植物园，经过许多残茎枯荷的池塘，荒芜落叶的小径；这似我心湖一样的澄静死寂，这似我心湖边岸一样的枯憔荒凉。我在幽风堂前望着那一池枯塘，向韵姊说：

"你看那是我的心湖！"

她不能回答我，然而她却说：

"我应该向你说什么？"

我深深地了解她的心，她的心是这般凄冷。不过在这样旧境重逢时，她能不为了过去的春光惆怅吗？母亲！她是那年你曾鉴赏过她的大笔的；然而，她如椽的大笔，未必能写尽她心中的惆怅，因为她的愁恨是那样深沉难测呵！

天气阴沉地令人感着不快，每个人都低了头幻想着自己心中的梦乡，偶然有几句极勉强的应酬话，然而不久也在沉寂的空气中消失了。

清似乎想起什么一样，站起身来领着我就走，她说："我领你到个地方去看看。"

这条道上，莫有逢到一个人。缘道的铁线上都晒着些枯干的荷叶，我低着头走了几十步，猛抬头看见巍峨高耸的四座塔形的墓。荒丛中走不过去，未能进去细看；我回头望望四周的环境，我觉着不如陶然亭的寥阔而且凄静、萧森而且清爽。陶然亭的月亮，陶然亭的晚霞，陶然亭的池塘芦花，都是特别为坟墓布置的美景，在这个地方埋葬几个烈士或英雄，确是很适宜的地方。

母亲！在陶然亭芦苇池塘畔，我曾照了一张独立苍茫的小像；当你看见它时，或许因为我爱的地方，你也爱它；我常常这样希望着。

我们见了颓废倾圮，荒榛没胫的四烈士墓，真觉为了我们的先烈难过。万牲园并不是荒野废墟，实不当忍使我们的英雄遗骨，受这般冷森和凄凉！就是不为了纪念先贤，也应该注意怎样点缀风景！我知道了，这或许便是中国内政的缩影罢！

隔岸有鲜红的山楂果，夹着鲜红的枫树，望去像一片彩霞。我和清拂着柳丝慢慢走到印月桥畔；这里有一块石头，石头下是一池碧清的流水；这块石头上，还刊着几行小诗，是清四月间来此假寐过的。她是这样处处留痕迹，我呢，我愿我的痕迹，永远留在我心上，默默地留在我心上。

我走到枫树面前，树上树下，红叶铺集着。远望去像一条红毡。我想拣一片留个纪念，但是我莫有那样勇气，未曾接触它前，我已感到凄楚了。母亲！我想到西湖紫云洞口的枫叶，我想到西山碧云寺里的枫叶；我伤心，那一片片绯红的叶子，都给我一样的悲哀。

月儿今夜被厚云遮着，出来时或许要到夜半，冷森凄寒这里不能久留了；园内的游人都已归去，徘徊在暮云暗淡的道上的只有我们。

远远望见西直门的城楼时，我想当城圈里明灯辉煌、欢笑歌唱的时候，城外荒野尚有我们无家的燕子，在暮云底飞去飞来。母亲！你听到时，也为我们漂泊的游儿伤心吗？不过，怎堪再想，再想想可怜穷苦的同胞，除了悬梁投河，用死去办理解决一切生活逼迫的问题外，他们求如我们这般小姐们的呻吟而不可得。

这样佳节，给富贵人作了点缀消遣时，贫寒人确作了勒索生命的符咒。

七点钟回到学校，琼和清去买红玫瑰，芝和韵在那里料理果饼；我和侠坐在床沿上谈话。她是我们最佩服的女英雄，她曾游遍江南山水，她曾经过多少困苦；尤其令人心折的是她那娇嫩的玉腕，能飞剑取马上的头颅！我望着她那英姿潇洒的丰神，听她由上古谈到现今，由欧洲谈到亚洲。

八时半，我们已团团坐在这天涯地角、东西南北凑合成的盛宴上。月儿被云遮着，一层一层刚褪去，又飞来一块一块的絮云遮上；我想执杯对月儿痛饮，但不能践愿，我只陪她们浅浅地饮了个酒底。

我只愿今年今夜的明月照临我，我不希望明年今夜的明月照临我！假使今年此日月都不肯窥我，又哪能知明年此日我能望月？在这模糊阴暗的夜里，凄凉肃静的夜里，我已看见了此后的影事。母亲！逃躲的，自然努力去逃躲，逃躲不了的，也只好静待来临。我想到这里，我忽然兴奋起来，我要快乐，我要及时行乐；就是这几个人的团宴，明年此夜知道还有谁在？是否烟消灰熄？是否风流云散？

母亲！这并不是不祥的谶语，我觉着过去的凄楚，早已这样告诉我。

虽然陈列满了珍馐，然而都是含着眼泪吃饭；在轻笼虹彩的两腮上，隐隐现出两道泪痕。月儿朦胧着，在这凄楚的筵上，不知是月儿愁，还是我们愁？

杯盘狼藉的宴上，已哭了不少的人；琼妹未终席便跑到床上哭了，母亲！这般小女孩，除了母亲的抚慰外，谁能解劝她们？琼和秀都伏在床上痛哭！这谜揭穿后谁都是很默然地站在床前，清的两行清泪，已悄悄地滴满襟头！她怕我难过，跑到院里去了。我跟她出来时，忽然想到亡友，她在凄凉的坟墓里，可知道人间今宵是月圆。

夜阑人静时，一轮皎月姗姗地出来；我想着应该回到我的寓所去了。到门口已是深夜，悄悄的一轮明月照着我归来。

月儿照了窗纱，照了我的头发，照了我的雪帐；这里一切连我的灵魂，整个都浸在皎清如水的月光里。我心里像怒涛涌来似的凄酸，扑到床缘，双膝跪在地下，我悄悄地哭了，在你的慈容前。

玉　薇

久已平静的心波，又被这阵风雨，吹皱了几圈纤细的银浪，觉着窒息重压的都是乡愁。谁能毅然决然用轻快的剪刀，挥断这自吐自缚的罗网呵！

昨天你曾倚着窗默望着街上往来的车马，有意无意地问我：

"波微！前些天你寄我那封信含蓄着什么意思？"

我当时只笑了笑，你说了几声"神秘"就走了。今天我忽然想告你一切，大胆揭起这一角心幕给你看；只盼你不要讥笑，也不要惊奇。

在我未说到正文以前，先介绍你看一封信，这封信是节录地抄给你：

"飞蛾扑火而杀身，青蚕作茧以自缚，此种现象，岂彼虫物之灵知不足以见及危害？要亦造物网罗有一定不可冲破之数耳。物在此网罗之中，人亦在此网罗之中，虽大力挣扎也不能脱。

"君谓'人之所悻悻而希望者，亦即我惴惴然而走避者'，实告君，我数年前即为坚抱此趋向之一人，然而信念自信念，事实则自循其道路，绝不与之相俟；结果，我所讪笑为追求者固溺矣，即我走避者，又何曾逃此藩篱？

"世界以有生命而存在，我在其狂涡呓梦之中，君亦在其狂涡呓梦之中；吾人虽有时认得狂涡呓梦，然所能者仅不过认识，实际命运则随此轮机之旋转，直至生命静寂而后已。

"吾人自有其意志，然此意志，乃绝无权处置其命运，宰制之者乃一物的世界。人苟劝我似憬悟，勿以世为有可爱溺之者；我则愿举我之经验以相告，须知世界绝不许吾人自由信奉其意志也。

我乃希望世人有超人，但却绝不信世上会有超人，世上只充满庸众。吾人虽或较认识宇宙；但终不脱此庸众之范围，又何必坚持违生命法则之独见，以与宇宙抗？"

看完这封信，你本必追究内容是什么。相信我是已经承认了这些话是经验的事实的。

近来，大概只有两个月吧！忽然觉得我自己的兴趣改变了，经过许多的推测，我才敢断定我，原来在不知什么时候，我忽然爱恋着一个十七八岁的少女，她是我的学生。

这自然是一种束缚，我们为了名分地位的隔绝，我们的心情是愈压伏愈兴奋，愈冷淡愈热烈；直到如今我都是在心幕底潜隐着，神魂里系念着。她栖息的园林，就是我徘徊萦绕的意境，也就是命运安排好的囚笼。两月来我是这样沉默着抱了这颗迂回的心，求她的收容。在理我应该反抗，但我决不去反抗，纵然我有力毁碎，有一切的勇力去搏斗，我也不去那样做。假如这意境是个乐园，我愿作个幸福的主人，假如这意境是囚笼，我愿作那可怜的俘虏。

我确是感到一种意念的疲倦了。当桂花的黄金小辫落满了雪白的桌布，四散着清澈的浓香，窗外横抹着半天红霞时；我每每沉思到她那冷静高洁的丰韵。朋友！我心是这样痴，当秋风吹着枯黄的落叶在地上旋舞，枝上的小鸟悼伤失去的绿荫时，我心凄酸的欲流下泪来；但这时偶然听见她一声笑语，我的神经像在荒沙绝漠寻见绿洲一样的欣慰！

我们中间的隔膜，像竹篱掩映着深密芬馥的花朵，像浮云遮蔽着幽静皎洁的月光，像坐在山崖上默望着灿烂的星辉，听深涧流水，疑惑是月娥环珮声似的那样令人神思而梦游。这都是她赐给我的，惟其是说不出，写不出的情境，才是人生的甜蜜，艺术的精深呢！

我们天天见面，然而我们都不说什么话，只彼此默默地望一望，尝试了这种神秘隐约的力的驱使，我可以告诉你，似在月下轻弹琵琶的少女般那样幽静，似深夜含枚急驱的战士般那样渺茫，似月下踏着红叶，轻叩寺门的老僧那样神远而深沉。但是除了我自己，绝莫有人相信我这毁情绝义的人，会为了她使我像星星火焰，烧遍了原野似的不可扑灭。

有一天下午，她轻轻推开门站在我的身后，低了头编织她手中的绒绳，一点都没有惊动我；我正在低头写我的日记，恰巧我正写着她的名字。她轻轻地叫了一声，我抬起头来从镜子里看见她，那时我的脸红了！半响才说了一句不干紧要的话敷衍下去；坦白天真的她，何曾知道我这样局促可怜。

我只好保留着心中的神秘，不问它银涛雪浪怎样淹没我，相信那里准有个心在——那里准有个海在。

写到这里我上课去了。吃完饭娜君送来你的信，我钦佩你那超越世界系缚的孤渺心怀，更现出你是如何的高洁伟大，我是如何的沉恋渺小呵！最后你因为朋友病了，战争阻了你的归途，你万分诅恨和惆怅！诚然，因为人类才踏坏了晶洁神秘的原始大地，留下这疏散的鸿爪；因为人类才废墟变成宫殿，宫殿又变成丘陵；因为人类才竭血枯骨，攫去大部分的生命，装璜一部分的光荣。

我们只爱着这世界，并不愿把整个世界供我支配与践踏。我们也愿意戴上银盔，骑上骏马，驰骋于高爽的秋郊，马前有献花的村女，四周有致敬的农夫；但是何忍白玉杯里酌满了鲜血，旗麾下支满了枯骨呢？自然，我们永远是柔弱的女孩，不是勇武的英雄。

这几夜月儿皎莹，心情也异常平静。心幕上掩映着的是秋月，沙场，凝血，尸骸；要不然就是明灯绿帏下一个琴台上沉思的倩影。玉薇！前者何悲壮，后者何清怨？

露 沙

昨夜我不知为了什么，绕着回廊走来走去的踱着，云幕遮蔽了月儿的皎靥，就连小星的微笑也看不见，寂静中我只渺茫的瞻望着黑暗的远道，毫无意志地痴想着。

算命的鼓儿，声声颤荡着，敲破了深巷的沉静。我靠着栏杆想到往事，想到一个充满诗香的黄昏，悲歌慷慨的我们。

记得，古苍的虬松，垂着长须，在晚风中；对对暮鸦从我们头上飞过，急箭般隐入了深林。在平坦的道上，你慢慢地走着，忽然停步握紧了我手说：

"波微！只有这层土上，这些落叶里，这个时候，一切是属于我们的。"

我没有说什么，捡了一片鲜红的枫叶，低头夹在书里。当我们默然穿过了深秋的松林时，我慢走了几步，留在后面，望着你双耸的瘦肩，急促的步履，似乎告诉我你肩上所负心里隐存的那些重压。

走到水榭荷花池畔，坐在一块青石上，抬头望着蔚蓝的天空；水榭红柱映在池中，蜿蜒着像几条飞舞的游龙。云雀在枝上叫着，将睡了的秋蝉，也引得啾啾起来。白鹅把血红的嘴，黑漆的眼珠，都曲颈藏在雪绒的翅底；鸳鸯激荡着水花，昂首游泳着。那翠绿的木栏，是聪明的人类巧设下的藩篱。

这时我已有点醺醉，看你时，目注着石上的苍苔，眼里转动着一种神秘的讪笑，猜不透是诅咒，还是赞美！你慢慢由石上站起，我也跟着你毫无目的地走去。到了空旷的社稷坛，你比较有点勇气了，提着裙子昂然踏上那白玉台阶时，脸上轻浮着女王似的骄傲尊贵，晚风似侍女天鹅的羽扇，拂着温馨的和风，嫣嫣的圈绕着你。望西方荫深的森林，烟云冉冉，树叶交织间，露出一角静悄悄重锁的宫殿。

我们依偎着，天边的晚霞，似纱帷中掩映着少女的桃腮，又像爱人手里抱着的一束玫瑰。渐渐的淡了，渐渐的淡了，只现出几道青紫的卧虹，这一片模糊暮云中，有诗情也有画景。

远远的军乐，奏着郁回悲壮之曲，你轻踏着蛮靴，高唱起"古从军"曲来，我虽然想笑你的狂态浪漫，但一经沉思，顿觉一股冰天的寒风，吹散了我心头的余热。无聊中我绕着坛边，默数上边刊着的青石，你忽然转头向我说：

"人生聚散无常，转眼漂泊南北，回想到现在，真是千载难遇的良会，我们努力快乐现在罢！"

当时我凄楚地说不出什么，就是现在我也是同样地说不出什么，我想将来重翻起很厚的历史，大概也是说不出什么。

往事只堪追忆，一切固然是消失地逃逸了。但我们在这深夜想到时，过去总不是概归空寂的，你假如能想到今夜天涯沦落的波微，你就能想到往日浪漫的遗迹。但是有时我不敢想，不愿想，月月的花儿开满了我的园里，夜夜的银辉，照着我的窗帏。她们是那样万古不变。我呢！时时在上帝的机轮下回旋，令我留恋的不能驻停片刻，令我恐惧的又重重实现。露沙！从前我想着盼着的，现在都使我感到失望了！

自你走后，白屋的空气沉寂的像淡月凄风下的荒冢，我似暗谷深林里往来飘忽的幽灵；这时才感到从前认为凄绝冷落的谈话，放浪狂妄的举动，现在都化作了幸福的安慰，愉快的兴奋。在这长期的沉寂中，屡次我想去信问候你的近况。但懒懒的我，搁笔直到如今。上次在京汉路中读完《前尘》，想到你向我索感的信，就想写信，这次确是能在你盼望中递到你手里了。

读了最近写的信，知你柔情万缕中，依稀仍珍藏着一点不甘雌伏的雄心，果能如此，我觉十分欣喜！原知宇宙网罗，有时在无意中无端的受了系缚；云中翱翔的小鸟，猎人要射击时，谁能预防，谁能逃脱呢！爱情的陷入也是这样。

你我无端邂逅，无端结交，上帝的安排，有时原觉多事，我于是常奢望着你，在锦帷绣帏中，较量柴米油盐之外，要承继着从前的希望，努力作未竟的事业；因之，不惮烦嚣在香梦朦胧时，我常督促你的警醒。不过，一个人由青山碧水到了崎岖荆棘的路上，由崎岖荆棘又进了柳暗花明的村庄，已感到人世的疲倦，在这期内，澈悟了的自然又是一种人生。

在学校时，我见你激昂慷慨的态度，我曾和婉说你是"女儿英雄"，有时我逢见你和宗莹在公园茅亭里大嚼时，我曾和婉说你是"名士风流"，想到扶桑余影，当你握着利如宝剑的笔锋，铺着云霞天样的素纸，立在万丈峰头，俯望着千仞飞瀑的华严泷，凝思神往的时候，原也曾独立苍茫，对着眼底河山，吹弹出雄壮的悲歌；曾几何时，栉风沐雨的苍松，化作了醉醺阳光的蔷薇。

但一想到中国妇女界的消沉，我们懦弱的肩上，不得不负一种先觉觉人的精神，指导奋斗的责任，那末，露沙呵！我愿你为了大多数的同胞努力创造未来的光荣，不要为了私情而抛弃一切。

我自然还是那样屏绝外缘，自谋清静，虽竭力规避尘世，但也不见得不坠落人间；将来我计划着有两条路走，现暂不告你，你猜想一下如何？

从前我常笑你那句"我一生游戏人间，想不到人间反游戏了我"。如今才领略了这种含满了血泪的诉述。我正在解脱着一种系缚，结果虽不可预知，但情景之悲惨，已揭露了大半，暗示了我悠远的恐惧。不过，露沙！我已经在心田上生根的信念，是此身虽朽，而此志不变的；我的血脉莫有停止，我和情感的决斗没有了结，自知误己误人，但愚顽的我，已对我灵魂宣誓过这样去做。

十三，九，二十。

小 苹

五月九号的夜里，我由晕迷的病中醒来，翻身向窗低低地叫你；那时我辨不清是些谁们，总有三四个人围拢来，用惊喜的目光看着我。当时，并未感到你不在，只觉着我的呼声发出后，回应只渺茫地归于沉寂。

十号清晨，夜梦归来，红霞映着朝日的光辉，穿透碧纱窗帏射到我的脸上，感到温暖的舒适；芷给我煎了药拿进来时，我问她："小苹呢?"她踟蹰了半天，才由抽屉里拿出一封信给我。拆开看完，才知道你已经在七号的夜里，离开北京——离开我走了。

当时我并未感到什么，只抬起头望着芷笑了笑。吃完药，她给我掩好绒单，向我耳畔低低说："你好好静养，下课后我来伴你，晚上新月社演戏，我不愿意去了。你睡罢，醒来时，我就坐在你床边了。"她轻拿上书，披上围巾，向我笑了笑，掩上门出去了。

她走后不到十分钟，这小屋沉寂地像深夜墟墓般阴森，耳畔手表的声音，因为静默了，仿佛如塔尖银钟那样清悠，雪白的帐子，被微风飘拂着似乎在动，这时感到宇宙的空寂，感到四周的凄静，一种冷涩的威严，逼得我蜷伏在病榻上低低地哭了！没有母亲的抚爱，也无朋友的慰藉，无聊中我想到小时候，怀中抱着的猫奴，和足底跳跃的小狗，但现在我也无权求它们来解慰我。

水波上无意中飘游的浮萍，逢到零落的花瓣，刹那间聚了，刹那间散了，本不必感离情的凄惘；况且我们在这空虚无一物可取的人间，曾于最短时间内，展开了心幕，当春残花落，星烂月明的时候，我们手相携，头相依，在天涯一角，同声低诉着自己的命运而凄楚呢！只有我们听懂孤雁的哀鸣；只有我们听懂夜莺的悲歌，也只有你了解我，我知道你。

自从你由学校辞职，来到我这里后，才能在夜深联床，低语往事中，了解了你在世界上的可怜和空虚。原来你纵有明媚的故乡，不能归去，虽有完满的家庭，也不能驻栖；此后萍踪浪迹，漂泊何处，小苹！我为你感到了地球之冷酷。

你窈窕的倩影，虽像晚霞一样，渐渐模糊地隐退了，但是使我想着的，依然不能忘掉；使我感着永久隐痛的，更是因你走后，才感到深沉。记得你来我处那天，搬进你那简单的行装，随后你向我惨惨地一笑！说："波微！此后我向哪里去呢？"就是这天夜里，我由梦中醒来，依稀听到你在啜泣，我问你时，你硬赖我是做梦。

一个黄昏，我已经病在床上两天了，不住地呻吟着，你低着头在地下转来转去地踱着，自然，不幸的你更加心情杂乱，神思不定为了我的病。当时我寻不出一句相当的话来解慰你，解慰自己，只觉着一颗心，渐渐感到寒颤，感到冷寂。苹！我不敢想下去了，我感到的，自然你更觉得深刻些。所以，我病了后，我常顾虑着，心头的凄酸，眉峰的郁结，怕憔悴瘦削的你肩载不起。

但真未想到你未到天津，就病在路上了！

你现在究竟要到哪里去？

从前我相信地球上只有母亲的爱是真爱，是纯洁而不求代价的爱，爱自己的儿女，同时也爱别人的儿女。如今，我才发现了人类的偏狭，忌恨，惨杀毒害了别人的儿女，始可为自己的儿女们谋到福利，表示笃爱。可怜的苹！因之，你带着由继母臂下逃逸的小弟弟，向着无穷遥远，陌生无亲的世界中，挣扎着去危机四伏的人海中漂流去了。上帝呵！你保佑他们，你保佑他们一对孤苦无人怜的姊弟们到那里去？

有时我在病榻上跃起来大呼着："不如意的世界要我们自己的力量去粉碎！"自然生命一日不停止，我们的奋斗不能休息。但有时，我又懦弱的想到死，为远避这些烦恼痛苦，渴望着有一个如意的解决。不过，你为了扶植弱小的弟弟，尚且不忍以死卸责，我有年高的双亲，自然不能在他们的抚爱下自求解脱。为了别人牺牲自己，也是上帝的聪明，令人们一个一个系恋着不能自由的好处。

你相信人是不可加以爱怜的，你在无意中施舍了的，常使别人在灵魂中永远浸没着不忘。我自你走了之后，梦中常萦绕着你那幽静的丰神，不管黄昏或深宵，你憔悴的情影，总是飘浮在眼底。有时由恐怖之梦中醒来，我常喊着你的名字，希望你答应我，或即刻递给我一杯茶水，但遭了无声息的拒绝后，才知道你已抛弃下我走了。这种变态的情形，不愿说我是爱你，我是正在病床上僵卧着想你罢！不知夜深人静，你在漂泊的船上，也依稀忆到恍如梦境般，有个曾被你抛弃的朋友。

我的病现已渐好，她们说再有两礼拜可以出门了。我也乐得在此密织神秘的病神网底，如疲倦的旅客，倚伏在绿荫下求暂时的憩息。昨天我已能扶着床走几步了，等她们走了不监视我时，我还偷偷给母亲写了几个字，我骗她说我忙得很，所以这许久未写信给她；但至如今我还担心着，因为母亲看见我倾斜颠倒的字迹，或者要疑心呢！

前一礼拜，天辛来看我，他说不久要离开北京，为了一个心的平静，那个心应当悄悄地走了。今天清晨我接到他由天津寄我的一张画，是一片森林夹着一道清溪，树上地上都铺着一层雪，森林后是一抹红霞，照着雪地，照着森林。后面写着：

I have cast the world

And think me as nothing.

Yet I feel cold on snow – falling day

And happy on flower day

我常盼我的隐恨，能如水晶屏一样，令人清白了然；或者像一支红烛，摇曳在晦暗的帏底，使人感到光亮，这种自己不幸，同时又令别人不幸的事，使我愤怨诅咒上帝之不仁至永久，至无穷。

病以后，我大概可以变了性情，你也不必念到我，相信我是始终至死，不毁灭我的信仰，将来命运的悲怆，已是难免的灾患，好吧！我已经静静地等候着有那么一天，我闭着眼听一个玛瑙杯碎在岩石上的声音。

今天是星期一，她们都很忙，所以我能写这样长信，从上午九点，写到下午三点，分了几次写，自然是前后杂乱，颠倒无章，你当然只要知道我在天之涯，尚健全地能挥毫如意地写信给你，已感到欣慰了吧！

这次看到西湖时，还忆得仙霞岭捡红叶的人吗？

十三年五月十九日病榻畔

梅 隐

  五年前冬天的一个黄昏，我和你联步徘徊于暮云苍茫的北河沿，拂着败柳，踏着枯叶，寻觅梅园。那时群英宴间，曾和你共沐着光明的余辉，静听些大英雄好男儿的伟论。昨天我由医院出来，绕道去孔德学校看朋友，北河沿败柳依然，梅园主人固然颠沛在东南当革命健儿，但是我们当时那些大英雄好男儿却有多半是流离漂泊，志气颓丧，事业无成呢！

  谁也想不到五年后，我由烦杂的心境中，检寻出这样一段回忆，时间一天一天地飞掠，童年的兴趣，都在朝霞暮云中慢慢地消失，只剩有青年皎月是照了过去，又照现在，照着海外的你，也照着祖国的我。

  今晨睡眼朦胧中，你二十六号的信递到我病榻上来了。拆开时，粉色的纸包掉下来，展开温香扑鼻，淡绿的水仙瓣上，传来了你一缕缕远道的爱意。梅隐！我欣喜中，含泪微笑轻轻吻着她，闭目凝思五年未见，海外漂泊的你。

  你真的决定明春归来吗？我应用什么表示我的欢迎呢？别时同流的酸泪，归来化作了冷漠的微笑；别时清碧的心泉，归来变成了枯竭的沙滩；别时鲜艳的花蕾，归来是落花般迎风撕碎！何处重撷童年红花，何时重摄青春皎颜？挥泪向那太虚，嘘气望着碧空，朋友！什么都逝去了，只有生之轮默默地转着衰老，转着死亡而已。

前几天皇姊由 Sumatra 来信，她对我上次劝她归国的意见有点容纳了，你明春可以绕道去接她回来，省的叫许多朋友都念着她的孤单。她说：

> 在我决志漂泊的长途，现在确乎感到疲倦，在一切异样的习惯情状下，我常想着中华；但是破碎河山，糜烂故乡，归来后又何忍重来凭吊，重来抚慰呢？我漂泊的途程中，有青山也有绿水，有明月也有晚霞，波妹！我不留恋这刹那寄驻的漂泊之异乡，也不留恋我童年嬉游的故国；何处也是漂泊，何时也是漂泊，管什么故国异地呢？除了死，那里都不是我灵魂的故乡。

有时我看见你壮游的豪兴，也想远航重洋，将这一腔烦闷，投向海心，浮在天心；只是母亲系缚着我，她时时怕我由她怀抱中逸去，又在我心头打了个紧结；因此，我不能离开她比现在还远一点。许多朋友，看不过我这颓丧，常写信来勉策我的前途，但是我总默默地不敢答复他们，因为他们厚望于我的，确是完全失望了。

近来更不幸了，病神常常用她的玉臂怀抱着我；为了病更使我对于宇宙的不满和怀疑坚信些。朋友！何曾仅仅是你，仅仅是我，谁也不是生命之网的漏鱼，病精神的或者不感受身体的痛苦，病身体的或者不感受精神的斧柯；我呢！精神上受了无形的腐蚀，身体上又受着迟缓而不能致命的痛苦。

你一定要问我到底为了什么？但是我怎样告诉你呢，我是没有为了什么的。

病中有一次见案头一盆红梅，零落得可怜，还有许多娇红的花瓣在枝上，我不忍再看她萎落尘土，遂乘她开时采下来，封了许多包，分寄给我的朋友，你也有一包，在这信前许接到了。玉薇在前天寄给我一首诗，谢我赠她的梅花，诗是：

话到孤零感苦辛，月明何处问前身？
甘将疏影酬知己，好把离魂吊故人；
玉碎香消春有恨，风流云散梦无尘。
多情且为留鸿爪，他日芸窗证旧因。

同时又接到天辛寄我的两张画片：一张是一片垂柳碧桃交萦的树林下，立着个绯衣女郎，她的左臂绊攀着杨柳枝，低着头望着满地的落花凝思。一张是个很黯淡苍灰的背景，上边有几点疏散的小星，一个黑衣女郎伏在一个大理石的墓碑傍跪着，仰着头望着星光祈祷——你想她是谁？

梅隐！不知道那个是象征着我将来的命运？

你给我寄的书怎么还不寄来呢？揆哥给你有信吗？我们整整一年的隔绝了，想不到在圣诞节的前一天，他寄来一张卡片，上边写着：

愿圣诞节的仁风，吹散了人间的隔膜，
愿伯利恒的光亮，烛破了疑虑的悲哀。

其实，我和他何尝有悲哀，何尝有隔膜？所谓悲哀隔膜，都是环境众人造成的，在我们天真洁白的心版上，有什么值得起隔膜和悲哀的事。现在环境既建筑了隔膜的幕壁，何必求仁风吹散，环境既造成了悲哀，又何必硬求烛破？

只要年年圣诞节，有这个机会纪念着想到我们童年的友谊，那我们的友谊已是和天地永存了。摸哥总以为我不原谅他，其实我已替他想得极周到，而且深深了解他的；在这"隔膜""悲哀"之中，他才可寻觅着现在人间的幸福；而赐给人间幸福的固然是上帝；但帮助他寻求的，确是他以为不谅解他的波微。

　　我一生只是为了别人而生存，只要别人幸福，我是牺牲了自己也乐于去帮助旁人得到幸福的；过去是这样，现在也是这样，不过我也只是这样希望着，有时不但人们认为这是一种罪恶，而且是一种罪恶的玩弄呢！虽然我不辩，我又何须辩，水枯了鱼儿的死，自然都要陈列在眼前，现在何必望着深渊徘徊而疑虑呢！梅隐！我过去你是比较知道的，和摸哥隔绝是为了他的幸福，和梅影隔绝也是为了他的幸福……因为我这样命运不幸的人，对朋友最终的披肝沥胆，表明心迹的，大概只有含泪忍痛的隔绝罢？

　　母亲很念你，每次来信都问我你的近况。假如你有余暇时你可否寄一封信到山城，安慰安慰我的母亲，也可算是梅隐的母亲。我的病，医生说是肺管炎，要紧大概是不要紧，不过长此拖延，精神上觉着苦痛；这一星期又添上失眠，每夜银彩照着紫兰绒毡时，我常觉腐尸般活着无味；但一经我抬起头望着母亲的像片时，神秘的系恋，又令我含泪无语。梅隐！我应该怎样，对于我的生，我的死？

漱 玉

永不能忘记那一夜。

黄昏时候，我们由嚣扰的城市，走进了公园，过白玉牌坊时，似乎听见你由心灵深处发出的叹息，你抬头望着青天闲云，低吟着："望云惭高鸟，临水愧游鱼……"

你挽着我的手靠在一棵盘蜷虬曲的松根上，夕阳的余辉，照临在脸上，觉着疲倦极了，我的心忽然搏跳起来！沉默了几分钟，你深呼了一口气说："波微！流水年华，春光又在含媚的微笑了，但是我只有新泪落在旧泪的帕上，新愁埋在旧愁的坟里。"我笑了笑，抬头忽见你淡红的眼圈内，流转着晶莹的清泪。我惊疑想要追问时，你已跑过松林，同一位梳着双鬘的少女说话去了。

从此像微风吹绉了一池春水，似深涧潜伏的蛟龙蠕动，那纤细的网，又紧缚住我。不知何时我们已坐在红泥炉畔，我伏在桌上，想静静我的心。你忽然狂笑摇着我的肩说："你又要自找苦恼了！今夜的月色如斯凄清，这园内又如斯寂静，那能让眼底的风景逝去不来享受呢？振起精神来，我们狂饮个醺醉，我不能骑长鲸，也想跨白云，由白云坠在人寰时，我想这活尸也可跌她个粉碎！"你又哈哈的笑起来了！

葡萄酒一口一口地啜着，冷月由交织的树纹里，偷觑着我们，暮鸦栖在树阴深处，闭上眼静听这凄楚的酸语。想来这静寂的园里，只有我们是明灯绿帏玛瑙杯映着葡萄酒，晶莹的泪映着桃红的腮。

沉寂中你忽然提高了玉琴般的声音，似乎要哭，但莫有哭；轻微的咽着悲酸说："朋友！我有八年埋葬在心头的隐恨！"经你明白的叙述之后，我怎能不哭，怎能不哭？我欣慰由深遂死静的古塔下，掘出了遍觅天涯找不到的同情！我这几滴滴在你手上的热泪，今夜才找到承受的玉盂。真未料到红泥炉畔，这不灿烂、不热烈的微光，能照透了你严密的心幕，揭露了这八年未示人的隐痛！上帝呵！你知道吗？虚渺高清的天空里，飘放着两颗永无归宿的小心。

在那夜以前，莫有想到地球上还有同我一样的一颗心，同我共溺的一个海，爱慰抚藉我的你！去年我在古庙的厢房卧病时，你坐在我病榻前讲了许多幼小时的过去，提到母亲死时，你也告过我关乎醒的故事。但是我那能想到，悲惨的命运，系着我同时又系着你呢？

漱玉！我在你面前流过不能在别人面前流的泪，叙述过不能在别人面前泄漏的事，因此，你成了比母亲有时还要亲切的朋友。母亲何曾知道她的女儿心头埋着紫兰的荒冢，母亲何曾知道她的女儿怀抱着深沉在死湖的素心——惟有你是地球上握着我库门金钥的使者！我生时你知道我为了什么生，我死时你知道我是为了什么死；假如我一朝悄悄地曳着羽纱，踏着银浪在月光下舞蹈的时候，漱玉！惟有你了解，波微是只有海可以收容她的心。

那夜我们狂饮着醇醴，共流着酸泪，小小杯里盛着不知是酒，是泪？咽到心里去的，更不知是泪，是酒？

红泥炉中的火也熄了，杯中的酒也空了。月影娟娟地移到窗上；我推开门向外边看看，深暗的松林里，闪耀着星光似的小灯；我们紧紧依偎着，心里低唤着自己的名字，高一步，低一步地走到社稷坛上，一进了那圆形的宫门，顿觉心神清爽，明月吻着我焦炙的双腮，凉风吹乱了我额上的散发，我们都沉默地领略这刹那留在眼上的美景。

那时我想，不管她是梦回、酒醒，总之：一个人来到世界的，还是一个人离开世界；在这来去的中间，我们都是陷溺在酿中沉醉着，奔波在梦境中的游历者。明知世界无可爱恋，但是我们不能不在这月明星烂的林下痛哭！这时偌大的园儿，大约只剩我两人；谁能同情我们呢？我们何必向冷酷的人间招揽同情，只愿你的泪流到我的心里，我的泪流到你的心里。

那夜是悱恻哀婉的一首诗，那夜是幽静孤凄的一幅画，是写不出的诗，是画不出的画；只有心可以印着她，念着她！归途上月儿由树纹内，微笑的送我们；那时踏着春神唤醒的小草，死静卧在地上的斑驳花纹，冉冉地飘浮着一双瘦影，一片模糊中，辨不出什么是树影，什么是人影？

可怜我们都是在静寂的深夜，追逐着不能捉摸的黑影，而驰骋于荒冢古墓间的人！

> 宛如风波统治了的心海，忽然因一点外物的诱惑，
> 转换成几于死寂的沉静；又猛然为了不经意的遭逢，又
> 变成汹涌山立的波涛，簸动了整个的心神。我们不了
> 解，海涛为什么急起忽灭；但我们可以这样想，只是因
> 那里有个心，只是因那里有个海罢！

我是卷入这样波涛中的人，未曾想到你也悄悄地沉溺了！因为有心，而且心中有罗曼舞踏着，这心就难以了解了吗？因为有海，而且海中有巨涛起伏着，这海就难以探测了吗？明知道我们

226

是错误了，但我们的心情，何曾受了理智的警告而节制呢！既无力自由处置自己的命运，更何力逃避系缠如毒蟒般的烦闷？它是用一双冷冰的手腕，紧握住生命的火焰。

纵然有天辛飞溅着血泪，由病榻上跃起，想拯救我沉溺的心魂；那知我潜伏着的旧影，常常没有现在，忆到过去的苦痛着！不过这个心的汹涌，她不久是要平静；你是知道的，自我去年一月十八日坚决地藏裹起一切之后，我的愿望既如虹桥的消失，因之灵感也似乎麻木，现在的急掠如燕影般的烦闷，是最容易令她更归死寂的。

我现在恨我自己，为什么去年不死，如今苦了自己，又陷溺了别人，使我更在隐恨之上建了隐痛；坐看着忠诚的朋友，反遭了我的摧残，使他幸福的鲜花，植在枯寂的沙漠，时时受着狂风飞沙的撼击！

漱玉！今天我看见你时，我不敢抬起头来；你双眉的郁结，面目的黄瘦，似乎告诉我你正在苦闷着呢！我应该用什么心情安慰你，我应该用什么言语劝慰你？

什么是痛苦和幸福呢？都是一个心的趋避，但是地球上谁又能了解我们？我常说："在可能范围内赐给我们的，我们同情地承受着；在不可能而不可希望的，我们不必违犯心志去破坏他。"现在我很平静，正为了枯骨的生命鼓舞偷乐！同时又觉着可以骄傲！

这几天我的生活很孤清，去了学校时，更感着淡漠的凄楚，今天接到 Celia 的信，说她这次病，几次很危险的要被死神接引了去，现在躺在床上，尚不敢转动；割的时候俱伤了血管，所以时时头晕发烧。她写的信很长，在这草草的字迹里，我抖颤地感到过去的恐怖！我这不幸的人，她肯用爱的柔黄，捡起这荒草野冢间遗失的碎心，盛入她温馨美丽的花篮内休养着，我该如何地感谢她呢？上帝！祝福她健康！祝福她健康如往日一样！

　　这几夜月光真爱人，昨夜我很早就睡了，窗上的花影树影，混成一片；静极了，虽然在这雕梁画栋的朱门里，但是景致宛如在三号一样；只缺少那古苍的茅亭，和盘蜷的老松树。我看着月光由窗上移到案上，案上移到地上，地上移到床上，洒满在我的身上。那时我静静地想到故乡锁闭的栖云阁，门前环抱的桃花潭，和高冈上姐姐的孤坟。母亲上了栖云阁，望见桃花潭后姐姐的坟墓，一定要想到漂泊异乡的女儿。

　　这时月儿是照了我，照了母亲，照着一切异地而怀念的人。

　　　　　　　　　　　　　　　　　　　十三，二，十三。

小 玲

又是今宵，孤檠作伴，病嫌裘重，睡也无聊。能禁几度魂消，尽肠断紫萧，春浅愁深，夜长梦短，人近情遥。

今天慧由图书馆回来时，我刚睡着。醒来时枕畔放着一张红笺，上边抄着这首词，我知道是慧写的，但她还笑着不承应，硬说是梦婆婆送给我的。她天真烂漫得有趣极了，一见我不喜欢，她总要说几句滑稽话逗我笑，在这古荒的庙里，想不到得着这样的佳邻。

放心吧，爱的小玲！我已经好了；我决志做母亲的女儿，不管将来如何苦痛不幸，我总挨延着在地球上陪母亲。因我病已渐好，所以芷溪在上星期就回学校了，现在依然剩了我一个人。昨夜睡觉的时候，我揭起碧纱窗帏，望了望那闪烁的繁星，辽阔的天宇；静悄悄的院里，树影卧在地下，明月挂在天上，一盏半明半暗的灯光，照着压了重病，载了深愁的我；窗外一阵阵风大起来，卷了尘土，扑在窗纸上沙沙作响。这时隔屋的慧大概已进了梦乡，只有我蜷伏在床上，抚着抖颤欲碎的心，低唤着数千里外的母亲。这便是生命的象征，汹涌怒涛的海里，撑着这叶似的船儿和狂飚挣搏；谁知道那一层浪花淹没我？谁知道那一阵狂飙卷

229

埋我？

朦胧中我梦见吟梅，穿着浅蓝的衣服，头上罩着一块白的羽纱，她的脸色很好看，不是病时那样憔悴；她不说什么话只默默望了我微笑！我这时并莫有想到她已经死了，我走上去握住她的手要想说话，但喉咙里压着声浪，一点音也发不出来；我正焦急的时候，她说了句："波微！我回去了，再见吧！"转瞬间黑漆一片渺茫的道路，她活泼的情影，不知向何处去了？醒来时枕上很湿，我点起洋烛一看，原来斑斑驳驳不知何时掉下的眼泪。这时，窗上月色很模糊，风也小了，树影映在窗帏上，被风摇荡着，像一个魂灵的头在那里瞭望；静沉沉听不见什么声息，枕畔手表仍铮铮地很协和的摆动！

觉着眼里很模糊，忽然一阵风沙，吹着窗幕瑟瑟地响；似乎有人在窗下走着！不由得我打了几个寒噤，虽然不恐怖，但也毫无勇气坐着，遂拧灭了灯仍旧睡下。心潮像怒马一样的奔驰，过去的痕迹，像电影一样，一幕一幕迅速地揭着；我这时怀疑人生，怀疑生命，不知人生是梦？梦是人生？

"吟梅呵！我要问万能的上帝，你现在向何处去了？桃花潭畔的双影，何时映上碧波？阳春楼头的玉箫，何时吹入云霄？你无语默默，悄悄披着羽纱走了，是仙境，是海滨，在这人间何处找你纤细的玉影？"唉！小玲！我这次病的近因，就是为了吟梅的死；我难受极了！

记得我未病以前，父亲来信说：

　　我听见一个朋友说吟梅病得很重，星期那天我去她家看，她已经不能说话了，看见我时，只对我呆呆地望着，瘦得像骷髅一样，深陷的眼眶里似乎还有几滴未尽的泪；我看，过不了两三天吧？

真的，莫有过三天，她姐姐道容来信说她四月十九的早晨死了！这封信我抄给你一看：

波微：吟梅在一个花香鸟语的清晨，她由命运的铁链下逃逸了；我不知你对她是悲庆，还是哀悼？在我们家里起了无限的变态，父亲和母亲镇日家哭泣，在梦寐中，饮食时，都默默然笼罩着一层悲愁的灰幕。我一方面要解慰父母的愁怀，同时我又感到手足的摧残；现在我宛如失群的孤雁在天边徘徊，这虚寂渺茫的地球上，永找不着失去的雁侣。

这消息母亲嘱我不要告你，不过我觉妹妹死时的情形，她的一腔心情，是极缱绻依恋的，我怎忍不告你？

四月十九日的早晨五点钟，她的面色特别光彩，一年消失的红霞，也蓦然间飞上她的双腮；她让我在墙上把你的玉照取下来，她凝眸地望着纸上的你，起头她还微笑着，后来面目渐渐变了，她不断地一声声喊着你的名字；这房里只有母亲和我，还有表哥。——她死时父亲不在这里，父亲在姨太太那里打牌。——这种情形，真令人心酸泪落不忍听！后来母亲将你的像片拿去，但她的呼声仍是不断；甚至她自己叫自己的名字，自己答应着；我问她谁叫你呢？她说是波微！数千里外的你，不能安慰她，与谋一面，至死她还低低叫着你，手里拿着你的像片！唉！真是生离易，死别难。

这次惨剧，现在已经结束了，这时正是她前三天咽气的时候，我伏在她的灵帏前，写这封信给你；波微！谁能信天真活泼的吟梅，她只活了十八岁就死了呢？幸而你早参透人生。愿你珍重，不要为她太伤感。

死者已矣，只盼你仍继续着吟梅生时的情谊，不要从此就和她一样埋葬了这十几年的友谊！母亲很盼望你暑假回来，来这里多盘桓几天，或者父亲母亲看到你时能安慰些。……

小玲！真未想到像我这样漂泊的人，能得到一个少女的真心；我觉着我真对不住她，莫有回去看她一次。自从接了这信，我病到现在。前几天我想了几句话吊她，现在写给你看看：

因为这是梦，

才轻渺渺莫些儿踪迹；

飘飘的白云，

我疑惑是你的衣襟？

辉煌的小星，

我疑惑是你的双睛？

黑暗笼罩了你的皎容，

苦痛燃烧着你的朱唇，

十八年惊醒了这虚幻的梦，

才知道你来也空空，

去也空空！

死神用花篮盛了你的悲痛。

用轻纱裹了你的腐骨；

一束鲜花，

一杯清泪，

我望着故乡默祝你！

才知道你生也聪明，

死也聪明。

她的病纯粹是黑暗的家庭，万恶的社会造成的；这是我们痛恨的事，有多少压死在制度环境下的青年！她病有一年之久，但始终我不希望她好，我只默祷着上帝，祝告着死神，早早解脱了她羁系的痛苦，和那坚固的铁链；使她可以振着自由的翅儿，向云烟中啸傲。

虽然我终不免于要回忆那烟一般轻渺的过去。

因为我们莫有勇气毅力，做一个社会上摒弃的罪人，所以委曲求全，压伏着万丈的火焰，在这机械般最冷酷的人生之轨上蠕动。这是多么可怜呢？自己摧残了青春的花，自己熄灭了生命火光！我真不敢想到！小玲！人生的道上远的很呢，崎岖危险你自己去领略吧！

这时夜静了，隔壁有月琴声断断续续地送来，我想闭着眼休息休息，听听这沙漠中的哀歌。

十三年三月五号古庙东厢

素　心

　　我从来不曾一个人走过远路，但是在几月前我就想尝试一下踽踽独行的滋味；黑暗中消失了你们，开始这旅途后，我已经有点害怕了！我博跃不宁的心，常问我"为什么硬要孤身回去呢?"因之，我蜷伏在车箱里，眼睛都不敢睁，睁开时似乎有许多恐怖的目光注视着我，不知他们是否想攫住我? 是否想加害我? 有时为避免他们的注视，我抬头向窗外望望，更冷森地可怕，平原里一堆一堆的黑影，明知道是垒垒荒冢，但是我总怕是埋伏着的劫车贼呢。这时候我真后悔，为甚要孤零零一个女子，在黑夜里同陌生的旅客们，走向不可知的地方去呢? 因为我想着前途或者不是故乡不是母亲的乐园?

　　天亮时忽然上来一个老婆婆，我让点座位给她，她似乎嘴里喃喃了几声，我未辨清是什么话；你是知道我的，我不高兴和生人谈话，所以我们只默默地坐着。

　　我一点都不恐怖了，连他们惊讶的目光，都变成温和的注视，我才明白他们是绝无攫住加害于我的意思；所以注视我的，自然因为我是女子，是旅途独行无侣的女子。但是我为什么要这样呢? 因为我身旁有了护卫——不认识的老婆婆；明知道她也是独行的妇女，在她心里，在别人眼里，不见得是负了护卫我的使命，不过我确是有了勇气而且放心了。

靠着窗子睡了三点钟，醒来时老婆婆早不在了；我身旁又换了一个小姑娘，手里提着一个篮子，似乎很沉重，但是她不知道把它放在车板上。后来我忍不住说："小姑娘！你提着不重吗？为什么不放在车板上？"可笑她被我提醒后，她红着脸把它搁在我的脚底。

七月二号的正午，我换了正太车，踏入了我渴望着的故乡界域，车头像一条蜿蜒的游龙，有时飞腾在崇峻的高峰，有时潜伏在深邃的山洞。由晶莹小圆石堆集成的悬崖里，静听着水涧碎玉般的音乐；你知道吗？娘子关的裂帛溅珠，真有"苍崖中裂银河飞，空里万斛倾珠玑"的美观。

火车箭似的穿过夹道的绿林，牧童村女，都微笑点头，似乎望着缭绕来去的白烟欢呼着说："归来呵！漂泊的朋友！"想不到往返十几次的轨道旁，这次才感到故乡的可爱和布置雄壮的河山。旧日秃秃的太行山，而今都披上柔绿；细雨里行云过岫，宛似少女头上的小鬟，因为落雨多，瀑布是更壮观而清脆，经过时我不禁想到 Undine。

下午三点钟，我站在桃花潭前的家门口了。一只我最爱的小狗，在门口卧着，看见我陌生的归客，它摆动着尾巴，挣直了耳朵，向我汪汪地狂叫。那时我家的老园丁，挑着一担水回来，看见我时他放下水担，颤巍巍向我深深地打了一躬，喊了声："小姐回来了！"

我急忙走进了大门，一直向后院去，喊着母亲：这时候我高兴之中夹着酸楚，看见母亲时，双膝跪在她面前，扑到她怀里，低了头抱着她的腿哭了！

母亲老了，我数不清她鬓上的银丝又添几许？现在我确是一枝阳光下的蔷薇，在这温柔的母怀里又醉又懒。素心！你不要伤心你的漂泊，当我说到见了母亲的时候，你相信这刹那的快慰，已经是不可捉摸而消失的梦；有了团聚又衬出漂泊的可怜，但想到终不免要漂泊的时候，这团聚暂时的欢乐，岂不更增将来的惆怅？因之，我在笑语中低叹，沉默里饮泣。为什么呢？我怕将来的离别，我怕将来的漂泊。

只有母亲，她能知道我不敢告诉她的事！一天我早晨梳头，掉了好些头发，母亲忽然想起什么似的，问我这样一句说："你在外边莫有生病吗？为什么你脸色黄瘦而且又掉头发呢？"素心！母亲是照见我的肺腑了，我不敢回答她，装着叫嫂嫂梳头，跑在她房里去流泪。

这几天一到正午就下雨，鱼缸里的莲花特别鲜艳，碧绿的荷叶上，银珠一粒粒的乱滚；小侄女说那是些"大珠小珠落玉盘"。家庭自有家庭的乐趣，每到下午六七点钟，灿烂的夕阳，美丽的晚霞，挂照在罩着烟云的山峰时，我陪着父亲上楼了望这起伏高低的山城，在一片清翠的树林里掩映着天宁寺的双塔，阳春楼上的钟声，断断续续布满了全城；可惜我不是诗人，不是画家，在这处处都是自然，处处都寓天机的环境里，我惭愧了！

你问到我天辛的消息时，我心里似乎埋伏着将来不可深恻的隐痛，这是一个恶运，常觉着我宛如一个狰狞的鬼灵，掏了一个人的心，偷偷地走了。素心！我那里能有勇气再说我们可怜的遭逢呵！十二日那晚上我接到天辛由上海寄我的信，长极了，整整的写了二十张白纸，他是双挂号寄来的。这封信里说他回了家的胜利，和已经粉碎了他的桎梏的好消息；他自然很欣慰地告诉我，但是我看到时，觉着他可怜得更厉害，从此后，他真的孤身只影流落天涯，连这个礼教上应该敬爱的人都莫有了。他终久是空虚，他终久是失望，那富艳如春花的梦，只是心上的一刹那；素心！我眼睁睁看着他要朦胧中走入死湖，我怎不伤心？为了我忠诚的朋友。但是我绝无法挽救，在灿烂的繁星中，只有一颗星是他的生命，但是这颗星确是永久照耀着这沉寂的死湖。因此我朝夕绞思，虽在这盛暖的母怀里有时感到世界的凄冷。自接了他这封长信后，更觉着这个恶运是绝不能幸免的；而深重的隐恨压伏在我心上一天比一天悲惨！但是素心呵！我绝无勇气揭破这轻縠的幕，使他知道他寻觅的世界是这样凄惨，淡粉的翼纱下，笼罩的不是美丽的蔷薇，确是一个早已腐枯了的少女尸骸！

有一夜母亲他们都睡了，我悄悄踱到前院的葡萄架下，那时天空辽阔清净像无波的海面，一轮明月晶莹地照着；我在这幸福的园里，幻想着一切未来的恶梦。后来我伏在一棵杨柳树上，觉着花影动了，轻轻地有脚步声走来，吓了我一跳。细看原来是嫂嫂，她伏着我的肩说："妹妹你不睡，在这里干吗？近来我觉着你似乎常在沉思，你到底为了什么呢？亲爱的妹妹！你告诉我？"禁不住的悲哀，像水龙样喷发出来，索性抱着她哭起来；那夜我们莫有睡，两个人默默坐到天明。

家里的幸福有时也真有趣！告诉你一个笑话：家中有一个粗使的女仆，她五十多岁了！每当我们沉默或笑谈时，她总穿插其间，因之，嫂嫂送她绰号叫刘姥姥，昨天晚上母亲送她一件紫色芙蓉纱的褂子，是二十年前的古董货了。她马上穿上在院子里手舞足蹈的跳起来。我们都笑了，小侄女昆林，她抱住了我笑得流出泪来，母亲在房里也被我们笑出来了，后来父亲回来，她才跳到房里，但是父亲也禁不住笑了！在这样浓厚的欣慰中，有时我是可以忘掉一切的烦闷。

大概八月十号以前可以回京，我见你们时，我又要离开母亲了，素心！在这醺醉中的我，真不敢想到今天以后的事情！母亲今天去了外祖母家，清寂里我写这封长信给你，并祝福你！

十三年七月二十二号山城栖云阁

给庐隐

　　《灵海潮汐致梅姊》和《寄燕北诸故人》我都读过了，读过后感觉到你就是我自己，多少难以描画笔迹的心境你都替我说了，我不能再说什么了。一个人感到别人是自己的时候，这是多么不易得的而值得欣慰的事，然而，庐隐，我已经得到了。假使我们的世界能这样常此空寂，冷寂中我们又这样彼此透澈的看见了自己，人世虽冷酷无情，我只愿恋这一点灵海深处的认识，不再希冀追求什么了。

　　在你这几封信中，我才得到了人间所谓的同情，这同情是极其圣洁纯真，并不是有所希冀有所猎获才施与的同情。廿余年来在人间受尽了畸零，忍痛含泪扎挣着，虽弄得遍体鳞伤，鲜血淋淋，仍紧嚼着牙齿作勉强的微笑！我希望在颠沛流离中求一星星同情和安慰以鼓舞我在这人世界战斗的勇气；然而得到的只是些冷讽热笑，每次都跌落在人心的冷森阴险中而饮泣！此后我禁受不住这无情的箭镞，才想逃避远离开这冷酷的世界和人类；因之我脱离了学校生活，踏入了世界的黑洞后，我往昔天真烂漫的童心，都改换成冷枯孤傲的性情。一年一年送去可爱的青春，一步一步陷落在满是荆棘的深洞，嘲笑讪讽包围了我，同情安慰远离着我，我才诅咒世界，厌恶人类，怨我的希望欺骗了自己。想不到遥远的海滨，扰攘的人群中，你寄来这深厚的安慰和同情，我是如何的欣喜呵！惊颤地揭起了心幕收容她，收容她在我心的深处；我怕她也许不久会消失或者飞去！这并不是我神经过敏，朋友！我也曾几度发现过这样的同情，结果不是赝鼎便是雪杯，不久便认识了真伪而消灭。这种同情便是我上边所说有所希冀猎获而施与的，自然我不能人以希冀猎获时，同情安慰也是终于要遗弃我的。朋友！写到这里我不能再写下去了，你百战的勇士，也许曾经有过这样的创伤！

　　自从得到了你充满热诚和同情的信后，我每每在静寂的冷月寒林下徘徊，虽然我只看见是枯干的枝丫，但是也能看见她含苞的嫩芽，和春来时碧意迷漫的天地。我知所忏悔了，朋友！以后我不再因自己的失意而诅咒世界的得意，因为自己未曾得到而怨恨人间未曾有了；如今漠漠干枯的寒林，安知不是将来如云如盖的绿荫呢！人生是时时在追求扎挣中，虽明知是幻象虚影，然终于不能不前去追求，明知是深涧悬崖，然终于不能不勉强扎挣；你我是这样，许多众生也是这样，然而谁也不能逃此网罗以自救拔。大概也是因此罢！才有许多伟大反抗的志士英雄，在展转颠沛中，演出些惊人心魂的悲剧，在一套陈古的历史上，滴着鲜明的血痕和泪迹。朋友！追求扎挣着向前去罢！我们生命之痕用我们的血泪画写在历史之一页上，我们弱小的灵魂，所滴沥下的血泪何尝不能惊人心魂，这惊人心魂的血泪之痕又何尝不能得到人类伟大的同情。命运是我们手中的泥，一切生命的铸塑也如手中的泥，朋友！我们怎样把我们自己铸望呢？只在乎我们自己。

　　说得太乐观了，你要笑我罢？怕我们才是命运手中的泥呢！我也觉这许多年中只是命运铸塑了我，我何尝敢铸塑命运？真是梦呓，你也许要讥我是放荡不羁的天马了。其实我真愿做个奔逸如狂飙似的骏马，把我的生命都载在小小鞍上，去践踏翻这世界的地轴，去飞扬起这宇宙的尘沙，使整个世界在我的足下动摇，整个宇宙在我铁蹄下毁灭！然而朋友！我终于是不能真的做天马，大概也是因为我终于不是天马，每当我束装备鞍，驰驱赴敌时，总有人间的牵系束缚我，令我毁装长叹！至如今依然蜷伏槽下咀嚼这食厌了的草芥，依然镇天回旋在这死城而不能走出一步；不知是环境制止我，还是自己的不长进，我终于是四年如一日的过去。朋友！你也许为我的抑郁而太息，我不仅不能做一件痛快点不管毁灭不管建设的事业，怕连个直截了当极迅速极痛快的死也不能，唉！谁使我这样抑郁而生抑郁而死呢！是社会，还是我自己？我不能解答，怕你也不能解答罢！因之，我有许多事要告诉你，结果却只是默无一语，"多少事欲说还休"，所以我望着"征鸿过尽，万千心事难寄"！

我默无一语的，总是背着行囊，整天整夜的向前走，也不知何处是我的归处？是我走到的地方？只是每天从日升直到日落，走着，走着，无论怎样风雨疾病，艰险困难，未曾停息过；自然，也不允许我停息，假使我未走到我要去（的）地方，那永远停息之处。我每天每夜足迹踏过的地方，虽然都让尘沙掩埋，或者被别人的足踪踏乱已找不到痕迹，然而心中恍惚的追忆是和生命永存的，而我的生命之痕便是这些足迹。朋友！谁也是这样，想不到我们来到世界只是为了踏几个足印，我们留给世界的也是几个模糊零碎不可辨的足印。

我们如今是走着走着，同时还留心足底下践踏下的痕迹，欣慰因此，悲愁因此；假使我们如庸愚人们的走路，一直走去，遇见歧路不彷徨，逢见艰险不惊悸，过去了不回顾，踏下去不踌躇；那我们一样也是浑浑噩噩从生到死，绝没有像我们这样容易动感，践了一只蚂蚁也会流泪的。朋友！太脆弱了，太聪明了，太顾忌了，太徘徊了，才使我们有今日，这也欣慰也悲凄的今日。

庐隐！我满贮着一腔有情的热血，我是愿意把冷酷无情的世界，浸在我热血中；知道终于无力时，才抱着这怆痛之心归来，经过几次后，不仅不能温暖了世界，连自己都冷凝了。我今年日记里有这样一段记述：

我只是在空寂中生活着，我一腔热血，四周环以泥泽的冰块，使我的心感到凄寒，感到无情。我的心哀哀地哭了！我为了寒冷之气候也病了。

这几天离开了纷扰的环境，独自睡在这静寂的斗室中，默望着窗外的积雪，忽然想到人生的究竟，我真不能解答，除了死。火炉中熊熊发光的火花，我看着它烧成一堆灰烬，它曾给与我的温热是和灰烬一样逝去；朝阳照上窗纱，我看着西沉到夜幕下，它曾给与我的光明是和落日一样逝去。人们呢，劳动着，奔忙着，从起来一直睡下，由梦中醒来又入了梦中，由少年到老年，由生到死……人生的究竟不知是什么？我病了，病中觉的什么都令人起了怀疑。

青年人的养料惟一是爱，然而我第一便怀疑爱，我更讪笑人们口头笔尖那些诱人昏醉的麻剂。我都见过了，甜蜜，失恋，海誓山盟，生死同命；怀疑的结果，我觉得这一套都是骗，自然不仅骗别人连自己的灵魂也在内。宇宙一大骗局。或者也许是为了骗罢，人间才有一时的幸福和刹那的欣欢，而不是永久悲苦和悲惨！

我的心应该信仰什么呢？宇宙没有一件永久不变的东西。我只好求之于空寂。因为空寂是永久不变的，永久可以在幻望中安慰你自己的。

我是在空寂中生活着，我的心付给了空寂。庐隐！伫视在悲风惨日的新坟之旁，含泪仰视着碧澄的天空，即人人有此境，而人人未必有此心；然而朋友呵！我不是为了倚坟而空寂，我是为了空寂而倚坟；知此，即我心自可喻于不言中。我更相信只有空寂能给与我安慰和同情，和人生战斗的勇气！黄昏时候，新月初升，我常向残阳落处而挥泪！"望断斜阳人不见，满袖啼红。"这时凄怆悲绪，怕天涯只有君知！

北京落了三尺深的大雪，我喜欢极了，不论日晚地在雪里跑，雪里玩，连灵魂都涤洗得像雪一样清冷洁白了。朋友！假使你要在北京，不知将怎样的欣慰呢！当一座灰城化成了白玉宫殿水晶楼台的时候，一切都遮掩涤洗尽了的时候。到如今雪尚未消，真是冰天雪地，北地苦寒；尖利的朔风彻骨刺心一般吹到脸上时，我咽着泪在扎挣抖战。这几夜月色和雪光辉映着，美丽凄凉中我似乎可以得不少的安慰，似乎可以听见你的心音的哀唱。

间接的听人说你快来京了。我有点愁呢，不知去车站接你好呢，还是躲起来不见你好，我真的听见你来了我反而怕见你，怕见了你我那不堪描画的心境要向你面前粉碎！你呢，一天一天，一步一步走近了这灰城时，你心抖颤吗？哀泣吗？我不敢想下去了。好吧！我静等着见你。

十六年一月二十三日北京